文春文庫

この春、とうに死んでるあなたを探して

榎田ユウリ

文藝春秋

目次

単行本　二〇一八年三月　筑摩書房刊
（「この春、思いもよらぬ事態のなかで僕らは」
は文春文庫のための書き下ろしです）
ＤＴＰ制作　言語社

この春、とうに死んでるあなたを探して

一　宅配便の宛名伝票と屈辱的なあだな

血が。

血が……止まらない。


さて。どちらの話からすべきか。

あだなのほうにしよう。子供の頃のエピソードなので、時系列的に早い。

僕の父親は銀行員だったため、転勤が多かった。父の人事異動に引きずり回され、小学校から中学校で計四回も転校している。ふたつ違いの姉は中学から私立校に入ったため、転校回数こそ少なかったものの、遠距離通学になって大変だったようだ。子供にとって転校など喜ばしいはずもないが、僕ほどの頻度になれば慣れてもくる。というより、慣れるしかない。

転校のたび、僕は裁判にかけられる。クラスメイトによる、こいつはイケてるか、イケてないかという裁判だ。

なにをもってイケてるとするかは、微妙なローカルルールはあるものの、小学生男子なら概《おおむ》ね、『明るくハキハキしていて、かけっこが速い、もしくはドッジが強い』あたりである。さて僕はといえば、小二から近眼で眼鏡をかけ、俯《うつむ》いてボソボソ喋《しゃべ》り、痩《や》せっぽちで鈍足《どんそく》、ドッジボールは顔面で受けがちな児童だった。おのずと、転校初日の昼休みには「なんかイケてねえの来たし」という判決が下されがちだ。最悪のパターンは、この判決が「こいつ、いじめていいヤツじゃん？」に発展することである。幼く残酷な裁判員たちは、転校してきたばかりの級友が、不安いっぱいで萎縮《いしゅく》していることなど考慮しない。そのクラスがいじめられっ子を必要としているならば、転校生《ストレンジャー》は格好の餌食《えじき》なのだ。僕のような『暗いメガネ』は、とかく舐《な》められやすい。けれど幸いにして、僕はそこまでの底辺に落ちることはなかった。

なぜなら、勉強ができたからである。

『賢さ』は武器だ。ＲＰＧゲームだって、賢者は魔法使いよりも高ステイタスの場合が多いではないか。ただし、そこそこ勉強ができる、という程度では意味がない。転校生なのにテストでいきなり一番を取る、くらいのインパクトが必要だ。小学校低学年のうちは勉強より運動ができたほうが人気者になれるのだが、学年が上がるとその現象は逆転する傾向がある。クラスのヒエラルキー上位にいる子たちに、宿題や勉強を教えてやればさらにいい。転校生くんの地位はひとまず安泰《あんたい》である。

ただし、唯々諾々《いいだくだく》と宿題を引き受けたりするのはよろしくない。『都合のいいヤツ』というポジションは、ちょっとしたきっかけで、容易にいじめられっ子の地位に転落する。つまり、成績のよさを鼻にかけず、あくまで控えめに、だが毅然とした態度も残し、たまには宿題を教えてやる……という絶妙な匙加減《さじかげん》が要求される。さらに、転校した先の授業がどの程度進んでいるのかわからないため、常に準備が欠かせなかった。おかげで僕はいつも前のめりに勉強しなければならず、二学期のうちに三学期分の予習を完了させておく勢いだった。我ながら涙ぐましい努力だ。

このように、転校というサバイバルは子供から子供らしさを奪っていく。やがて僕は転校スキルをフル装備した、実に可愛げのない中学生になり、四回目の転居を迎えた。

中一の二学期初日は、いまだによく覚えている。

八月生まれの僕は十三歳になったばかりで……もう四半世紀前の話だ。

区立雨森《あめもり》中学校。

その学校は川沿いにあった。とても狭く浅い川で、むしろ水路というか……でもたぶん川だったはずだ。ナントカ川という名前があったのをうっすら記憶している。都内だが、だいぶ神奈川寄りで、閑静《かんせい》な住宅地の中学校だ。私鉄の最寄駅もちんまりと、どこか鄙《ひな》びた光景で、その前に住んでいたのが大きなターミナル駅近くだった僕は、むしろ田舎に越してきた気分だった。

残暑の厳しい九月、やたらと蟬《せみ》が鳴いていた。

一年四組のクラス朝礼で紹介された僕は、適正な音量で名乗り、今まで住んでいた土地を口にし、父親の転勤で越してきたと説明した。ごくシンプルに、簡潔にだ。

最初の挨拶《あいさつ》に気の利いた一言など必要ない。ましてウケを狙うなどもってのほかだ。地味に、普通に、そつなく名乗り、暗くも明るくもない平凡さで、興味津々のクラスメイトに軽い落胆を与え、数日後に「あのメガネ、頭いいんじゃね？」と思わせるぐらいがちょうどいい。英語か数学の時間が、静かなるアピールに向いている。

大丈夫、慣れたタスクだ。今回も無事にやり遂げられる。僕は自分にそう言い聞かせつつ、眼鏡越しにクラスメイトたちを見た。ずっと俯いていては気弱なヤツ認定を食らってしまうし、かといって挑むように睨《にら》んでも感じが悪い。サラッと見渡して名乗り、

「よろしくお願いします」

と、すぐに視線をやや下に戻した。

ふと、教室にそぐわない派手な色の物体がチラリと見えた気がしたが、確認はしなかった。そこまでの余裕はなかったからだ。とにかく今はこの注目をやり過ごし、なんとなく自分の居場所を作り、じわじわとクラスに馴染《なじ》み、やっと落ち着いた頃にまた転校……いや、さすがにそろそろ父の転勤もなくなるだろうか。高校受験のこともあるし、そうだといいな。

などと思いながら、最後に今一度軽く会釈《えしゃく》をした時、

「てぇんこうせいッ！」

大きな声で呼ばれた。担任教師ではなく、生徒の誰かだ。

え、と思って顔を上げた刹那《せつな》、鼻に衝撃が訪れた。

反射的に両手で顔を覆ったが、ぜんぜん間に合っていなかった。なにしろ僕は運動神経が鈍い。鼻柱がひどく痛み、眼鏡のブリッジが変な角度で食い込んで、次の瞬間には眼鏡がふっ飛んでいった。眼鏡は教室の床に落ちて、もうひとつ、大きな球形もボヨンと落ちた。

スイカ。

の、意匠《デザイン》のビーチボール。夏の名残のようなまんまるい物体。

自分の顔に衝突したのがこのビーチボールなのは理解できたが、なぜそんなものがぶつかってきたのかはまったくわからなかった。誰が、いったいなんの目的で？　しかも僕は中一にして強い近視で、眼鏡がなければクラスメイトたちの顔はすっかりぼやけてしまう。

前のほうに座っていた女子が、キャッと小さく叫んだ。それとほとんど同時に、自分の鼻の下に生ぬるいものが流れ出すのを感じ、僕がその流出を堰《せ》き止めようとするより早く、床にポタポタと赤い滴《しずく》が落ちた。

「うっひゃあ、鼻血！」

甲高《かんだか》い声だった。おそらくさっき僕を呼んだのと同じ奴、つまりこの鼻血の根本的原因を作った張本人だろうに、やたら楽しげな調子だった。担任の女性教師がスイカのビーチボールを片手でギュウと摑《つか》み「こら！　いつまで夏休み気分でいるの！」と呆《あき》れながら叱《しか》ったが、犯人は反省の様子もなくケラケラ笑い出す始末だ。思春期特有の不躾《ぶしつけ》な笑い声は、今でも耳の奥に残っている。

かくして、僕のあだなが決定した。

この日から『ハナヂ』という、十三歳のガラスハートにとって、大変に屈辱的なあだなで呼ばれることとなったわけだ。僕としては受け入れがたいネーミングであっても、やめろと騒ぎ立てれば転校早々一悶着《ひともんちゃく》である。心の中で呪詛《じゅそ》を唱えながらも、当面、そのあだなを甘受せざるを得なかった。鼻血を出したからハナヂという、アホほど単純なネーミングは、僕にビーチボールをぶつけた男子によるものだ。なぜそんなことをしたのか担任に問い詰められた彼は、「え、なんか、盛り上げようと思って」と、きょとんとした顔で答えていた。小柄で、パサパサな茶髪の、見るからにバカそうな奴だった。というか、実際バカだった。ちなみにこのあだなは転校して数か月で使われなくなったと記憶している。どうしてそうなったのかはよく覚えていない。自然消滅だったかもしれない。

以上が、僕のあだなについての昔話である。

では引き続き、宅配便の宛名伝票について。

ヤマト運輸が宅急便を始めたのは一九七六年だそうだ。僕より数年先輩である。ロスジェネ世代と呼ばれ、就職活動時にはかなり苦労した僕らなわけだが、ヤマト先輩の躍進ぶりは誰もが知るめざましさだ。流通業界全体が人々の生活に欠かせないものとなり、いまや通販で買えないものはほとんどない。

家から一歩も出ないで二十四時間ショッピング可能という、恐ろしいほどの便利さ。配達日の指定もできるばかりか、時間帯指定までできる。日時指定しておいたくせに留守にしてしまったとしても、文句も言わずに再び届けに来てくれる。しかも無料で。人間というものは一度便利さを味わってしまったら最後、自分から不便に戻ろうとはまず思わない。僕も便利さの恩恵にどっぷり浸り、インドアな生活傾向も手伝って、相当量の通信販売、つまり宅配便を利用している。

かように便利な宅配便だが、利用頻度が増えるにつけ、空き箱、つまり段ボール箱がたまる。

僕は性格的に、空いた段ボール箱を放置できない。なにも入っていない無駄な空間、それがどうしても許せない。日本の国土は狭《たた》いのである。注文商品を取り出したらそのまま緩衝材も取り出し、すぐに段ボールを畳んでしまいたいのだ。

その際、気をつけなければならないのは宛名の剝《は》がし忘れである。

資源ゴミとして出すとき、宛名を貼り付けたままでは個人情報が丸出しだ。場合によっては名前・住所・電話番号、さらに購入した商品名までセットでバレバレになる。べつに恥ずかしいものを買っているわけじゃないから気にしない、という人もいるだろう。僕だって恥ずかしいものを買っているわけではないのだが、まあたまには多少恥ずかしい場合もあるし、いや、それはべつにアダルト関係なものではなく、喩《たと》えるならば育毛剤だとかそういう……いや、育毛剤も買ってないけれど……、とにかくこのご時世、個人情報は保護すべきと考える。

なので、宛名伝票は剝がす。

以前多かった複写式伝票なら剝がすのは簡単だ。上下と右端はオープンになっているので、そこからベリッといけばいい。最後の一枚は箱に完全接着されているが、白紙なので問題ない。最近はシールタイプの宛名伝票が主流だ。複写式ではなく、一枚の宛名がペタリと貼ってあるアレである。一見、一枚に見えるが実は二重構造になっていて、上側の印刷面だけ除去可能なタイプが多い。

実は、これが僕にとっては剝がしにくい。

おそらく、爪の問題だろう。僕は爪を深めに切り揃える癖があり、薄い紙にひっかけるべき爪先がほとんどないので、シールの端を捲《めく》り上げる作業がまずうまくいかない。

仕方なく、カッターの刃先を使うことで対応していたのだが、毎回カッターを取りに行くのも億劫《おっくう》である。

そこで考えた。右手小指の爪だけ、長くしておけばいいのではないか？

長くといっても、ほかの爪と比較すれば長いというだけで、見た目として不潔な印象を与えるほどではない。小指にしたのは、多少爪が伸びていても邪魔になりにくいと思ったからである。

つまり、僕の小指の爪がちょっと長いのは、個人情報保護のためなのだ。

それが三年ほど続き、『小指の爪ちょい長状態』にもすっかり慣れた。ところがこのところ、引っ越しの準備……主に、引っ越しに伴う不用品の処分に忙殺され、うっかり週に一度の爪切りを失念していた。もともとが少し長い小指の爪は、しばらく切らないと結構成長してしまう。あ、長すぎるな、と気がついたのが昨日であり、僕としては早く爪を切りたかったのだが、爪切りはすでに段ボール箱に収まり、新しい住居に運ばれてしまっていた。

今時、コンビニで爪切りは買える。それは知っている。

しかし引っ越しを機に断捨離《だんしゃり》したというのに、ここで二個目の爪切りを買うのはどうにも悔しいではないか。僕はグッと我慢した。新居で荷解きをしたら、まずは爪切りだと心に誓って。

激減した僕の荷物は、おとといの時点で引っ越し業者に託してある。

昨日は今までの住まいを清掃し、鍵を不動産業者に返却した。それから移動しようと思っていたのだが、掃除に熱が入ったせいで時間が押し、おまけに汗と埃《ほこり》まみれだ。銭湯でもないかなと検索すると、大浴場併設のカプセルホテルを発見した。僕は大きな風呂が好きなので、ここに一泊し、さっぱりしてから新居に向かおうと決めた。

大浴場で手足を伸ばすと、身体の節々がゆるっと解《ほぐ》れるのがわかる。緊張のない状態は快適であり、けれど緩みきった自分にふと違和感を感じたりもする。僕はいつもなにかに身構えていないと不安になりがちだ。子供の頃からそういう傾向があり、姉によく「心配屋さん」と笑われた。大人になったら治るかと思っていたが、そんなこともなかった。そんな面倒くさい性質なので、不特定多数の人間が寝泊まりするカプセルホテルではよく眠れないかな……などと案じていたのだが、さにあらず。近代的で清潔なカプセルホテルは実に快適で、近くにイビキのひどい客もおらず、僕は熟睡できた。疲れのせいもあったのだろう、夢も見ずにぐっすりと眠ったなんて、いつ以来だろうか。

そして、今朝。

僕は七時に起きた。よく眠れて気分はまずまずだったが、引っ越し仕事で筋肉痛だ。いくらかゴワッとしたレンタルタオルを手に洗面所へと向かい、シンクに屈み込んで、大勢に使い込まれた固形石鹼《せっけん》を泡立て、顔を洗っている最中——事件は起きた。

僕は身を屈めたまま、彫像よろしく動けなくなった。

そして思い出していたわけだ。中一の転校直後についた、屈辱的なあだな《ハナヂ》を。

だいたい僕は、迂闊《うかつ》に鼻血を出すような子供ではなかった。活動的からはほど遠いため、ぶつかったり転んだりも滅多になく、なにか緊急事態が起きたとしてもできる限り冷静に処置するタイプだった。鼻血ブー的なイメージから、もっとも遠いキャラといえるだろう。現に、あの転校初日以来、鼻血など出した記憶がない。

今、この瞬間までは。

「………」

緊急事態が起きたとしてもできる限り冷静に処置するタイプ……であるはずの自分はどこに行ったのか。突然のことに狼狽《うろた》え、中学時代の思い出に逃避する始末である。

スイカのビーチボール、甲高い笑い声、蟬の絶唱……ミーンミーンミーン……。

いやいやいやいや、そんな場合ではない。

血が、鼻血が出ているんだから。

いいかげん現実に立ち返って、事態の収拾をつけなければ。数十秒前からまったく同じ中腰姿勢で鼻を押さえたまま、僕は考えた。ここから、どうすべきか。顔が泡だらけなので目は閉じているものの、現状はほぼ把握できている。さらに具体的な認識のためには、目を開けるべきだ。つまり、顔の泡をなんとかしなければいけない。

ばしゃばしゃと、水ですすいだ。

その最中に背後から足音が聞こえ、さらに、「ぎゃあ！」と叫ぶ声が続く。もちろん僕を見て驚いたのだ。慌てて「あ、大丈夫です」と言おうとしたのだが、その人物が走り去る足音のほうが早かった。

まじか。そんなにか。確かに顔を洗いながら「痛……っ、あ、やっちゃったか。鼻血だな」とは思ったが、大の大人に叫ばれるほどなのか。

僕は瞼《まぶた》を上げてみた。

びっくりした。

血で真っ赤に染まった洗面台が目に飛び込んできたからだ。予想を超えるビビッドカラーに愕然《がくぜん》としている間にも、左の鼻の穴からダラダラと……いやドバドバと出血は続く。僕は慌てて再び小鼻を押さえ、流出を止めた。その体勢のまま上体を起こし、薄っぺらいタオルを取ろうとして、置いておいた眼鏡をふっ飛ばしてしまった。だが今は拾う余裕などない。

タオルを手にした途端、また驚く。逆の鼻の穴から血が流れてきたからだ。右側はなんともないはずなのにと混乱しつつ、結局両方の鼻の穴を塞ぐことになる。左手で自分の鼻をつまみ、右手のタオルで今度こそ顔を拭《ふ》こうとした時、

「ぐぉえうぉぷ」

オノマトペ化するとこんな声が出た。

鼻から喉《のど》につながっている経路に、生臭い違和感を覚え、たまらず口から洗面台に吐き出したのは、ヌメっとした血の塊である。鼻の穴から出られなくなった血液が、喉に回ってきたわけだ。おぉ、鼻と口は確かに繋がっているんだなと身をもって知った僕だが、そんなことに感心している場合ではない。

たかが鼻血なのに、なんだこの派手な出血量は。

ドラマや映画以外でこんな真っ赤な図は見たことがない。洗面台が本当に血溜まりなのだ。もちろん、血液だけではなく、水によって文字通り水増ししてあるからなのだが、それにしたって尋常な光景ではない。目の前の鏡で確認すれば、僕の鼻から下は血まみれ、顎《あご》から首にも鮮血が流れ、パジャマ代わりの白いTシャツに赤いシミが広がり、それはもうスプラッタな絵面である。呆然《ぼうぜん》としているうちに、またしても血が喉に回ってきた。おえっ、と再び血の塊を吐き、俯きの体勢をキープした。血を吐くのがいやで、もう顔を上げることができない。

困った。

こんなシチュエーションは想像したことがなく、パニックに陥りつつあった。いや、だめだ、落ち着け。鼻血を止めるにはどうしたらいいんだった？

首のつけ根をトントン叩く……いや、あれは間違いだとなにかで読んだことがある。

あとは……あとは、安静にして鼻を冷やす、だったか？　この血に飢えた殺人鬼みたいな姿で、もう一度カプセルのベッドに戻るのか？　それってホテル側にしてみたら相当迷惑な話なんじゃないのか？

「こ、ここです」

誰かの声がして、数名の男たちが近づく気配がする。宿泊客とスタッフだろう。洗面所に血まみれの男がいるのだから、当然の展開である。

「おい、あんた、どうした？」

低い声に、僕は少しだけ顔を上げた。少しなので、相手の顔までは見えない。数人いた男たちの中、際立って体格のいい男が僕に近寄っていた。スタッフの制服ではなく、館内着の藍色のハーフパンツを穿《は》き、上半身は裸だ。血色がいいから、サウナか風呂から出たところなのかもしれない。がちっとシックスパックに割れた腹が目に入る。そんなに鍛えてどうしようというのだろうか。世界でも救うのか。とりあえず、僕を救ってくれるといいのだが。

「すびばせん」

第一声でそう謝った。鼻が塞がっているので、ちゃんと発音できない。

「謝らなくていいから、説明しろ。怪我か？」

「あの、鼻血が」

「鼻血？　どこかにぶつけたのか」

「いや、小指を……」

「あんたは小指をぶつけると鼻血が出る体質なのか」

「そうではなく……ぐぶっ」

また血を吐く。喋ると鼻の血が喉に回りやすいらしい。男がさらに近寄ってきて僕の肩をむんずと摑み、やや強引に上体を起こさせられた。鏡越しにわかったのだが、相手はスキンヘッドで眉がないという超強面《こわもて》だ。二、三人殺していそうなその男に、「右左、どっち」と聞かれる。竦《すく》み上がった僕が「左れす」と答えると、小鼻よりもっと上、鼻筋の横をギュウと押さえられた。思わず「グゥ」と唸《うな》りが出るほどの力で、正直痛い。

「このへんか」

「う……た、たぶん……」

「上を向くな。血が逆流する。正面を見てろ」

「はひ」

高圧的なもの言いだが、従う以外になにができるというのだろう。何度も言うが、スキンヘッドで眉なしでシックスパックで、一九〇センチありそうな巨漢なのだ。対して僕は、日本人男性の平均にすぎない一七〇センチのヒョロリである。

スタッフらしき制服の男が「あのう」と近づいてきて、スキンヘッドに話しかける。

「この人、死にませんよね？」

鼻血程度で人を殺さないでほしいものだが、確かにちょっと驚く出血量ではある。スキンヘッドは「死なない」と言いきってくれて、僕までなんだか安堵《あんど》した。

「救急車とか必要でしょうか？」

「このまま圧迫して止まれば必要ない。あんた、顔を洗ってる最中、なんかしたか？」

「あー……」

男の質問に答えようと思ったのだが、なんとなく言いにくくて口籠もる。

「さっき、小指って言ってたな？　もしかして、せっけんの滑りで、小指を鼻の穴に突っ込んだんじゃないのか？　ズボッと。それで鼻の奥を切った？」

心配げに見守っていた周囲の人たちが途端に「え～」「マジかよ」「なんだそりゃ」と、まるで心配して損をしたとでも言いたげなブーイングを始める。

「ち、ちがひます」

「違うのか」

「小指を突っ込んだんじゃありまふぇん。小指が鼻に入ってひまって」

「同じやろうが、それ」

館内着を着た関西弁のじいさんが、僕の顔を覗き込んで呆れたように言う。いかにも現象としては同じだが、僕からすれば、故意なのか過失なのかは明確にしておきたい。

「どっちにしろ、ただの鼻血なら死なんわ」

じいさんは「死なん、死なん」と笑ってその場を去った。ほかの野次馬たちも、やれやれ、という感じで散っていく。スタッフは「廃棄だなあ……」と血まみれのタオルを回収し、僕はまたしても「すびばせん」と詫《わ》びるしかない。幾らか迷惑そうな顔のままではあったが「お大事に」と言い残して、スタッフも去っていく。

残ったのは、いまだ僕の鼻を押さえているスキンヘッドだけだ。さきほどのじいさんも気安く言葉をかけていたし、ここの常連客なのだろう。

「…………」

「…………」

気まずい。

あたりが静まり、僕もそろそろ大量出血の驚きが収まってきて、すると今度は知らない男に小鼻を強く摘まれているという状況が、どうにも決まり悪くなってくる。しかも相手は半裸でスキンヘッドで眉がないのだ。見た目は怖いが実はいい人……というギャップを利用した自己演出を、僕はあまり支持しない。本当にいい人は、外見で他者を威圧しないと思う。

「あの、もう……」

「今離したら、たぶんまたドバッと出るぞ。もう少し我慢しろ」

「……すびばせん」

「…………」

「…………」

話すこともないので、再び沈黙が流れる。

歩いているだけで職質されそうな相手に、「あのう、お仕事は？」などと話しかける勇気はない。かといってあまり顔を見ているわけにもいかず、僕は視線を少し下に移動させた。すると、今度は裸の上半身が視界に入ってしまうわけで、どれだけトレーニングしたらこんな身体になるんだろう、とか、乳首のむだ毛は処理しない系なんだあ、とか、余計なことを考えてしまう。仮に僕がめちゃくちゃ明るいキャラクターだったなら、「乳毛《パイげ》、気にしない派ですか！」などと冗談を飛ばしたりもするのだろうが、百回生まれ変わっても、そんな芸当はできそうにない。下半分血まみれの顔のまま、ひたすらじっと鼻を摘まれているだけ――この、いたたまれなさよ。

摘まれている僕もしんどいが、摘まんでいるスキンヘッドだって迷惑だろう。申し訳ないことである。もう二度と必要以上に石鹸を泡立たせて顔を洗うまい。今日は朝イチで区役所に行っておきたかったのだが、その予定は諦めるしかない。

あまり人様の乳首を睨んでいるのもどうかと思い、僕は再び視線を上げた。すると男が下を向き、僕の手をじっと見ていた。左手だ。

「おい」

「はひ」

男が僕の顔に視線を戻し、

「なんで小指だけ爪を伸ばしてるんだ」

と核心に迫った。

まさしく、いつもより伸びたこの爪こそが、事態の悪化を招いたのである。

僕は爪を伸ばしている理由、つまり宅配便の宛名シールにまつわる個人情報保護問題について説明すべきか、しばらく迷ったのだが――結局、何度目かの「すびばせん」を口にしただけだった。


かくも華々しい鼻血とともに、僕の新生活はスタートを切った。

大浴場つきカプセルホテルのあった街から、電車で約十分。新しく居を構える町の名は雨森町という。「アマモリ」、と読みがちだが「アメモリ」だ。

初めての土地ではない。中学一年の九月から、三年の八月までの二年弱住んでいて、ハナヂという屈辱的あだなをつけられたのが、まさにこの町だ。この界隈に移ってきたら鼻血を出さなければならない……僕にはそういう呪いでもかかっているのだろうか。

電車を降りて、改札を通る。

最寄り駅は私鉄の雨森駅。この私鉄路線、なんと三輛《りょう》しかない。

都内であり、かつ二十三区内だ。だが三輛、ワンマン運転。以前より車輛数が増えている可能性も考えていたが、そんなことはなかった。相変わらずの三輛で、短い駅と駅の間をゴトゴトのんびり走っていた。

雨森町は、東京城南地区の住宅街である。すぐ近くに幹線道路が走っているし、都心まで車で二十分あれば出られる。そんな場所だというのに、垢《あか》抜けた都会っぽさはない。かといって下町特有のちょっと気忙《きぜわ》しい雰囲気とも違う。のんびり、まったり、ゆるゆるとしている。昔もそうだったし、今も変わっていないらしい。

以前住んでいたマンションまで歩いてみた。僕たち一家が暮らしていたのは大きな道路沿いにある無機質な高層マンションで、今もまったく同じ風情で建っていた。周囲には新しいビルも増えたような……どうだろう。あまり覚えていないのだ。なにしろ二十年以上昔で、中学生だった僕も三十八のおっさんである。

大きな道路を後にして、違うルートで駅方面に戻ることにした。

転居先の部屋は駅からすぐの商店街の中にある。古い鉄筋建築で、集合住宅というわけではなく、一階は喫茶店、二階と三階は喫茶店の経営者でもある家主の住居だったらしい。だが家主が高齢になり、三階部分をほとんど使わなくなったので、洗面とトイレ、ミニキッチンを増設して貸し出すことにしたそうだ。

実は、まだ部屋を見ていない。

１Ｋの間取り図だけ見て決めてしまった。不動産業者は「内見しなくていいんですか」と気にしていたが、僕は「知ってる町なので」と答えた。これは嘘ではないが、本当でもない。昔住んでいたにしろ、現在の様子など知るよしもなく、まあはっきり言えば、住居にさしたるこだわりなどなかったのだ。かなりの格安物件で、風呂はないが近くに銭湯はある。なんと徒歩圏内に二軒もある。もうそれで充分だ。一昨日は、引っ越し業者に鍵を預けて、勝手に荷物を入れておいてもらった。業者も「確認とか、いいんですか」と訝《いぶか》しげだったが、僕はやっぱり「構いません」と答えた。断捨離のおかげで荷物の量は少なく、貴重品といえるラップトップと現金だけ自分で持った。業者から『立ち会いなしの搬入で問題が生じても、責任は問いません』という一筆を求められ、それに応じ、部屋の鍵は家主に託してもらうことにした。

踏切に出ると、遮断桿《しゃだんかん》が下りているところだった。切通しの線路で、掘割による土手は雑草が芽吹き、一面緑になっている。やっぱり、都会という感じがしない。

カンカンカンと空に上る音を聞きながら、三輛編成の電車を一本見送る。風が髪のあいだを抜けていき、地肌が少しムズッとする。

三月の下旬だ。今日はずいぶん暖かい。春なんだな、と思う。

春は好きではない。

なんだか不安定だからだ。ふわふわと、ぐらぐらと、覚束《おぼつか》ない。

とくに今くらいの時期は、暖かくなったかと思えばまた突然寒くなり、コートをクリーニングに出していいのかまだ着るのか、暖房器具はしまうべきなのかまだ早いのか、いちいち判断に迷うのだ。気温だけではない。春は人々も情緒不安定で、揺らいでいて、しっかりと地を踏んでいる感じがしない。世の中全体に気持ちの悪い酩酊《めいてい》感があって、僕にはそれが疎《うと》ましい。

――春は、ゆらゆらね。

昔、姉はそんなふうに言っていた。

そういえば、線路沿いの少し先に、桜の並木があったはずだ。今は見当たらないが、伐採してしまったのだろうか。桜の下を走る電車を、姉と一緒に見た記憶がある。電車が並木の下を突っ切り、風を起こし、花びらに包まれた姉の、セーラー服の襟がふわりと浮き上がり………。

姉は微笑《ほほえ》んでいた。

その瞬間を、奇妙なほど鮮明に覚えている。

やがて踏切が開いた。僕は歩きながら腕時計を見る。すでに午後二時すぎだ。鼻血を噴出し、十五分ほどの圧迫止血で無事に止血でき、スキンヘッドに礼と詫びを述べ、カプセルホテルを出て、役所その他で所用をすませていたら、こんな時間だ。

踏切を渡ると、身体が傾くかというほどの急な坂を下る。昔はもっと長い坂に思えたのだが、大人になるとそうでもなかった。距離は短いが傾斜はやっぱりきつく、ちょっとぐらついて、たたらを踏む。坂を下りきった左に大きな桜の木があって、こっちは健在だった。芽がだいぶ膨らんでいる。

そのまま商店街を目指す途中、小さな川にかかる橋が見えてきた。

澄んだ水がせせらぎ、川面には生い茂る緑が映り、小鳥が囀《さえず》り……などという趣きは一切ない。法面《のりめん》も川底もコンクリートで固められた三面護岸、川というより用水路というう無骨さだ。狭い川の両サイドはそれぞれ一方通行になっていて、道幅が狭いので車はさほど通らない。

川幅が狭いのだから、橋も短い。

大人ならば普通に歩いて五秒で渡れる。いや、もう少しかかるだろうか。なんなら計ってみようと思いながら橋が見えてきた時、僕は小さく「え」と呟《つぶや》いてしまった。

踊ってる。橋の上で誰かが踊ってる。

体格のいい中年女性だ。こちらに向けた身体を軽くシェイクさせ、右手でパパッと短い振付をしたかと思うと、タッと小走りに橋を渡った。そして僕の横を通りすぎる頃には、まったく素の、むしろ生真面目《きまじめ》な顔に戻って真っ直ぐ歩き去った。たぶん、この近所に住んでいるのであろう、エコバッグを提げたおばちゃんなのだが、なぜそんな人が踊っていたのだろうか。

僕は立ち止まったまま、橋に目線を戻す。

すると、すでに第二ダンサーがいた。今度はスーツ姿の男性だ。僕とそう変わらない年頃であろうその男性は、橋の上で右に三歩ほど不思議なステップを踏み、そのあとやはり右手をブンブンと振り、さらには頭も素早くシェイクさせる。そして橋を渡り終えると、またしても真面目な顔に戻って歩き出す。

スーツ男性と入れ違うように橋に入った、小学生男子の踊りはもっと激しかった。両手をぶおんと回すようにして「キイッ」という声まで上げる。僕からは背中しか見えないが、弾かれるように走り出して、水色のランドセルが揺れる。

なぜに？

どうしてみんな踊る？

なにかのパフォーマンス？　橋から二十メートルほど手前で立ったまま、僕は動けなくなった。このまま橋の上に行ったらまずいのではないか。

ボディバッグのポケットで、スマホが鳴る。

いつもの着信音だ。誰からなのかはわかっているので、僕は電話に出るなり、

「雨森町がやばいことになってるんだけど」

と口に出した。彼女は『なあに、いきなり』と笑う。

「ここ、なんかしょぼい川があってね。短い橋がかかってて……その橋の上で、地元民たちが踊ってるんだ」

『意味がわからない』

また笑われた。まあそうだろう。僕はもっと詳しく状況を説明し、さらに続けた。

「もしかしたら、あのゾーンには人間を踊らせる特殊な磁場が発生してるのかもしれない。あるいはいにしえの頃、この橋のたもとで非業の死を遂げた舞姫とか白拍子とか、そういう類の呪いだとか」

『あなたの冗談は、いつもちょっとややこしい感じよね』

「これから橋を渡るわけだけど、僕の手足が勝手に動いたらどうしよう」

『そのダンス、見てみたいかも』

「レアだよ。僕の一番古い、ネガティブな記憶は幼稚園のお遊戯会だ。絶望的な出来映《できば》えだったから。その僕ですら、あの橋の上に立ったが最後、片手は高く、片手は股間に置いて、ポゥ！　とか叫んでしまうかもしれない」

『マイケル？』

彼女はまた笑う。だいたいいつも、こんなふうに笑ってばかりだ。

「オッサンの今、そんな真似をしてしまったら、この川に飛び込むしかない」

『深い川？』

「ぜんぜん。水たまりみたいに浅い。でも水面まで七メートルくらいあるかな……頭打って死んじゃうかもね」

僕も笑い、「じゃ、また明日」と電話を終える。そしてまた橋を観察する。

おばあさんが橋を渡った。ボディシェイクはなかったが、小さなステップがあった。若い母親と幼児が渡った。ふたり同時に「んーっ！」と言いながら、猫が空中を掻《か》くように手をワタワタさせていた。ほんの数分の観察だが、その間、橋の上で踊らなかったのは最初から結構なスピードで駆け抜けていった中年女性ひとりだけだった。もしや、一定以上のスピードで走ることにより、『踊る呪い』を回避できるのだろうか。

生温《なまぬる》い風に、軽く背中を押される。

永遠にここで佇んでいるわけにもいかない。意を決して僕は歩き始めた。磁場か呪いか、とにかくほんの数秒を耐えればいい。早歩きになりながら自分にそう言い聞かせ、橋に踏み込んだ瞬間——。

ババッ、ぶぅんッ。

ライトハンドを顔の前で二度振り、直後に小さくだが激しくヘッドをシェイク。そう、僕は踊った。なかなかのキレで踊ってしまった。

……ように、見えたと思う。

先程の僕よろしく、この場所のことをなにも知らない観察者がいたら「アイツなんで踊ってんの?」と訝るに違いない。僕は息を止め、心の中ではギャア！　と叫び、パニックに陥りつつ、踊っていた。こういうことだったのかと眉をぎゅっと寄せる。できれば目も閉じたかった。口は絶対に開けてはならない。

虫である。小さな、だが大量の羽虫だ。

人々が踊っていたように見えたのは、気がつかないまま虫の群れに突入してしまい、自分の周りが虫だらけになったことに驚き、慌てて払おうとしつつ、足早に脱出する……そんな一連の動きだったわけだ。

僕は少しでも羽虫たちを遠ざけたくて、顔の前で何度も手を振るのだが、まさしく焼け石に水。この大群、こういうの……なにか言葉があったぞ、そうだ、あれだ、蚊柱《かばしら》！　その蚊柱の只中にいるのだ。必死に手足をバタつかせながら、ごく短い橋を脱出する。羽虫たちはあくまで橋の上を縄張りとしているらしく、渡ってしまえば追ってはこない。数秒だったはずだが、ものすごく長く感じられた。髪に侵入されたような気がして、不快きわまりない。僕は犬さながらブルブルと頭を振り、やっと呼吸を再開する。

なんなんだ、今日は。

朝から鼻血を噴出し、屈辱的なあだなを思い出し、知らない男に「小指の爪を伸ばすな」と叱られ、区役所の休日窓口は恐ろしく混んでて五十分も待たされ、あげくは蚊柱に襲われる……この雨森町に、まったく歓迎されている気がしない。

「ユスリカよ～。血は吸わないから、へいきへいき」

いつまでも髪と服をバサバサさせている僕を見て、高齢の婦人が声をかけてきた。小柄で抹茶色のカーディガンを羽織っている。近隣の住民だろう。

「吸わないんですか？」

「そう、吸わないの。今日は春らしい陽気になったものねえ。そういう日に、ぶわっと出るのよねえ。蚊柱、って言葉はわかる？　蚊柱はほとんどが雄《おす》で、雌《めす》を待ってるの。まあ、お見合い会場かしらねえ。害はないのよ」

「害、ないんですか……？」

「洗濯物につくと厄介《やっかい》だけどねえ。あと、目に入ると痛いわ」

それはたぶん、どんな虫でも痛い。

蚊柱を擁護したおばあさんは、「じゃあね」と笑いながら、ゆったりと橋に歩み入っていく。蚊柱の中にも入ったが、手をバタつかせることもなく、早歩きになるでもない。なんてクールな蚊柱スルーだ。僕はたとえ百年ここに住んでも、あの境地には達せまい。

無害だとしても、気持ち悪い、という心理的な害があるではないか。

ああ、もういやだ。昔からこんな虫、いただろうか。覚えてない。少なくともこの蚊柱現象を記憶していたら、僕は雨森になんか来なかった。いやだいやだ。春は嫌いだ。

どっと疲れた気持ちで、再び歩き出す。

商店街の入り口に、アーチ状の看板があった。

雨森町商店街。そのまんまの名称である。

ドラッグストア、青果店、精肉店、総菜屋……駅から近い店舗はほとんど営業しているのだが、離れていくにつれ、シャッターが目につくようになる。そうかと思うと、まだ開店したての小洒落たパン屋などもあった。東京の片隅で、時代の波に飲まれそうになりながらも頑張っている商店街、といったところか。僕が中学生の頃はどうだっただろう。あまり思い出せないが……そこそこ賑わっていたような気もする。精肉店のコロッケが美味《おい》しかったことは覚えているのだが、その店が商店街のどのあたりだったか定かではない。これは僕の記憶力の問題というより、転居が多かったせいだ。いろいろな町の地図が、どうしてもごっちゃになる。

商店街に入ってからしばらく歩くと、新しい住まいである。

僕は首を上げて、建物を見た。眼鏡が少し落ちてきてクイと上げる。今朝落とした時に、フレームが歪《ゆが》んでしまったのかもしれない。

築年数は知っていたので覚悟していたが……なるほど古い。くすんだ黄色っぽい外壁は、もとは白かったようだ。商店街に面している扉は一階の喫茶店用で、二階から上はビルの横の脇道側にある出入口に回ることになる。店の名前は……名前は…………擦《かす》れた印刷をしばらく睨み、ようやく読めた。

レインフォレスト。

もちろん雨森町だからレインフォレストなのだろうが、一般的にrainforestと聞けば「熱帯雨林」を思い浮かべるだろう。中学生の時は気にならなかったのだが、大人に……もといオッサンになった今は、こういうズレた英訳がすごく気になる。レインフォレスト……なんだかこう、オランウータンが木にぶら下がっていて、ラフレシアが咲いて、オオトカゲが走り回っていそうではないか。

喫茶レインフォレストの扉には、営業中の札がかかっていた。

扉の上半分は格子のガラスが嵌《は》まっていて、店内が少し見える。狭そうだ。まずはこの店主でもある大家さんに挨拶して、鍵を受け取らなくては。

店の扉を開けようとした時、『営業中』の文字の下に『おはなし、ききます』と手書きの張り紙があるのに気がつく。おはなし……？　人生相談にでも乗ってくれるのだろうか。不動産業者の話だと、店主は面倒見のいいおばあさんという話だったので、そんなサービスをやっていそうな気もする。

緑色に塗られた扉を押す。

コーヒーの香りがして、いらっしゃい、と男の声がする。

内装はくすんだオレンジのような漆喰《しっくい》壁、アンティーク調の照明が、年季の感じられる木製カウンターを照らしていた。テーブル席はたったふたつ、暗い赤の布張りソファは座面がやや凹み、今までの客の尻を記憶しているようだ。テーブルの上に、赤い球体が置いてあり、僕は目を凝らした。アレは……アレではないか？　昔の喫茶店によく置いてあった、自分の星座を選んで小銭を入れると、おみくじが出てくるアレだ。ものすごく久しぶりに見た気がする。

レトロだ。昭和だ。

そりゃ僕だって昭和の生まれだ。でも学生の頃には、都市部にはもうチェーン店系カフェがあったし、スターバックスも今ほどの店舗数ではないが存在した。こんなザ・昭和な喫茶店に入ったのは、まだ小さな頃、親に連れられての数回きりだ。だいたいいつも、クリームソーダを頼んでいたのを覚えている。

「え？」

店員が怪訝《けげん》な顔で言った。

僕は戸惑い、「え？」と返した。なにが「え？」なのかわからない。平々凡々な僕の外見に、おかしな点でもあるのだろうか。

「…………あ。もしかして、鍵？」

だいぶ間をおいて聞かれる。どうやらこのアルバイトらしき店員は、大家さんから僕が今日ここに越してくることを聞いているらしい。そうか、きっと彼が鍵を預かっているのだろう。

「はい。島谷《しまたに》です。島谷弼《たすく》」

僕はそう答え、だいぶ年下であろう店員にぺこりと頭を下げた。店員は「しまたに？」と小さく口の中で呟くと、ちょっと首を傾《かし》げてからひとつ頷《うなず》き、

「そのへん、座って。コーヒー？」

と言った。

「いえ、僕は」

「いいから座んなよ」

あくまで彼はタメ口だ。

僕よりひと回りは下……つまり二十六、七歳くらいのいわゆるイケメンである。目がぱっちりと大きく、可愛い系、というカテゴリだろうか。顔も小さく、背も高そう……つまり人生の勝者だ。外見だけで人生がうまくいくわけではないと訳知り顔をする人に、僕は問いたい。ではあなたの前に神さまが現れて『キミの来世だけど、背の高いイケメンと、平均身長の眼鏡ジミメン、好きなほう選んでいいよ？』と言われたら？

ちなみに賢さは本人の努力次第だ。さあさあ、どっちだ。僕は絶対に前者を選ぶ。

「じゃあ……メニューはありますか」

「ないよォ。ここ、メニューないの」

答えたのはイケメン店員ではなく、カウンター席に座っていた女子高生だった。このふたりは、僕が入ってきた時も、親しげに……というかイチャイチャ話していたのだ。日曜なのに制服？　部活だとか？　しかし制服で喫茶店は、校則的にNGなのではないか……などと思うにしろ、僕が口を挟む問題でもない。

「えっとねェ、ここにあるのはコーヒー、昆布茶、各四百円。厚切りトースト追加はプラス二百円、だよ」

引き続き、女子高生が説明してくれた。肩を過ぎるくらいの髪をハーフアップにして、チョウチョ型のクリップで留めていた。色が白いので頬のそばかすが目立つ。

「……それだけですか？」

「それだけ。ね？」

同意を求められた店員は「うん」と頷き、女子高生に微笑みかける。女性ならば年齢を問わず好印象を持つに違いない、お伽噺《とぎばなし》の王子様めいた笑顔……まあ、僕からすれば嘘くさくてチャラい。

「ではコーヒーをください」

僕はやっと座り、そう言った。疲れていた。ひと休みしたいのだ。

「トーストも食いなよ」

チャラ男が唐突なサジェストをしてきた。提案と言うより命令に近い。今日はバタバタしていたのでろくに食べていない僕だが、「食え」と言われると食べたくなくなる天邪鬼《あまのじゃく》さを持ち合わせている。

「結構です」

どんな相手に対しても一定の礼節は心がける主義につき、丁寧語で拒否だ。

「そう言わずに」

「コーヒーだけで」

「うちのトーストうまいよ？　ね、ちったん」

「うん！」

ちったんと呼ばれた女子高生はコクコク頷き、「ユキちゃん、トースト焼きながら話の続き聞いてくれる？」とチャラ男に尋ねた。

「もちろん」

「じゃあ、いいよ。焼いてあげて」

「いえ、結構ですから。ほんとに」

僕は笑った。もちろん作り笑いであり、その中に呆れのニュアンスも含ませておく。

ここの三階に住む以上、現時点でこの店員と揉めるのも面倒だという計算まで含めたこの顔が、僕の妥協点である。

妥協点。妥協するべき点《ポイント》。

僕はいつもこのポイントを探しながら生きてきた。

人生を道に喩えた場合、僕の歩いている道が険しい岩山だとは言わない。現代の日本に生まれている時点で、そこそこ舗装された、おおむね安全な道である。その舗装された道でも、やはり水たまりがあったり、誰かの吐き捨てたガムがあったりもする。ガムならまだいいが、もっとひどいものが投棄してあったり、そうかと思うとたまには花も咲くのだ。それらを踏まないように気をつけながら、かといって慎重になりすぎてのろのろすることもなく、的確に最短距離を進むこと――それが僕の理想とする生き方だった。ちなみにこの生き方が正しいかどうかは三十八年生きていてもわからないままで、楽しいかどうかで言えばとくに楽しくはないが、彼女は『わかる。あなたらしい』と笑っていた。

「うちのトーストは食べておくべきだと思う。それだけの価値がある」

チャラ男はしつこかった。僕はなんだかもう面倒になってしまい、固まった半笑いで「じゃあ」とだけ答える。さっさとトーストを食べて、鍵をもらってここから消え、荷物を整理したいのだ。

チャラ男はまず、コーヒーの準備から始めた。コーヒーの種類がひとつということは、店のオリジナルブレンドなのだろう。それだけで勝負しようというのだから、こだわりはあるようだ。もちろん、今はいない店主のこだわりだとは思うが。ご本人はかなり高齢だそうだから、店のことはほぼこのチャラ男に任せ、実質隠居していることも考えられる。

チャラ男がコーヒーをドリップしているあいだ、女子高生は喋り続けていた。チャラ男はコーヒーから目を離さないまま、彼女の話に相づちを打っている。なかなか絶妙な相づちだ。適切なタイミングで入り、相手の喋りを決して邪魔せず、マンネリ化を避けるために時折バリエーションをまぜる。これは簡単そうで難しい。女子高生のちったんは他愛ない恋バナをしているわけだが、きっと気持ちよく喋れているだろう。

コーヒーができ上がると、運んでくれたのはちったんだった。チャラ男はカウンターの中から出ないまま、食パンの袋を開けている。

「ありがとうございます」

僕が頭を下げると、ちったんも「どういたしまして」とペコリとお辞儀をした。素直な子だ。そのまま微笑んでカウンターに戻り、僕はコーヒーカップに口をつける。

お、と思う。

予想より、うまかったのだ。

個性を押し出したコーヒーではなく、万人に愛されるバランスのよさがあり、ほんの少しだけ酸味が強い。穏やかで優しい色味のテキスタイルに、スッと細い銀糸が織り込まれているような味わいだ。チャラさとドリップの腕は別問題だと僕は理解し、チャラ男を盗み見る。今は背中を見せていて、少し癖のある髪は、シャツの襟をすっかり隠す長さだ。ロン毛は美形と業界人にだけ許されている。

チャラ男はガス台に向かったままで、ちったんと会話を続けていた。コーヒーとはまた別の、芳《かぐわ》しい香りが漂い始めて、僕はあれ、と思う。これはもしかして……。

「網で焼くんだよォ」

カウンター内を窺っている僕に気づいたのだろう、ちったんが振り返り、教えてくれた。なるほど、トースターではなく網焼きなのか。男が背中を向けたまま「これ、めんどくさいんだけどさー」と気の抜けた声を出す。

「けど、ばあちゃんのこだわりだから、やめるわけにもいかねーし」

ばあちゃん、という呼称、粗雑な中にも慈しみの感じられる呼び方――。チャラ男は店主の孫なのかもしれない。なるほど、だとすれば、接客態度に問題があってもクビにならないわけだ。

ほどなく、トーストが届いた。

厚切りで、十字に切れ目が入り、中心にはバターが鎮座している。

焦げ目にムラがあり、均一なキツネ色ではない。だがそのほうが美味しそうに見えるのはなぜなのだろう。バターはちゃんと常温になっていて、塗り広げるのが楽だった。トーストの上のカチカチバターほど、人を失望させるものはない。

「ジャムつけて食べてね、ジャム超おいしいから、絶対ね！」

またしても持ってきてくれたちったんが早口に言った。なるほど、トースト皿の端に、おちょこサイズの容器があり、その中にジャムが入っている。色からするとママレードだろうか。

さてどうしたものか。

実のところ、僕はバタートースト派である。なにごともシンプルなほうがいい。とはいえ、せっかく勧められたのに無視するほど頑《かたく》なでもないので、あとから試してみようと思った。まずは、バターのみ塗られた角の部分を齧《かじ》ってみる。とても香ばしかった。食パンは一般的な品質で、生地にミルクだのバターだのを練り込んで甘みや風味を出した高級品ではない。バターそのものも、量産されてる製品だと思う。普通に、まっとうに、うまい。毎日食べても飽きない味だ。サクサクともう二口進む。焦げ具合にムラがあるせいで、歯に当たる感触が変化するのが楽しい。自分がかなり空腹だったことを、今さら思い出す。すると今度は甘い味もほしくなる。

次に、ジャムを載せて齧ってみる。

最初、ジャムの酸っぱさにちょっと驚いた。僕はジャムをそれほど食べないし、稀《まれ》に口にする機会があるのは市販の一般的なものなので、それなりに糖度が高い。だがこのジャムは甘いより先に酸っぱいを感じる。かつ、予想していたママレード独特の苦味がまったくなく、これは違うと気がついた。

酸味があり、苦味はなく、こっくりとした味わいで、色は透明度の低い、暗いオレンジ……アンズ？　え、アンズジャムってこんなに美味《うま》いものだったっけ？　爽快な酸味のあとにやわらかな甘みがきて、それがバターのコクと一体化し、網目の焦げ模様のパンにじんわりとしみている。うんまい。これは降参だ。僕はいそいそと、小さなスプーンを手に取った。残されたすべての面積にアンズジャムを塗ることが決定だ。

いいことも、あるじゃないか。

鼻血噴出だの蚊柱ダンスだの、とんだ厄日かと思っていたが、こんな出会いもある。今までの人生でナンバーワンのトーストかもしれない。コーヒーも価格以上のクオリティだ。どうやら雨森町は、僕を完全拒絶しているわけではないらしい。カフェインと糖質摂取で、精神的疲労もだいぶ癒やされてきた。

「不思議なんだけどね。ずっと見られてると、悪くない気分になってくるみたいな」

ちったん、と呼ばれていた女子高生のトークは、僕がトーストを食べているあいだも続いており、現在も継続中だ。トーストの追加注文を迷いながら、僕は聞くともなく、その会話を聞いていた。

「最初は、なんかヤバイ人かもって思ってたんだけど……。だって彼、いつも気がつくとあたしのこと見てるわけだし。駅のホームとかにいるし。コンビニとかにも」

「うんうん」

「このあいだはね、本屋さん」

「本屋さん？」

「うん。なんかね、ミステリ小説が読みたくなったの。風変わりな探偵が出てきて、謎を解く感じの、あんまり難しくはないやつ。それで文庫本をいろいろ見るでしょ？　本屋さんの……棚の中じゃなくて、棚の前の台みたいなとこに、並べて置いてるとこ、あるでしょ？」

それは平積みという。書店でアルバイトをした経験のある僕は心の中で言った。盗み聞きするつもりは毛頭無いが、十席に満たないこの狭い店では聞かないようにするほうが難しい。

「そこから一冊取って、パラパラってして、面白そうかなって考えて、ちょっと違うなって戻すでしょ？　その日もそういうことしてて、表紙のイラストが気になったのを手にとって、パラパラめくって、元の位置に戻そうとしたら……違う本が置いてあるの。恋愛小説が」

……ん？

ミステリ小説を平積みの場所に戻そうとしたら、いつのまにか別の恋愛小説が積んであったということか？　そんなはずはない。読みながら気がつかないうちに数歩移動してたのではないだろうか。ミステリ小説の隣が恋愛小説のコーナーだったとか。

「おかしいなと思って。だけど、そういうことが何度かあったの。私が本を戻そうとすると、そこには絶対恋愛小説があって。そうするとタイトルが目に入るでしょ？　『あなたを見つめ続けて』『愛に気づけない人』『ささやきが心に届く時』……そういう感じだったかなあ」

「へえ、そんなことがあったんだ？」

「あったんだよね。だから私実験してみたの。ミステリ小説を読んでるフリしながら自分の周りにすごい気をつけてたんだ。そしたら……誰かが私の後ろにそっと忍び寄ってきて……」

なにそれ怖い。僕はもはや、ちったんの話に完全に耳を傾けていた。

「ササッ、と置いたんだよね。恋愛小説を。私がミステリを戻す位置に……」

「もしかして、それ」

「うん。そうなの。つまり私へのメッセージっていうこと」

ちったんが、真剣な声で深く頷く。

「その恋愛小説を読んでほしいっていうことなのか、タイトルを気にしてほしいってことなのか……とにかく、彼からのメッセージなんだよね」

「頑張るねえ、彼」

待て、チャラ男。そこは感心するところじゃない。恋バナかと思っていたらだんだんホラーになってきている。僕は口の端についたトーストのかけらを指で拭《ぬぐ》いながら、背中をもぞもぞ動かした。なんだか、ぞわっと来てしまったのだ。

「ホント、頑張るよね。辛抱強いっていうか、粘り強いっていうか……いつもつけ回されて、ちょっとうんざりだったんだけど、でもさあユキちゃん。考えてみたら、自分のことをそんなに好きでいてくれる人って、めったにいないよね？」

えっ？

「そうかもしれないねえ」

ちょ、いや、なに同意してる？

「べつに危害を加えられてるわけじゃないし……」

「うんうん」

待て待て。危害を加えられてからでは遅いのであって……。

「部屋を盗聴されてるのは、ちょっとどうかなと思うけど」

「あ〜、ねえ」

「私のたてる生活音なんか聞いてどうするの～、って不思議だったけど……たぶん彼は楽しいのよね。私の歩く音とか、私の鼻歌とか、寝返りでベッドが軋《きし》む音とか」

「それな～」

それな～、じゃない！

僕はほとんど叫び出しそうだった。盗聴されてるなんて、とっくに危険水域を超えているではないか。恋愛にのぼせた女子高生がそれに気がつけないとしても、彼女よりは年長者のチャラ男、おまえは注意喚起すべきだろうが。

「このあいだは、部屋に入ったら知らないうちにお花が生けてあって」

「お花」

「うん。可愛いお花だった。花言葉を調べてみたら『この愛を受け取って』だったの」

「メッセージだね」

もはや僕は愕然である。口がぽかんと開いてしまっているのに気づいて、自分で顎を押し上げて戻さなければならないほどだ。

「そうだよね……いいかげん、気持ちに応えてあげないといけないのかなって。彼のこと好きとか愛してるとか、それはまだわかんないけど、そういう答を出すにしても、彼のことわからなきゃ無理なわけで。私の中でそういう気持ちが生まれてきちゃってて、このあいだなんか、独り言しちゃったのね、部屋で。『そろそろなのかなあ』って……。

でもほら、考えてみたらその声って彼が聞けてるわけだから……そしたら、今度は郵便受けにもっと具体的なメッセージが……」

ガタン！

あえて音を立てて、僕は立ち上がった。ちったんとチャラ男がこちらに注目する。

限界だ。これ以上聞き過ごすことはできない。ちったんについてなにも知らない僕ではあるが、たまたまここで出くわして、コーヒーやらトーストやら運んでくれたのだから、それなりの縁があったともいえる。僕は他人の生活や信条に口を出す気はないし、正直どうでもいいし、自分も口を出されたくないし、まして恋愛についての考え方など、人それぞれで当然だと思っている。常識や道徳の力すら及ばなくなるのが恋愛というものなんだろう。しかし、犯罪に繋がる可能性が高ければ話は別だ。

「あの。失礼ですけど」

僕は立った場所を動かないまま、だが視線はまっすぐちったんに向けて言った。

「その男はだめです。危険なストーカーです」

ちったんは小さく黒目がちな目をキョトンとさせて「え」と身を竦めた。

「どう考えても、危ない。それ以上接触してはいけません。速やかに警察に……」

「えっと。でも彼は、私が好きだからこそ……」

「わかってます。あなたへの一方的な恋愛感情はあるにせよ、やっていることは犯罪だ。

いいですか、盗聴器を仕掛けられたということは、その男があなたの部屋に勝手に入ったということですよね？　花も同じです。これは明らかに住居侵入罪で……」

「おまえ関係ないじゃん」

　チャラ男が僕をオマエ呼ばわりした。友達じゃねーし、と心の中でツッコミつつ、今はそれより言うべきことがある。

「目の前に被害者になりそうな子がいるのに、無視できません」

「他人の恋愛に口出すなんて、ヤボすぎ」

「ストーキング行為は恋愛じゃない。犯罪だ」

「それはおまえが決めることじゃないだろ」

「僕が決めたわけではなく、法律でそうなって」

「うっさいっつーの」

　イラついた調子のチャラ男はカウンターから出て、僕の目の前に立った。推定身長一八五センチのイケメンを、僕はやや見上げて睨み返すことになる。いまさら世の不平等を嘆いてもしかたないが、やはりイラッとくる。

　一方、女子高生は目を泳がせて固まっていた。

　ふつう、ストーキングされていれば相手を気持ち悪く思うものだが、まれにはその熱心さにほだされるケースもあると聞く。つけ回されている期間がある程度長くなると、ストックホルム症候群に似た心理状態になるのかもしれない。自分を尾行し、見張り、盗聴までしている男がいる状況は大きなストレスだ。過度のストレスから現実逃避するために、ストーカーに対して好意的な感情を抱いてしまう……ありえる話ではないか。

「あのですね。もしきみが、その男のことを好きになりかけてるんだとしたら」

チャラ男を無視して、僕はちったんに直接の説得を試みる。するとチャラ男は、僕とちったんの間にグイッと割り込んできた。なんなんだこいつ。邪魔の仕方が小学生レベルだ。僕はなんとか身体を傾けて顔を出し、ちったんに声を届けるべく頑張る。

「それは気のせいというか……いや、人間が考えてることなんてすべて気のせいとも言えるけど……だとしても、安全な気のせいと、危険な気のせいがある。きみに芽生え始めているのは、危険なほう。だから慎重に検証しないと。ストーカーは、相手の都合を無視して自分の感情を押しつけてきます。本当にきみが好きだったら、そんなことはしないはずでしょ？　きみの気持ちを尊重してくれるはずでしょ？」

「そう……かな」

ちったんの声は少し震えていた。

「逆じゃないの？　本当に好きだったら、自分の気持ちを押しつけずにはいられないんじゃないの？　だって、自分の気持ちなんてコントロールできないよ。遠くで静かに見守るだけなんて、たいして好きじゃないってことじゃないの？」

「いやいや、そうじゃないです」
　僕はとうとうチャラ男を押しのけて、ちったんの前に立った。
「自分の気持ちを押しつけたがるのは、幼くわがままな感情です。あのね。百歩譲って
その男の恋愛感情が本物だとしても、相手が危険なことには変わりないんです。ご家族
には相談してないの？　親御さんと一緒に、警察に……」
「そんなことしない！　私ももう、彼のことが好きに……」
「だから、そんなのは妄想みたいなも……ぐっ……」
　この子の身の安全に関わるのだからと、多少強くなった言葉がくぐもる。チャラ男が
背後から僕にヘッドロックをかけてきたせいだ。苦しい。初対面の相手にヘッドロック
をかけられたのなんか、生まれて初めてだ。ほんと、なんなんだこいつ。身長差がある
ので逃げ出せず、じたばたもがいた。
「妄想……じゃ、ないもん……」
　ぎりぎり聞き取れる、小さな声だった。もがいてる僕を見ず、かといってチャラ男を
見てるふうでもなく、喫茶店の古い床板に向かってその言葉は零《こぼ》れ落ちる。
「妄想なんかじゃ」
　苦しそうに繰り返された言葉の途中で、彼女はカウンターの上にあったカバンをむん
ずと摑み、店を飛び出していってしまった。

やっとヘッドロックが解けたのは、チャラ男が慌てて追いかけていったからだ。首の血流が一気に戻ってクラクラきて、直後に咳《せ》き込む。フィジカルな争い事に慣れていない僕なので、ほんとにちょっと、死ぬかと思った……。

喫茶店の中には、僕だけが取り残されている。

おいしかったはずのトーストが胃の中でズンと重たくなったのは、ある種の罪悪感のせいだろうか。だが間違ったことは言っていないし、意地悪な気持ちがあったわけでもない。素直なちったんに好感を持ったからこそ、疎まれる覚悟で指摘したのだ。

なのに、なんだろう、この自己嫌悪。

ほどなくチャラ男が戻ってきた。ちったんはいない。脱力して座っていた僕の前に立ち、またしても見下ろされる。明らかに不服げな顔を、僕も負けじと見上げた。目を逸らしたら、己の非を認めることになってしまう。だから、相手をしっかり見て……。

「ぎっ！」

小動物が天敵に噛まれた時のような声……を出してしまったのは僕だ。瞬発的な衝撃に、たまらず下を向き、両手で鼻を覆うように押さえる。眼鏡が額までズレてしまった。

痛い。なんだ今の。鼻が痛い。

「なァんで人の恋愛に口出すかなー？」

呆れ声が降ってくる。

「き……危険だと思っ…………うおっ」

鼻から手を離すと、ぬるりとした感触があった。手のひらに血がついている。今朝方、小指ズボリで傷つけてしまったところから再びの出血だ。慌ててまた鼻を押さえる。

「ぶはっ、鼻血！」

笑われて、僕は男を睨んだ。あんまり上を向くとまた喉に血が回りそうだったので、上目使いにギロリという感じになって、たぶんまったく迫力はない。

「デコピンしたつもりだったんだけど、おまえが避けようとすっから」

「避けるだろっ、ふつう！」

「まあ、バチが当たったんだろ」

「は？　僕はバチが当たるような真似なんか……」

「あ、キミエさん、いらっしゃーい」

僕に反論すらさせず、チャラ男は新しく入ってきた客に愛想を振りまいた。僕は慌てて眼鏡の位置を直したものの、出血までは止められない。

来店したのは、ちんまりとしたシルエットの高齢女性だ。真っ白な頭髪に、やや丸い背中。抹茶色のカーディガンは……あれ、もしかして。

「あらま。さっきの」

老婦人がニコリと笑いかけてくれ、僕もぎこちなく会釈する。

そう、さきほど橋のたもとで会ったおばあさんである。チャラ男のエスコートでカウンターではなく、テーブル席へ……つまり、僕の隣の席につく。テーブル席はふたつしかないので、自然とそうなる。

「ありがとう、ユキちゃん。いつものね」

「はーい」

甘ったるい声が返事をした。大好きなおばあちゃんと話す孫……そんな雰囲気だ。僕に対しては暴力的なくせに。

「あらァ、あなたどうしたの。鼻血？」

「いえ、いや…………はい」

最初の「いえ」は「大丈夫です」の意味だったが、鼻血を出しているのは事実なのでここで「いえ」は変だなと気がついて、「いえ」を否定するための「いや」を言い、だがその意図は相手に伝わりようもなく、最終的に「そうです、鼻血出してます」という「はい」になった。言葉は時に、面倒この上ない。

「おーい、ハナヂ」

カウンターの内側に戻ったチャラ男が、おしぼりを投げてよこす。僕の運動神経でうまくキャッチできるはずもなく、額にバウンドし、膝《ひざ》の上に落ちた。また痛い。しかも熱い。もういやだ……。

「テーブルちゃんと拭いとけよ？」

僕ではなく、テーブルの心配か。年季の入った木製テーブルを確認すれば、確かに三滴ほど赤い血が落ちていた。はいはい、拭きますよ、拭けばいいんでしょ、だけどなんでそんな命令口調なんだ、そして客を「ハナヂ」呼ばわりするとは失敬千万だ。

またしても遥か昔の転校初日が脳裏に浮かび、僕はげんなりする。

「ほらほら、ティッシュあるわよ。柔らかいやつよ」

「あ……すびばせん」

「じっとしときなさい。テーブルはアタシが拭いておくから」

「はい……」

おばあさんの優しさが、身に染みる……僕はソフトなティッシュで鼻に栓をつめた。

「キミエさん、そんなのほっといていいから。はい、昆布茶ぬるめね」

「ふふ。アタシね、こういう賢そうなメガネの子に弱いの」

子、という歳でもないが、確かにこのキミエさんからしたら子供であろう。しかも賢そうと言われたので、ちょっと嬉しい。

「えー、こんなハナヂ野郎でも？」

鼻血はおまえのせいだ！　と心の中でシャウトしたものの、穏やかなお年寄りの前で揉めるのも気が引け、僕はじっと黙していた。人生は忍耐である。

コーヒーとトーストのおかげでだいぶ浮上していた気分はすでに急降下、きっと今日はダメな日なのだろう。そういう日もある。鼻血が落ち着いたら、さっさと店を出……あ、だめだ。大家に会わないと鍵がない。そして大家については、このチャラ男に聞くしかないという絶望感。

チャラ男はそのまま老婦人の前に居座り、世間話を始めた。正しくは、チャラ男が始めたというより老婦人が始めた。このチャラ男は腰を落ち着け、聞き役に回っているのだ。

女子高生相手の時も思ったが、このチャラ男は聞き上手である。相手が女性ならば年齢問わず、穏やかな空気感と、気持ちいい相づちを提供できるらしい。僕が提供されたのは、狙いの外れたデコピンだったが。キミエさんはいくらか耳が遠いのか、声が大きい。さらに今回は真横で話しているので、聞こえるもなにも、聞かないようにするのは不可能だ。人は目を閉じることはできるが、随意に耳を閉じる能力はない。

数分のうちに、話の内容がだいぶまずい感じになっていた。

「最初は押し売りみたいなね、そういうのかと思っていたの。ほら、アタシ、年寄りのひとり暮らしでしょ。そういう人、狙われやすいってテレビでやってたから。だからね、どんなセールスも、帰ってもらってたのよ。でもこのあいだ、その人……若い男の子で、まだ二十代かなっていう感じなんだけど、家のちょっとした前庭、あそこの草むしりをしてくれてて。スーツに土汚れなんかつけて……」

「ん? キミエさん、草むしり頼んだの?」

「ううん。アタシ、コーラスの日だったからいなかったもの。帰ったらその子が、草ぼうぼうの小さい庭にしゃがみ込んで、きれいにしてくれてたのよ」

デジャヴ……この喫茶店で不法侵入の話を聞くのは二回目だ。

「その子、アタシを見つけてびっくりした顔で、『すみません、なんだか雑草が気になっちゃって』って……。あんまり汗まみれだったから、麦茶をあげたわ。その時に初めて知ったんだけど、セールスの人じゃなかったのよね。なにかを売りに来たわけじゃないんだって」

チャラ男の眉間に軽くシワが寄った。この男も僕と同じことを考えたのかもしれない。なにかを売りにきたわけじゃない——であれば、なにかを買いにきたのではないか。

「リサイクル? そういう仕事の人なんですって」

やっぱりな、と僕は鼻栓を弄《いじ》った。少し引き抜くと、鼻奥で血がヌルンと流れる感覚がある。だめだ、まだ外せない。

「でも、電化製品とかじゃなくて、古い着物とかアクセサリーとか……そっちが専門なんですって。アタシ、着物も宝石も一通り処分したたし、お売りできるようなものはないわって言ったら、すごくがっかりした顔して。ふふ、顔に出ちゃう子なのよね」

以下、キミエさんの話をまとめるとこうなる。

若い男は正直に「草むしりしたら、価値のあるものを売ってくれるかもしれないと思って」と自分の下心を告白したそうだ。ついでに自分がなかなか仕事の実績を上げられないと弱音を吐き、その日は帰っていった。そして数日後、同じ若者がやってきて「その節はご迷惑おかけしました。もうあの仕事は辞めました」と明るい表情で報告したという。愚痴を聞いてくれたお礼だと、どら焼きのお土産まで持参しており、ちょっとほだされたキミエさんは「お茶を飲んでいく?」と誘ったが、「ご迷惑になりますから」とすぐに帰ったらしい。どら焼きは美味しかったそうだ。

ということは、押し売りでもなく押し買いでもない。キミエさんに被害がなくてなにより……で話が終わればよかったのだが、まだ続きがある。さらに一週間ほどすると、今度は駅の近くで、偶然その若者に出会ったという。コーラスサークルに行く途中でだ。スーツではなく普段着で、背中が丸く、元気がなかったそうだ。

「前の職場の借り上げアパートを出て、たまたまこのあたりに引っ越してきたんですって。でも次の仕事が見つからないみたいでねぇ。食費も切り詰めて、夕方にスーパーで半額になるお弁当とかそんなのばかり食べてるって聞いて……アタシ、かわいそうになっちゃって。だから誘ったの。よかったら、今度ご飯を食べにいらっしゃいって」

あー………。

僕は胸中で大きなため息をついた。

それは……うん……たぶん、ただの押し買い業者より、もっとまずいやつだ。キミエさんは偶然会ったと言っているが、以前コーラスサークルのことをその若者に話し、それに合わせて相手が待ち伏せていた可能性が高い。このへんに引っ越してきたというのも眉唾《まゆつば》ものである。自分が無理やり押しかけるのではなく、相手が誘ってくるように仕向け、まんまと家に上がり込み、相手との心理的距離が縮まったところで、なにかしらの勧誘をする——そういう手口だろう。ここまで手数をかけるなら、額の大きな金融商品、おそらくは詐欺紛いのものだ。組織化された詐欺集団の気配を感じる。このあとそいつはキミエさんの手料理を食べながら、親しく会話して家族構成や資産などの個人情報を引き出し、虎の子の資金でもあろうものならまんまと騙《だま》し取られる。ひどい話だ。

僕は下を向き、鼻に詰めたティッシュを抜き出して確認する。

よし、血はもう止まった。これ以上この優しい老婦人が騙されていくのを聞くのはつらい。注意喚起したい気持ちはあったけれど、同じ過ちを繰り返す気もなかった。今度はデコピンどころか横っ面をはられるかもしれない。ならば選択肢はひとつ。一度ここから離れるしかない。少し時間を潰してから……銭湯の場所でも確認してから、また戻ることにしよう。

「でね、今日、晩ご飯を食べに来てくれるのよ」

キミエさんが嬉しそうに、両手のひらを拝む形に合わせた。

「今日？」

「そうなの。もうアタシね、朝から張り切っちゃって。支度は終わったんだけど、なんだか気持ちがフワフワ落ち着かないから、ちょっとここに昆布茶をいただきにね」

そっかァ、とチャラ男が微笑んだ。よく笑っていられるもんだ、と僕は内心で呆れる。

「その人、何時に来るの？」

「キミエさんといろんなお話したいから、少し早めに行っていいですかって……五時頃に来ることになってるわ。あら、もうすぐね」

「……ご馳走様でした」

今だ。

僕はごく小さな声で言い、会計ぴったりの硬貨をテーブルに置くと、キミエさんより先に立ち上がった。できるだけさりげなく二歩移動したところで、クンッと上体だけつんのめる。誰かが服を……僕のベルトとチノパンの穿き口をまとめてガッと摑んだからだ。無論、そんな失礼な真似をする人物は、ここにひとりしかいない。

「ハナヂ、待て《ステイ》」

「犬じゃないし。それ以前に、ハナヂという名前でもないので」

「とにかく待って。ねえねえキミエさん。晩ご飯ひとり増えてもいい？」

「たくさん作ったから大丈夫よ。ユキちゃん来る？」

「俺は店があるから行けないけど、こいつが行く」

僕は目を剝いてチャラ男を見た。行かない。行くわけがない。だがすぐそこにキミエさんがいるため、ほんの一瞬、そう口に出すことをためらってしまった。

「まあ、そう。あなた、いらっしゃるの」

その一瞬のあいだに、おおらかで人懐こいのであろう、キミエさんが納得してしまった。チャラ男はダメ押しのように「うんうん。行く」と頷くので、僕は大いに慌て、

「いえ、そんな。見ず知らずの僕なんか家にあげちゃいけません」

と遠回しに、お邪魔する意図がないことを伝えようとした。しかしキミエさんは「ユキちゃんの知り合いなら、見ず知らずじゃないわァ」とどこまでもおおらかだ。

僕はユキちゃん、もといこのチャラ男と知り合いでもなんでもなく……待て、ここの三階に間借りする以上、一切合切関わりないとは言えないのか？　いやいや、そんな厳密なところを考える必要はない。僕はおたくで晩ご飯をごちそうになるつもりはありません、とハッキリ言えばいい。さあ、言え、島谷弼。一刻も早く口に出せ。

「大丈夫よ。若い人が来ると思ったから、ご飯も多めに炊いたの。こんなおばあちゃんの作るものだから、古臭い献立だし、おいしいかどうかわからないけど」

「なに言ってんの。キミエさんのごはん最高だよ。とくにぬか漬け。俺の人生で一番おいしいぬか漬けはキミエさんのだな。ハナヂ、ぬか漬けキライ？」

「いや、嫌いでは……」

「あらぁ、よかったぁ」

……だめだ。完全にタイミングを逸してしまった。

それじゃ行きましょうと、まずはキミエさんが喫茶店を出る。この時を逃さず、「なんで僕が」とチャラ男に不服を申し立てようとしたのだが、

「なんでって、わかってんだろ？」

早口のチャラ男に遮《さえぎ》られてしまった。

「キミエさんちに入り込もうとしてるやつ、絶対ヤバい。キミエさんと仲よくなって、ツボとか水晶玉とか、買わせようとしてんだ」

「ここまで用意周到な場合、金融商品の可能性が高いんじゃ……」

「なんだろうとヤバいんだから、阻止しろ」

「どうやって！」

反射的にそう口にした直後、質問を間違えたことに気がついた。

聞かなければならないのは「どうやって」ではなく「なんで僕が」だ。だが聞き直すより早く、チャラ男の返事が来てしまう。しかも、「それは自分で考えろよ」という無責任も甚だしい返答である。

「いや、待って。そもそも、僕には関係ないことで……」

「なくない。ここに住む以上、ここのお客様は大事にしてもらわないと。コーヒーとトーストはサービスしといてやっから！」

「ちょっ、僕には無理ですって」

「大丈夫、あとで心強い応援を送る。それまでキミエさんをひとりにしなければいいんだよ。怪しい書類にハンコとか押さないように、見張っとけ！」

どっしん、と背中を突き飛ばされて、店から出される。その勢いで前のめりによろけながら、僕は一瞬、逃げることを考えた。このまま走り出せばいい。振り返らずに、全力ダッシュを……。

「もう、ユキちゃんは可愛い顔して乱暴ねえ。さ、こっちよ」

できるわけ、ない。

正義感からではない。自慢じゃないが、僕はいたって外面がいいのだ。

ニコニコと歩き始めたキミエさんと目が合ってしまえば、あとはもう、ぬるく笑って頷くしかないではないか。

二　肉じゃがは豚か牛か、そしてもんじゃ焼きにおける土手の意義について

こけし、もしくはきのこ。

遠藤《えんどう》と名乗った若者を見た時、僕は最初にかの郷土玩具を思い浮かべた。遠藤の髪型はいわゆるマッシュルームカットであり、僕より少し上の世代だといわゆる渋谷系というジャンルならば、男でもアリだった。そして今再び、男のキノコ頭がオシャレとされる時代になったのだろうか。もっともファッションなんてどんどん変わっていくもので、だからこそ流行は「流れ行く」と書くわけだ。僕は基本的に、男だろうと女だろうと好きな髪型をすればいいと思っているし、遠藤はこけしヘアがしっくりきていたから、そこに文句を言うつもりはない。

「島谷さん、でしたっけー？」

が、このにこやかさに作為を感じる。遠藤はまだ二十代前半だろう。髪はつやつや、肌はつるんとしていてヒゲも濃くなく、女性受けがよさそうだ。

「ご近所の方なんですよねー？」

食卓の席、隣に腰かけている彼に聞かれて、僕は「はい」と会釈した。遠藤の語尾はよく伸びる。

「キミエさんと仲良しなんですねー。いいなー。いつもこんなご飯をごちそうになってるなんて、超羨《うらや》ましいですよー！」

僕は「そうですね」と曖昧《あいまい》に笑い、漬物の小鉢に箸を延ばした。食事はすでに始まっていて、僕の設定は『近所に住む、キミエさんと仲のいいオジサン』だ。余計なことは喋らないようにと気をつけているのに、当のキミエさんが台所からヒョイと顔を出し、

「島谷さんも、初めてウチにいらしたのよ〜。お漬物の味、どうかしらァ」とバラしてしまう。

「あ。大変に、おいしいです」

「あれー、初めて？　もしかしてそんなに親しいってこともないのかな？」

「あらァ、アタシは島谷さん好きよォ。賢そうだものォ」

今度はいい返答だ。仲のよさ、つき合いの深さには触れないまま、けれど嘘にもなっていない。もちろんキミエさんはそういった計算などしてるはずもなく、自分の中に浮かんだ言葉を素直に口にしているだけだろう。だからこそ、

「頭がいいと血のめぐりもいいから、鼻血が出やすいのかしらねえ」

などというよくわからないコメントまで出てきてしまう。

それを聞いた遠藤がアハッと笑って「島谷さん、鼻血出したんだー？」と食いついてくる。口角はよく動いているが、目元の筋肉がほとんど動いていない。要するに作り笑いだ。

「まあ。ちょっと」

「どこかにぶつけたとか？」

「そんな感じですかね」

「ふーん。島谷さん、食べるの遅いですね」

「普通だと思います」

「僕、おいしいから箸が進んじゃって。キミエさーん、おかわり、いいですかー？」

飯茶碗を差し出す大きなアクションも、なんだか芝居じみていた。そう見えるのは、この若者が詐欺師かもと疑うバイアスのせいなのだろうか。

僕は正直なところ、他人の家で飲食するのが得意ではない。

もっとも会社の同僚から家飲みに誘われたことはそうないし、あったとしてもやんわり回避してきた。上司の新築祝いなど、断りにくいケースでは参加してきたが、そのたびひどく疲れていた。気の利いた手土産を用意し、長いローンを組んだであろう家を褒め、奥さんを褒め、大興奮でうれションしちゃう小型犬を褒め、インテリアを褒め……くたくたである。もはや料理を味わう余裕などない。

僕は基本的に、人を褒めるのが苦手だ。褒めている僕を見て、相手が「けっ、おべんちゃら言いやがって」と思っていないかと、不安になってしまう。たとえおべんちゃらではなく、本気で褒めていたとしても、僕の褒め方が下手なあまりそう思われてしまう可能性はあるわけで、だとしたら黙っていたほうがましなのではないか。しかし黙っているだけなら、お呼ばれされた意味はないのではないか。そういう結論である。そんな自分が今、見ず知らずも同然の人の家に、突然上がり込んで食事をしていることが我ながら信じられない。これはもう、巻き込まれ事故のようなものだ。

キミエさんの食卓には、いわゆるお袋の味が並んでいた。

肉じゃがに、手羽先の甘辛煮、大葉の入った出汁《だし》巻きたまご、ポテトサラダ、わかめと豆腐の味噌汁、そしてぬか漬けである。どれもおいしいとは思うが、慣れない状況で胃が萎縮してそうは楽しめない。それでも、喫茶店のチャラ男が言っていた通り、ぬか漬けが素晴らしい出来映えなのはわかった。

キミエさんが遠藤におかわりを渡し、自分もちんまりと座った。自分のご飯はほんの小盛りで、食べるより遠藤や僕が食べているのを見ている時間のほうが多い。

「肉じゃが、もっとよそってくる？」

「お願いしまーす。ホクホクのじゃがいも、すごくおいしいですー！　ね、島谷さん」

「あ、はい。……牛肉じゃないんですね」

何気なく僕がこぼした一言に、遠藤が「え」と反応した。

「肉じゃがは豚肉でしょ？」

「……え。僕の知ってる肉じゃがは、牛肉です」

「あらァ、島谷さん関西出身？」

「子供の頃、一時期いましたね。引っ越しが多くて」

キミエさんにそう答える。遠藤は新しく盛られてきた肉じゃがを、ドバドバと自分の飯の上に載せながら、勿体《もったい》つけた調子で、「そういうの、どうかと思うなあー」などと言い出した。

「はい？」

「確かに、牛肉のほうが高級だろうけど」

「？　なんの話を……」

「だからって、豚の肉じゃがが安っぽいとか、そういうことはないと思うけどなー」

「いや、僕はそんなことは」

「はっきり言ってないけど、空気っていうかー。そっかー、島谷さん牛肉じゃないと肉じゃが認めない派かぁって、伝わってくるもんってあるじゃないですかー」

「いや、ありませんよね？　ぜんぜんないです。そちらがそういう方向に誘導しようと思っていない限りは」

さすがに僕が言い返すと、遠藤が大きな目をパチリと瞬かせ、完全に口元だけで笑い「そうすかー?」と小首を傾げた。内心の舌打ちが聞こえるようだ。キミエさんが僕にネガティブな感情を抱くよう、意識的に仕向けている。言ってみれば軽い洗脳だ。このコケシ、顔は可愛いが、性格はえげつない。ここまで僕を邪魔者扱いするということは、やはりなにかしらの悪巧みがあるのだろう。

「牛でも豚でもおいしいわよねェ。鳥肉のところもあるみたいよォ」

だがキミエさん当人はあくまで牧歌的なので、遠藤もすぐに「なんの肉でもおいしければいいですよねー!」と迎合した。

当初、僕は何かしら理由をつけて、少しでも早くこの場を去ろうと思っていた。鳴ってもいない携帯電話に出るフリをして急用が入ったことにするなどの、具体的手段まで考えていた。けれど今、ここで僕がいなくなったら本当にまずい気がする。遠藤がネクタイを締めたスーツ姿で、ビジネスバッグを持参しているのも気になっていた。キミエさんの話だと、仕事は辞めたはずなのに。

「遠藤くん、すてきなネクタイねえ。もしかしてお仕事見つかったの?」

僕と同じ疑問を抱いていたのだろう、キミエさんが聞く。遠藤は口の中いっぱいにご飯を詰め込み、リスみたいなあどけない顔で「そうなんです」と答える。顔についたご飯粒まで演出なのだとしたら、ある意味たいした肝だ。

「それはよかったですね。どんなお仕事ですか？」

茶碗の内側についてるご飯粒を、箸で丁寧に拾いながら僕は尋ねた。さあ、言え。吐け。キミエさんになにを買わせるつもりだ。株か？　保険か？　CO_2排出権取引か？　あるいはそういった金融商品まがいの、まったくの詐欺物件をゴリ押しするのか？

「なんかねー、小さい会社なんですよ。でも、僕のやる気を買ってくれて。うーん、キミエさん、どうやったらこんなおいしいポテサラがつくれるんですか？」

僕の質問を躱《かわ》し、遠藤はキミエさんに声をかける。キミエさんが嬉しそうに「少しだけ甘くするのがポイントなのよ」と説明しだしたので、こちらもそれ以上の追及を控えた。もっとも、追及する必要すらない。どんな仕事なのかという問いに、具体的に答えられず話をそらした時点でクロ確定だ。遠藤自身も怪しまれていることに気がついている。ならば今日のところは、食事を終えたらすんなり帰るかもしれない。そのあとで、僕がキミエさんに説明すれば……。

だが、純粋に遠藤を信じているこの人に、どう説明すればいいのだろう？

いや、僕が説明する必要はなく、あとはチャラ男がなんとかすべきで……でもなあ……あのチャラ男で、大丈夫なのだろうか？　女子高生のちったんが、どう考えてもやばいストーカーに追われているというのに、ただ話を聞いてるだけだったではないか。俺の役割は話を聞くこと、以上！　みたいに思ってる役立たずなのではないか？

現に、今こうして現場にいるのは僕なわけであって……。

ぐるぐる考えているところに、電話が鳴った。

僕のスマホではない。遠藤のものでもない。ジリリリリという懐かしくも喧《やかま》しいあれは、固定式の黒電話だ。ジーコロジーコロとダイヤルを回すやつである。この家ではまだ現役で使われているらしい。あらあら、とキミエさんが廊下に出て行く。

「ぶっちゃけさァー」

ぐりん、と遠藤が身体の向きを僕のほうへ廻してきた。

「なんなんスか、アンタ。おばあちゃんの家族でもないくせにー、上がり込んで飯食うとかー」

コケシリスは、なかなかドスのきいた声も出せる仕様らしい。

「あなたも家族じゃないですよね」

「俺は招待されたもーん。あんた、横入りじゃん。つーかさあ、アレだろ？　俺のこと怪しい奴だと思って見張ってんだろー？」

「まあ、そんな感じです」

いまさら誤魔化しても意味がない。僕はあっさり頷いた。

「ちぇっ……悲しいよなー。俺、ガキの頃から家の事情であんま学校とか行けなくてー。頭悪いから、すぐ仕事クビになるし、こうやって誤解つーか、ヘンケンっつーか？」

「すみません。あなたの育った環境にとくに興味はないです。それに、ちゃんと再就職できたんですよね。そこの封筒にある名前……『しあわせマネーコンサルティング』……ファンドを取り扱う会社でしょうか」

部屋の茶だんすに立てかけるように置いてある遠藤のカバンの中から、大きすぎる封筒がはみ出ていたのを、僕は見落とさない。

「あー、そうなんだよね。俺みたいな高卒でも、やる気があるならって採用してくれてさー。先輩とかも、面倒見よくて、気が置ける人たちっつーか」

たぶん「気が置けない」と言いたいのだろう。慣用句勘違いあるあるはどうでもいいのだが、僕にはちょっと引っ掛かるところがあった。このコケシリス、じゃなくて遠藤は、詐欺かあるいはそれに近い行為で、キミエさんからなんらかの利益を引っ張り出そうとしている。それが事実だとして、もしかしたら遠藤自身、それをまっとうな仕事……法や道徳に反するものではないと思ってるのかもしれない。でなければ、自分の新しい仕事を説明した時、小鼻を膨らませて自慢げな顔になりはしないはずだ。

「金融商品仲介業者かな……。財務局への届出は当然してありますよね」

「え、なに？」

「あるいは、適格機関投資家等特例業務の届出を？　ただしその場合、平成27年の改正金商法で、一般個人の出資は禁止されてますけど」

「……またそういう難しい言葉しゃべって、俺みたいなバカをいじめようってんだろ？あんたがどれだけ賢いか知らないけど、すげえカンジ悪ィわー。むかつく」

コケシリスに本気の怒りが滲《にじ》み出る。僕にはいじめるつもりなどはなく、ただちょっと試してみようとは思っていた。ファンドを取り扱うには、金融商品取引法による厳格な登録が必要だ。その中で、一定の要件を満たすことにより、簡単な届出のみでファンド業務が行える業者がいる。それが適格機関投資家等特例業者であり、近年、投資経験など皆無の高齢者が被害にあっていたため、法律が改正された。この特例業者のフリをしたニセ業者も存在する。『しあわせマネーコンサルティング』がそうではないとは言い切れない。遠藤の反応からして、彼には金融商品に関する知識などほぼないわけで、そういう人材を営業に出すという時点で、もう怪しい。だが遠藤自身は、自分が詐欺の片棒を担がされていると気づいていない可能性が、ますます高まった。

かわいそうに、とは思わない。

冷たいんだろうが、思わない。僕はものを調べない人間が嫌いである。興味のないことを調べろとは言わないが、自分のやる仕事、自分の属する会社についてくらいは調べたらどうか。それらにまったく無知なまま、あっけらかんとしていられる心境が理解できない。この場合、学歴うんぬんはさして関係ない。学力の問題ではなく、情報力の問題であり、遠藤の味噌汁の横に置いてあるのは紛れもなくスマートフォンではないか。

なぜググらない？　と、本気で不思議に思う。

「やっべ、なんか俺、マジ腹立ってきたかもー」

遠藤がスマホを手にした。自分を反省し、自社の評判を検索しだした……わけではない。SNSで誰かにメッセージを送ったようだ。

「だってさー、俺ってば今、仕事のジャマされてね？　されてますよね？　まったく関係ない奴にジャマされてんだわ、マジで。ありえなくね？　はい、つーことで連絡しましたー！」

スマホを置き、食事を再開しながら遠藤は宣言した。

「よーし、さっさと食っちゃおー。キミエばあちゃん、味つけちょっと濃くね？」

などと言いながらガツガツ食べている。キミエさんはまだ電話が終わらないようだ。

「連絡とは？」

「連絡は連絡だろ。大事なんだよ、連絡。ほう、れん、そう、って教わったんだよなー、こないだ。報告、連絡、そう……そう……」

「相談」

「それな。でも俺は連絡したの。いわゆるヘルプ要請ってやつ？　わりとすぐ来ると思うから、優しい俺からあんたへのアドバイス。さっさと帰ったほうがいいよォ？　応援に来てくれる先輩、俺なんかと違って場数踏んでるし、いわゆる、武道《ブドウ》派っつーか？」

武闘《ブトウ》派、だ。ブドウだとシャインマスカットが来そうじゃないか。思うに遠藤は、ボキャブラリーを増やそうという意欲はあるようだが、学び方が雑すぎる。

「その先輩、年寄りには優しいけど、オッサンには容赦ないぜ」

「……いま脅迫しました？」

「まっさか。事実を言ってるだけー。ちなみにその場で殴る蹴るして警察呼ばれるようなバカじゃないし。腕も立つけど記憶力とかすごくて、あんたの顔とか名前をしっかり覚えると思うんだよねー。クールにおっかねーのよ。やー、俺も若い頃はいろいろ悪さしたから、ヤッベー人たちとずいぶん会ったけど、実際一番厄介なのってああいうタイプだよなー。そのぶん、味方だと心強いけど」

「あー……はい。そういう……」

さて、どうしたものか。

ポリポリときゅうりの漬物をかじりながら、僕は熟考した。これはハッタリだろうか、それとも本当だろうか。一応、本当だと仮定してみよう。それでも僕は正義の名のもとに、ここを動かなかったとする。やがて遠藤の怖い先輩がやってきて、僕の顔をしっかり覚え、後日、夜道を歩く僕は暴漢に襲われサンドバッグよろしく殴られ、さらなる報復が怖いので警察にも行けず泣き寝入り……楽しくない展開だ。

ならば、すぐにここを立ち去るべきだろう。

そして、この家を出たあとで警察に連絡すればいいのではないか。……いや、警察官が乗り込んだところで、キミエさんは彼らを不法侵入だとは言うまい。事実、呼ばれたので飯を食いにきた若者と、そのあと合流した先輩にすぎない。炊飯器にはまだたくさんご飯が残っていて、キミエさんはあの性格だから、先輩のことだって喜んで受け入れてしまうに決まっている。警察官がふたりに職務質問をした場合でも、前科がなく身分証に問題がなく、しあわせなんちゃらという会社が今のところ問題を起こしてないならば、あるいは問題を起こしていても巧みに隠しているのならば、警察官たちはそのまま帰る。そして警察に連絡したのは僕に違いないと遠藤が先輩にチクり、僕は夜道で暴漢に襲われサンドバッグよろしく……このルートもバッドエンディングだ。

それでは、遠藤の言葉がただのハッタリだった場合は？

つまり、おっかない先輩が来るというのは遠藤が苦肉の策として考えた嘘であり、かつ、僕の存在を煙たく感じて、キミエさんをターゲットとすることを諦める、という展開だ。であれば、僕がここから立ち去ったとしても問題ないし、警察に連絡する必要もない。これはいいハピエンだ。丸くおさまり、誰も傷つかない。しかしこの楽観的な展開が成立する確率はどれほどだろうか。遠藤がここまでして僕を追い払おうとしていること自体、キミエさんを餌食にする気満々である証拠なわけで、僕が去ったあとそう簡単に諦めるのか。

キミエさんがなんらかの被害を受けた場合、喫茶店のチャラ男に嘆くことだろう。そして僕はチャラ男に「役立たずのハナヂ野郎」と罵《のの》られる。しかもおそらく僕自身、その時には自分を「役立たずのハナヂ野郎」だと自己嫌悪している可能性が高い。僕は人並みに他人の評価を気にするタイプだが、じつは一番恐ろしいのが自分自身の評価だということも知っている。いわゆる自己肯定感だ。これが低くなるのはつらい。毎日、自分にダメ出ししながら生きていくことになるからだ。

以上の脳内シミュレーションを七秒前後で終了し、僕は結論を出した。

「僕、帰りません」

正しく言えば「帰れません」なのだが、それくらいの虚勢は張らせて欲しい。

「へー。勇気あんねー。痛みとかに、強いほうなんだ？」

「いえ。足の小指をドアにぶつけるのもいやです」

「それは誰でもいやだろ」

「そうでした」

確かに、あれは誰でも悶絶するほどに痛い。僕が自分の間違いを素直に訂正すると、遠藤は軽く眉を寄せて「あんたちょっと変」と言った。詐欺師（仮）に変だと言われるのも微妙な気持ちだ。

やがてキミエさんが「ごめんなさいねェ」と戻ってきた。

「少し冷めちゃったわね」と肉じゃがの鉢を手に取り、温め直すため一度器を台所に下げる。議論には強いが暴力に弱い僕なので、次第に緊張してきた。怖い先輩など来ない。ハッタリだと思いたい。最近の詐欺集団はかなり組織化されているらしいが……。

ピンポ～ン。

玄関の呼び鈴に、僕は軽く天井を仰いだ。洋画だったらオーマイガッ……と呟くシーンだ。ギャングなんかだと、Fワードが出る。

「あらあら。ちょっと手が離せないから、出てくれる?」

キミエさんが言うと、遠藤が頬を歪めて笑い、

「島谷さん、おなしゃーす」

と僕を見る。まずい。これは大変にまずい。どうする。どうしようもない。

この展開はもう、逃げてもいいんじゃないだろうか。命あっての物種というではないか。役立たずのハナヂ野郎と罵られたとしても、逃げたほうがいい。とはいえ靴は玄関なわけで、玄関前にはやばい先輩がいるわけで、ならばその先輩を迎え入れる素振りをしつつ、戸が開いた刹那に玄関を飛び出し、一目散に駆け出すしかないわけで、そういうプランでどうだ。キミエさんごめんなさい。本当に申しわけないです。しかし僕はあなたと深い面識があるわけでもなく、正義の味方でもなく、ただの三十八歳オッサンにすぎず、鼻血を噴き出したり、蚊柱に襲われてビビる程度の男なのです。

心の中で謝りながら、僕は玄関に向かった。

及び腰になりそうな自分を叱咤《しった》しつつ、タイミングが勝負だと言い聞かせる。玄関を開けたほんの一瞬にすべてをかけるのだ。体勢を低くし、疾風《はやて》のごとく、相手の脇をすり抜けて逃げる――。

コンコン、と今度はノックの音がする。

玄関は引き戸で、格子に磨《す》りガラスがはまっており、外側にいる相手のシルエットがくっきり見え……僕は絶望的な気分でその影を見上げた。マジか。でかい。大男だ。僕は目下《もっか》、ネガティブな心理状態にあるので、二メートルオーバーにすら見える。遠藤くん、きみはやばい先輩に関してもっと具体的に言及すべきだった。

「……タイミング……タイミング……」

口の中でブツブツと言いながら、まずは自分の靴を履く。深呼吸を一回、そして、勇気を振り絞るというよりはこの現状から逃げ出したい一心で、僕は勢いよく玄関を開けた。相手の大きな身体が、半分だけ玄関に入った瞬間、重心低くダッシュだ。

僕は巧みなフットワークでスルリと巨漢を躱し、玄関から脱すると、夜道を一目散に走り……出せたら、よかったのに。

「なんで逃げる」

小学生の頃、運動会の前日に必ずお腹が痛くなった僕である。

そんな俊敏な動きができるはずもない。大男に後ろ襟を摑まれ、ずるずると引き戻された。体格差があると人間はこうも簡単に引きずられるものなのか。もうだめだ。おしまいだ。やっぱり今日は厄日だった。鼻血。蚊柱。チャラ男のずれたデコピンで二度目の鼻血。挙げ句に詐欺事件に巻き込まれる。そもそもこの町に引っ越してきたのが間違いだったのだろうか。

「あれ、あんた」

絶句したままパニックに陥ってた僕の頭に、大男の声が降りかかる。

だが僕には顔を上げる勇気などなく、大男の足元ばかり見ていた。大男は黒いジャージを穿いており、はだしに草履である。草履じゃなくて雪駄《せった》だろうか。そもそも草履と雪駄がどう違うのか思い出せない。裏側がなにか違うんだったか。そんなこと今思い出す必要もないのだが、たぶん僕は現実逃避したいのだ。草履と雪駄。ああ、ググりたくてたまらない。

「今朝の鼻血か」

え、とやっと顔を上げる。大男と目が合った。

今朝方の恩人が、そこにいた。間違いない。

僕の鼻血が止まるまで、痛いほど鼻を押さえてくれた、強面の眉なしスキンヘッドだ。今は豆絞りの手ぬぐいを頭に巻いている。見てくれは怖いし、言葉数も少なかったが、面倒見のいい人だった。少なくとも、今朝はそうだった。だからといって、今もいい人とは限らない。というか、いい人は僕の胸ぐらを摑んで「おい、こら」とブンブン揺さぶったりしない。

「あんただったとはな……」

凄まれて、心臓が縮みそうだ。

抵抗しようにも、なにをどうしたら抵抗になるのかわからず、僕はひっくり返った昆虫みたいに無為に腕をジタバタさせていた。ほんとうに無闇にバタついていたので、自分の手首が自分の鼻にぶつかってしまった。痛ッ…………。

「今度こそ、死ぬほど出血したいのか？」

いまだ胸ぐらを摑まれたまま凄まれた時、鼻の下にタラリと生ぬるい感覚を得た。

鼻血。また鼻血。なんか、もう……。

膝から力が抜けて、すべてがいやになった。

「三回！　一日に三回の鼻血ブー！　おまえどんだけ血ィ余ってんの！」

大笑いのチャラ男は、鉄板を挟んで僕の正面に座っている。

「顔面蒼白で、血が余ってるようには見えなかったがな」

真顔で言うのは、チャラ男の横に座っている眉なしスキンヘッドだ。冗談なのか本気なのかとくになにも考えていないのか、平坦な口調からはあまり感情が窺えない。

「人間って、どれぐらい血が出たら死んじゃうんだっけ？」

「30%失血したら危ないと、なにかで読んだぞ」

「30%って何リットルくらい？」

「それは体格によるだろう」

「あー、そっか。ガタイがでかけりゃ血も多いもんな。ハナヂは痩せてんだし、そんなに鼻血をブーブー出しちゃだめじゃないか。ちゃんと食って、出たぶんの血を作れ？ほらほら、この端っこのチーズの焦げたところがおいしいぞ？　おまえの歓迎会なんだから、遠慮すんな」

「……いやべつに、歓迎会頼んでませんけど」

いまだ鼻栓をしたままぐったり言うと「頼まれてないのに歓迎会してやる俺って、いい奴だよなあ？」とにっこり笑われてしまう。顔がいい奴はどこまでもポジティブシンキングで羨ましい限りだ。

「なーに、そのむくれ顔。もしかしてハナヂ、怒ってる？　心せまっ」

鉄板の上でもんじゃ焼きをコネコネさせるチャラ男は、あくまで失礼な奴だった。

午後八時半。

雨森町商店街にある、鉄板焼き屋『じゅうじゅう』である。

一番奥の小上がりになってる座敷席は、換気口の位置的問題なのか、ほかの席に比べて煙が流れにくく、景色は少し霞《かす》んでいた。

「僕の名前はハナヂじゃありません」

「知ってるよ。もんじゃ嫌いだった？」

「食べたことがありません。空腹でもありません」

「あー、そっか。キミエさんとこでメシ食ったもんな。漬物うまかっただろ？」

「おいしかったですけど、そんなことより、三宅《みやけ》さん」

壁に寄りかかっていた身体を、ずい、と戻して僕は真剣な声を出した。鉄板の熱気が顔にむわりとかかる。

「いいかげん、部屋の鍵をください。おばあさんから預かってるんですよね？」

「うん。ホラ」

チャラ男が尻の右側だけグッと上げ、スウェットの尻ポケットから鍵を取り、僕の眼前にかざして見せる。手を出して取ろうとすると、すぐに引っ込められてしまった。

「まだだめ」

「なんで」

「おまえは大事なことを思い出してないから」

僕の片頰が歪んだ。この男の言ってることがまったく理解できない。

「あのですね、三宅さん。この際ですから、まとめて言わせていただきます。まず、僕は早く自分の部屋で休みたいんです。なぜか。とても疲れているからです。なぜ疲れているか。あなたのせいで、キミエさんの家でドタバタする羽目になったからです」

「ははは、ドタバタだって」

「笑い事じゃありません。いいですか、いくら僕があの物件の店子《たなこ》であり、あなたが大家さんの孫だとしても、あんなふうに使われる謂《いわ》れはありませんし、あなたにだってそんな権利はないはずだ。知らないお宅にいきなり駆り出されて、詐欺師の相手をさせられるなんて、この上なく迷惑なんですよ」

よし、言ってやったぞ。焦げるチーズの匂いに包まれながら、僕はちょっとした達成感に包まれていた。この意思表明をビシリとするために、頼んでもいない歓迎会とやらについてきたのだ。多少機嫌を損ねるかなと思っていたチャラ男だが、男のくせに長いまつげに縁取られた目をぱちくりさせると、「タナコってなに?」と隣の眉なしに聞いた。そこからか。そして僕の苦情は右から左なのか。

「賃貸契約で、借りているほうだ」

眉なしが簡潔に答え、チャラ男は「あーねー」とふわふわ頷く。

スキンヘッドに豆絞り手ぬぐいの眉なしは、遠藤のやばい先輩などではなかった。チャラ男の友人であり、チャラ男が「心強い応援を送る」と言っていた、その応援が彼だったわけだ。僕はその件をすっかり忘れていたし、しかもあのタイミングでこの強面が登場したら、誰だって誤解するだろう。詐欺グループの元締めである暴力団の、やばいオッサンにしか見えない。ちなみに眉なしは僕を詐欺師だと思い込みあんなふうに凄んだわけで、お互いに勘違いしていたことになる。怖かった、本当に……。

遠藤はといえば、その間に居間の掃き出し窓から、キミエさんのサンダルで逃げ出してしまった。やっぱりただのハッタリだったのだ。

「迷惑だなんて、他人行儀なこと言うなよ〜」

「他人です」

「まあ、よかったじゃん？　キミエさんが貯金を巻き上げられたりしなくてさ」

「おかげで僕は、三回目の鼻血を出す羽目になりました」

「けどそれ、自分の手が当たったたんだろ？」

チャラ男は僕にではなく、眉なしに確認する。眉なしは無言のまま、こくりとひとつ頷いた。確かにそうなので、僕はなにも言えなくなる。

眉なしもまた、キミエさんと交流があるらしく、あのあとで「お金を騙し取られるところだったんですよ」と丁寧に説明していた。キミエさんはどこか悲しい笑顔を見せて「そうねえ。そういう目的でもなければ、年寄りの話なんて聞いてくれないわよね」と零していた。もしかしたらキミエさんは、心のどこかで騙されていると承知だったのかもしれず……それでも、誰かにご飯を食べにきてほしかったのだろうか。

「とにかく三宅さん、鍵を……」

「俺、三宅じゃないし」

チャラ男が金属のコテを、鉄板の端に置いて言う。僕は一瞬戸惑ったが、契約書の書面を思い出しつつ、「三宅徳子《とくこ》さんのお孫さん、ですよね？」と聞き返した。

「三宅徳子さんは高齢のため、しばらく前に施設に移られたので、あなたがあの喫茶店と、大家の仕事を代行している……さっき、そう説明してましたよね？」

「うん。それはそうなんだけど、俺は三宅じゃない」

コーラのなみなみと入ったジョッキを手にして言う。

ちなみに僕はウーロン茶、坊主頭はアイス緑茶と、オッサン三人で鉄板を囲んでいるのに、誰もアルコールを飲んでいないという珍しい図だ。僕はまったくの下戸《げこ》というわけでもないが、飲まなくていいならノンアルを選ぶ。

「……ああ、つまり三宅徳子さんは母方のおばあさんということですね？　それなら、あなたのお名前を教えていただきたいんですが」

　年下でも、親しくなければあくまで丁寧語。マイルールをキープしつつ、僕は尋ねた。いいかげん名前を聞いておかないと、そのうち「チャラ男」と口走りそうだ。ここまで丁寧な聞き方をしたというのに、チャラ男はジョッキの取っ手を握ったままで「それな」とため息をつく。

「ハナヂ、まだ気がつかないのか」

「島谷です」

「今はな。けど昔は違う」

「……は？」

「矢口《やぐち》だろ。矢口弼」

　言われて、僕は軽く眉を寄せた。

　チャラ男の言は間違いではない。現在の僕は島谷だが、これは両親が離婚した時、母方の姓になったからだ。中学生までの僕は、確かに矢口だった。

　……待てよ？　ということは……。

　生じた可能性を考えつつ、僕は向かいのふたりを改めてまじまじと見た。

「チュン、こいつわかってないんだよ。ひどいよな～」

　嘆き声を出すチャラ男に、チュンと呼ばれた眉なしが「むしろ、わかったらすごい」

と返す。チャラ男は口を尖《とが》らせて、ガリガリガリ、と鉄板の上でクリスピーになっているチーズもんじゃをコテで剝がし始める。

「二十年以上経ってるし」

かすかに笑って、眉なしが僕を見た。笑うとなんだかより怖い。

「……え、僕の知り合い？」

そう聞くと、チャラ男はわざとらしいため息をついた。そして意を決したように、やや乱暴にコテをテーブルに置く。おもむろに姿勢を正すと、隣の眉なしをピッと指さした。シンクロするように、眉なしもチャラ男を指さす。

「小日向《こひなた》ユキ」

「邑覚《むらさとる》」

ふたりは同時に言った。

僕は口の中で「え」と零した。たぶん、ポカンとしたアホ面をさらしたと思う。小日向と言ったのが眉なしで、邑と言ったのがチャラ男で、互いに相手の名を言っているのだろうから、ええと……。

チャラ男が小日向ユキ。

眉なしが邑覚だ。

「忘れたとは言わせねえぞ」

今度は僕にビシッと人差し指を突きつけて、小日向が決め台詞みたいに言う。

「雨森中……一年四組の……小日向？」

忘れてなど、いない。

「そうそう！」

忘れられるはずもない。

「転校初日、僕にスイカのビーチボールをぶつけた、小日向？」

「そーう、そうそう。やっと思い出し……」

「それで鼻血を出してしまった僕に、『ハナヂ』とあだなをつけた、小日向か！」

「そ……えっ、なんで怒ってんの？」

軽く身体を引いて小日向が言い、隣の邑が「まあ、そうだろ」と呟く。

僕の頭の中に記憶整理書棚があったとする。その書棚から、いきなり中学一年生の記憶アルバムが落ちてきて、僕の脳内にバサバサと写真を広げ、それらを確認した途端、あの瞬間の屈辱的な気持ちまでよみがえってきた。あのバカでチビの小日向なのか。でもずいぶん……あれ、隣は邑？　邑と言ったよな？

「邑？　あの邑？」

眉なしが「ご無沙汰だったな」と姿勢良く頭を下げる。だが僕は驚きすぎて、礼を返すことすらできない。

なぜなら僕の記憶の中にいる邑覚は、当時は小柄だった小日向よりさらに小さく、だが丸々と太っていて、かつ女の子みたいに可愛らしい顔をした中学生だったのだ。なにもしてなくても、まつげがくるんとカールしていたため、口の悪い連中からは「マスカラ子豚」などとからかわれ、そのたびに泣きそうな顔で小日向の後ろに隠れていた。髪だって、ぴかぴかさらさらのキューーティクルなぽっちゃりくんだった。

「チュンはまじ別人だよな。一八八センチだもん、でけーよ」

いひっ、と小日向が笑う。僕はまだ衝撃が去らず、固まっていた。

「第二次性徴が遅かったようでな……。矢口が転校した直後くらいから、背が伸び始めたんだ。高校では筋トレに目覚めた」

本人はそう説明した。そういえば今でもまつげはバサバサだ。でも眉はない。そして手ぬぐいの下もツルツルだ。体毛の配分、おかしくないか？

「チュンの写真、入学式と卒業式で見比べるとすげえ笑えんの」

「チュン？」

「チュンってのは、高校になってから俺がつけたあだな。矢口もそう呼んでいいぜ」

「できればやめてほしい」

間髪を入れず邑が言ったので「なら、呼ばない」と俺は確約した。小日向が人の嫌がるあだなをつけたがるのは、昔と変わっていないらしい。

「チュンはともかくさあ、俺はそんなに顔変わってねーと思うんだけど」

小日向は文句をつけるが、こいつの場合はまた別問題だ。

「いや、おまえも変わってる。邑ほどじゃないにしろ、でかくなった」

「そーね。すくすく育って、一八四！」

「それはいいとして、なんで歳とってないんだ」

「とってるよ。ちゃんとおまえらと同じ三十八だよ」

「つまりアレか。中身が成長してないから、外見も成長しないのか」

「なんだよそれ」

そうなのだ。僕が小日向にまったく気がつかなかったのは、若すぎたからだ。

確かに顔には当時の面影が残っていた。無遠慮に他人を凝視するきょろきょろした目など、ちっとも変わっていない。茶髪でヤンチャで、素行にもいろいろと問題はあった小日向だが、当時も顔だけは可愛らしい男子中学生だった。それがイケメンに成長したことは、とりたてて不思議ではないにしろ……若い。ずるい。二十六、七にしか見えない。女性ならばメイクやファッションでひとまわりくらいのサバを読める強者はいるだろうが、小日向は化粧をしているわけではないし、いい年をした大人にしては、髪も格好もルーズだというくらいだ。

「そりゃ俺は多少若く見えるだろうけどさー。それってわりと苦労なんだぞ」

「……どんな苦労」

「んー、なんか、若い子に逆ナンされたり？」

「苦労じゃないだろ」

「新宿歩いてると、キミ、ホストやんない？　とか声かけられたり」

「チャラチャラした格好してるからだ」

「うっせ。だいたいな、おまえは観察力が足らなくて、注意力が散漫なんだよ！」

「人生で一度も言われたことないセリフだ」

「俺なんかさ、ハナヂのことすぐわかったのに！」

「ハナヂって呼ぶな！」

だんだん声の大きくなってきた僕たちに、邑が「もんじゃが焦げるぞ」と静かに言った。小日向が「やっべ」と慌てて小さなコテを手にする。もんじゃ焼きは箸ではなく、このコテで食べるものらしい。

「賃貸契約の書類は島谷になってたから、あー、タスクって名前わりといるんだなー、なんて思ってたら、店に来たのはどう見ても矢口だしさあ。そーか、名字が変わったんだなって気がついて。でもおまえ、俺のことぜんっぜん気がつかねーし」

「両親が離婚して、母の姓になったんだよ。……おい、僕の外見はそんなに変わってないのか？」

中三の夏にまた引っ越したので、目の前にいるのは二十数年ぶりの旧友である。その状況に、いまだ戸惑いを覚えながら僕は聞いた。

「今も昔も真面目メガネで、ぜんっぜん変わってねー。サイズ的には縮小してる」

「してない。おまえらがでかくなりすぎなんだ」

ムッとしつつ、そう返す。邑が「矢口だって変わった」と会話に入ってきた。

「さっきも言ったが、俺は気がつかなかった。サウナで会った時も、キミエさんの家でまた会った時も。ずいぶん経ってるんだから、それが普通だと思うぞ」

「だよな。……というか、僕はいまだに信じられない……」

「以前住んでいた土地なんだから、同窓生に会ってもべつに不思議じゃないだろう」

「いや、信じられないのは、邑の外見」

「なるほど」

「なにしたら、そんな身体になるんだ？」

邑は自分のアイス緑茶をゴッゴッと飲んでから、「筋トレと、筋トレと、プロテイン」と答えた。非常に納得のいく回答ではあるが、僕には真似できない。

「矢口はいつ矢口じゃなくなったんだ？」

べろん、と大きなチーズの焦げを剝がして小日向が聞いた。両親の離婚はいつだったのか、という意味だろう。

もんじゃ焼きという不思議な食べ物を眺めつつ、僕は「高校に入る直前」と答えた。

「学校が変わると同時に名字が変わるのが、一番いいだろうという、親なりの配慮だったんだろうな。別れることはとっくに決まってたらしくて、まあ円満離婚だ。今、父親とその家族は大阪にいて、母親とその家族は福岡で暮らしてる」

「その家族？」

怪訝な顔をした小日向に、僕は「両方、再婚したから」と告げた。

「そうか……矢口は神経質で頑固で偏屈なとこあるから、新しい家族たちとうまくやっていけなくて、孤独な人生を送ってたんだな……そしてさみしさに耐えきれず、この懐かしい雨森町に帰ってきた……」

「神経質で頑固で偏屈で悪かったな。あと、勝手に話作るな。両家族との関係は非常に良好だ」

これは本当である。父の奥さんも、母の旦那さんも、とてもいい人だ。いい人だけに、お互い気を遣い合ってしまうので、たまに会うくらいがちょうどいい。

「邑、仕事は？」

スポーツトレーナー、あるいは土木建築関係……そんなことを想像しながら聞いてみる。邑はしばし考えたのち、

「サービス業、になるかな」

と、やや遠まわしな答え方をした。詳しく聞かれたくないのかもしれない。僕も「そうなんだ」とだけ答えておく。

「俺は儲《もう》からない喫茶店！」

元気に明るく言ったのは小日向である。

「知ってる。あのクオリティのコーヒーをあの単価で出すなら、もっと客の回転数を上げなきゃ儲かるはずがない」

「うちはな、ずるずる長居できるのがいいとこなんだよ」

「店に小日向しかいないなら、表の張り紙もどうかと思うぞ。相談に乗ります、とか。誰かの話を聞いているあいだ、ほかの客に目が配れない」

「おはなし、ききます、だ」

「同じだろ」

「違う。俺、聞くだけだから。相談は無理」

言われてみれば、ちったんという女子高生に対する小日向の態度は、まさしく聞くに徹していた。余りにもただひたすら聞いているので、僕がたまらず口を出してしまったほどだ。

「ばあちゃんの方針だから、あれはちゃんと守んないと。お客さんの話を聞くのはマスターの大事な仕事。ただし、聞くだけ。助言はしちゃだめって」

「なぜ?」

僕が聞くと、小日向は小首を傾げて「ええと」と考え込む。

「俺も聞いたんだけど……なんて言ってたかな、ばあちゃん……」

「助言は求められてないから、だろ」

邑が助け船を出し、小日向が「あ、それそれ」と頷いた。ひたすら聞くだけで助言はしない……なるほど、それは『相談』ではない。

「本気で困ってて、相談したいなら、喫茶店じゃなくて別のとこ行くって」

「徳子さんは聡明なんだな。小日向と違って」

「矢口って昔から、なにげに失礼だよな」

「おまえが言うな。けど、あの女子高生の話は……やばいストーカーだと思うけど」

「あ、それはだいじょぶ」

ずいぶんあっさりした返答だった。

「ちったんの件は大丈夫ってわかってんだ。だから聞くだけでいいの。な、チュン」

邑がコクリと頷いた。

無口だし顔は怖いが、根は親切なこの男が同意するなら、まあ大丈夫なのだろう。中学の頃も、邑は真面目で、気弱だが優しく、成績もよかった。クラスでは僕の次くらいだ。そして小日向の成績はといえば……それはもうひどかった。

「客の話はあくまで聞くだけ、ってスタンスなわけか。でも、ならどうしてキミエさんの時、僕を行かせた？」

「だってあれは緊急事態じゃん。キミエさんはうちのお得意さんなんだぜ。悪い奴に金を巻き上げられて、昆布茶飲みに来てくれなくなったらどうすんだよ。矢口さー、文句ばっか言ってないで、もっと楽しく再会を祝おうぜ？　俺がこうして歓迎会をしてやってるんだし！」

「ほとんどおまえがひとりで食ってるけどな」

「だって俺、晩ご飯まだだったもん。次、カレーもんじゃ頼んじゃおうかなー。モチも捨てがたい。どっちがいいかなー。チュン、どっちがいい？」

「ユキの食いたいほうにしろ」

「自分で決められないから聞いてんの。矢口、どっち食いたい？　カレーとモチ」

「じゃあ、モチ」

「おいちゃーん、カレーもんじゃひとつー！　ベビースター追加で！」

人の話を聞いているのか、聞く気がないのか、聞いていて逆らうのが楽しいのか。心の中でたちまち三つの文章を叫んだ僕だった。ニヤニヤしている小日向を見るにつけ一番最後の可能性が高いらしい。顔なじみらしき店主が厨房から顔だけ出して「あいよー」と答えた。

「そんで、矢口はなにしてんの?」

「なにをしているかといえば、モチもんじゃが食べてみたかったなぁと思いながら、いいオッサンになったくせに、中身が中学生のままの元同級生に呆れてるところだな」

「イヤな大人になったね、おまえ」

「小日向は大人にすらなってないみたいだが」

「なってる。ちゃんと三十八歳、昭和の生まれだ。『おどるポンポコリン』は全部歌えるぞ」

胸を張って言うようなことでもあるまい。

「で、矢口の仕事は?」

「賃貸契約書に書いただろ」

「そんなの俺が読むと思う?」

まだ再会して数時間しか経っていないが、思わない、と即答できるくらいには小日向のいい加減さを理解しつつ、一応「読みなさいよ」と苦言を呈しておく。

「契約書関係はしっかり目を通しておくのが基本だろ。おばあさんの代理なんだし、トラブルが起きてからじゃ遅いんだから」

「なんか偉そうだな、ハナヂのくせに」

「税理士してたからな。書類仕事には慎重なんだ」

するど小日向は「げっ、あれかっ、税金取るヤツ！」と眉をひそめる。マジか。そこから説明ですか？　と思ってしまった僕の顔色を読んだのか、またしても邑が助けてくれる。

「ユキ、そうじゃない。税理士は税金がいくらになるのか計算をする専門家だ。税金の徴収を担当してるのは、税務職員や国税専門官」

「ふーん。じゃ、矢口は俺からお金取らない？」

「取るか」

「してた、ってことは今は税理士じゃないの？」

「何年か前にやめて、その後は塾講師」

「えー、税理士のが儲かりそうじゃん。なんとなくだけど」

「自分で事務所を持たない限り、たいして稼げない。それに、なんていうか……金の話ばかりしてるのに、疲れたというか……経費の解釈で、顧客とちょっと揉めたり」

「ああ、そういうのな」

邑は納得したように頷いたが、小日向は口を開けて首を傾げる。憎らしいほどにイケメンだが、頭の中はカランカランと音がしていそうだ。天は二物を与えなかったらしい。

「誰だって税金は少ないほうがいいだろ？　黒に近いグレーを、黒に仕分ける税理士は嫌がられるんだよ」

「もっと簡単に言え」

「だから、ホントは経費にしちゃまずいものを経費に計上してくれって頼まれると、僕は『やめておきましょう』って言う。そうすると『融通がきかない』って嫌われる」

「うんうん、嫌われるな。矢口はサービス精神が足りない。愛想も足りない」

「……小日向は女にだけは愛想がよさそうだな」

「やめろよ。照れるじゃん」

「褒めてない」

「褒めろよ〜」

小日向が顔をくしゃっとさせて笑った。なんなんだこのやりとり。僕は呆れるばかりだが、邑まで可笑しそうに「ふたりとも変わらないな」などと言う。この発言は、僕にとっていささか心外だった。

「ちょっと待ってくれ。中学生の時と変わらないって?」

「ああ。いつもそんな感じだった」

「冗談じゃない。僕は性格の合わない上司や、わがままな顧客に苦労しながら、立派な大人に……というか、オッサンになったんだぞ。小日向は違うようだけど」

「おっ、永遠に若々しい俺に嫉妬してんだな?」

「してない！」

「しろよ〜」

「………」

また同じ展開になっている。

にやにや笑う小日向に言葉を返せないでいると、新しいもんじゃ焼きが届いた。カレーもんじゃにベビースター追加と言っていたが、確かにあのラーメン的な菓子が、丼の中にドヤ顔で入っている。僕にとって今日が初めてのもんじゃ焼きである。どんな食べ物かという知識はあったので、さっきの豚チーズくらいだったら驚かないが、スナック菓子が入ってくるとなかなか衝撃的だ。

「税理士のあとで塾講師ということは、資格試験対策の講師か？」

邑のまともな質問に僕は「いいや。普通の学習塾だよ」と答える。邑は慣れた手つきで鉄板の上をそうじ中だ。大きなコテが鉄板にこびりついた焦げや食べかすをかき集め、端の溝に落としている。カンカンと、金属のコテと鉄板の当たる音が小気味よい。

「事務所をやめたあと、公認会計士の資格を取ろうかと思ってた時期があって……塾講師はその間の繋ぎのつもりだったんだけど、子供に教えるのがなかなか面白くてな」

「けど矢口って、子供嫌いそうじゃん」

丼の中身をぐっちゃぐっちゃと混ぜつつ、小日向がまたもや失礼発言をする。僕はもう島谷であり、矢口ではないのだが、いちいち訂正するのも面倒くさい。

「講師としての能力と、子供が好きかどうかは関係ない。僕みたいに愛想なしのほうが、子供に舐められなくていいの」

「ああ、それはわかる。子供はお愛想を見抜くからな」

邑が言い、完璧に綺麗になった鉄板から目を上げ、満足げに頷く。わりと几帳面なタイプのようだ。

「僕の受け持ったクラスの子の成績がすごい勢いで上がったもんだから、すぐ正式採用された。去年までそこにいたけど、実働に対しての収入が割に合わなくて」

「ブラックってやつ？」

「法的にはギリセーフくらいかな。九月にやめたんだけど、すぐに何人かの生徒の親から連絡があって、家庭教師をしてほしいと頼まれた。その時は断ったが……これからはそれもありかなと思ってる」

「家庭教師ぃ？　学生のバイトじゃん」

「プロの家庭教師もいるし、実績があればそれなりの収入になる」

「フーン。チュンも子供に勉強教えるのうまいんだぜ？　な？」

「邑、子供いるの？」

「いや。結婚してないし、子供もいない」

邑はすんなりと答え、聞いてもいないのに小日向が「俺も！」と宣言した。だろうな、と俺は頷く。イケメン好きな女性は多いが、結婚相手に求めるものはまた別なのだ。

「矢口も独りなんだよな？　ひとりで越してきたんだから」

「そう」

「なんだよー、みんないい歳して、独り者かよー。仲間なかまー。アハハハハ」

「独身だということにまったく引け目は感じないが、おまえと一緒くたにされるのは抵抗があるな。……で、邑は誰に勉強を教えてるって？」

「ああ、このへんの子供たちを集めて、勉強会というか……宿題させたり、話を聞いたり、そういう活動をしているだけだ。『てらこや』っていうんだけどな。地元の、小規模な会だよ」

「ボランティア的な？」

「そう」

「俺も手伝ってるぞ！」

小日向が前のめりで主張し、勢い余って、かき混ぜているもんじゃのタネを飛ばした。向かいにいた僕は、眼鏡にべちょりと被害を受け、「……ああ、そう」とおしぼりでレンズを拭く。この落ち着きのなさは、なんとかならないものか。

「小学生しか教えてあげらんないけど。中学はもう無理。ルートとか、なにそれオイシイの？　ってかんじ」

さもありなん。昔から小日向の数学はひどいものだった。試験前ごとに泣きつかれて教えていた僕が、どれだけ大変だったことか……。中学一年の時点で、分数の計算がまったくできていなかった。通分と約分の違いすらわかっていなかったのだ。

ああ、なんだか細かいところまで思い出してきたぞ……。

「こないだもさー、サヨちゃんに聞かれてちょっと困ったんだよ。マイナスとマイナスをかけるとプラスになるのが、納得いかないって。マイナスは小さくて、プラスは大きいはずなのに、小さいと小さいをかけて大きくなるのは、変じゃないかって。そこで俺は言ってやったんだ。サヨちゃん、人生なんて納得がいかないことばかりだぜ……」

小日向は、顎先に親指を立てて当て、アホがかっこつけているとしか言い様のないポーズを作る。なるほど、残念なイケメンというのは、こういう奴のことか。

「そしたら、先生もわかってないんでしょ、って」

「子供のほうが利口だ」

「うっさいぞ矢口。おまえは説明できんのかよ?」

「できる」

「難しい言葉とか使わないでだぞ?　中学一年生にわかるようにだぞ?」

「できる。それが仕事だったから」

「へー。ほー」

小日向は半信半疑の顔で僕を見て、「ほんじゃあ、説明してもらおっか！」と顎をクイと上げた。なんでこうも偉そうにできるのかが不思議だ。顔のいいジャイアンなのか、おまえ。

「今？」

「うわ、めんどくさそうな顔した」

小日向の言葉に邑が笑い「矢口、俺もその説明が知りたい」と乗っかってきた。そこまで言うならと、僕はしばし考える。書くものがあった方が説明しやすいのだ。

ふと、熱気をたてている鉄板が目に入った。手をかざして温度を確認し、少し強すぎるように思えたのでつまみを弱の方向に調整する。それから小日向の前にあった丼を手に取り、割り箸を一本だけ入れる。それを使い、鉄板の上にもんじゃ焼きのゆるいタネで、横線を一本ひく。

「これが地上な」

つまり、鉄板が黒板代わりだ。次に、線の上に丸をひとつ書いた。

「地上から数十メートル離れた位置に、気球が静止した状態で浮いている。気球のいる地点を0とする。気球には小日向が乗っているとしよう」

「うん。俺、高いとこ好き」

そうだろう。ナントカと煙は高いところに登りたがるものだ。

僕の描いた丸は気球を表している。もんじゃのタネなのでうまくは描けないが、まあ許容範囲だ。

「小日向を乗せた気球は、上昇する時も下降する時も、秒速2メートルだ。それでは、3秒昇った時、小日向はどこにいる？」

「えっと……1秒で2メートルだから……6メートル上にいるな」

「そう。3秒経過することが+3で、2メートルずつの上昇が+2だから(+3)×(+2)=(+6)という式で表すことができる。じゃ、3秒下降した時は？」

「ふふん、わかるぞ。下降はマイナスになるんだろ？　(+3)×(−2)=(−6)で、6メートル下にいる」

小日向が身を乗り出し、鉄板の上に気球の位置を書き足す。嬉々とした様子だったが、そのあとちょっと考え込んだような顔になり、

「この気球の説明だとさ、プラス×マイナスがマイナスになるのは説明できるけど、俺が困ってんのはマイナス×マイナスなわけでさあ……それって……ウーン」

と悩み出した。僕は「そうだな」と小日向の考えを一度受け取り、

「そこで、小日向にタイムマシンを与える」

と続けた。

鉄板を睨んでいた小日向が顔を上げ「タイムマシン？」と口を開けた。

「今までは、時間は経過していくだけで、それを時間のプラスとしていた。でも、今や小日向はタイムマシンを持っているので、時間をマイナス方向にも動かせるんだ」

「時間を戻せるってことか？」

「そのとおり」

「ちょっと待て矢口。そのタイムマシンは気球に乗せられる大きさなのか。だってデロリアンはかなりでかいぞ」

一瞬何の話かと戸惑った僕だが、邑が「バック・トゥ・ザ・フューチャー」と教えてくれた。ああ、デロリアンってあのアメ車か……。なんで突然懐かし映画の話になるのかと突っ込みたかったが、そこからまた長くなりそうなので「小日向のタイムマシンは、コンパクトな腕時計タイプなんだよ」としておいた。そういえば、昔から思考が自由というか、あちこちに飛びがちな奴だったっけ……。

「話を戻すぞ。時間の経過がプラス、では時間の逆行は？」

「んー、マイナス」

「だな。では今、小日向を乗せた気球は秒速2メートルで下降中だとする。そしてタイムマシンで3秒前に戻る。……さあ、小日向はどこにいる？」

僕が聞くと、小日向は「ん？　ん？　えっと」と鉄板に顔を寄せた。そんなに近づけると熱いだろうに。

「ちょっと待てよ？　もともと下に降りてんの？」

「そう下降中」

「降りながら、時間を逆回し？」

「そうそう。ビデオの逆回しみたいに考えればいい」

「降りてる映像をキュルキュル逆回しすんだから……上に戻るな？」

「何メートル？」

「にさんがろく。６メートル上に戻る……？」

「正解」

僕は小さなホットケーキのように焼けていた鉄板の気球を、コテのカドを使って、ズリズリと上に移動させた。これはなかなか便利な教材かもしれない。

「上に、つまりプラス方向に移動してるだろ。これが(−2)×(−3)＝(+6)ということ」

おぉ、と小さく声を上げたのは邑だった。

小日向は鉄板をじっと見つめたまま動かない。なるほどー、だとか、そうかー、だとか。ちょっと感心してもよさそうなシーンなのに、黙り込んでしまった。今の説明でも、まだ理解できないのだろうかと、僕に不安がよぎった時、

「あ！　ああ、そうか！」

といきなり大きな声を上げて驚かせた。

なんなんだこいつは、もう少しで丼をひっくり返すところだったじゃないか。

「すげえ。すげえわ。そういうことかあ！　気球かあ。タイムマシンかあ……。うおー、生まれて初めてシャクゼンとしたかも俺！　邑、今の聞いてた？　わかった？」

「ああ」

邑が頷くと、小日向は「なー？」となぜか自分が得意げな顔で笑い、それから改めて僕をまともに見ると、

「矢口はやっぱすげーな。昔からめっちゃ頭よかったもんなあ」

と、子供みたいな屈託のなさで言う。あまりにストレートな言葉に、むしろ馬鹿にされてるんじゃないかと一瞬勘ぐってしまったほどだ。けれどやや紅潮した小日向の頬を見る限り、そういうわけでもないらしい。ここまで素直に感心されると、こっちのほうがなんだか気恥ずかしくなってくる。

「……気球を使ったこの説明はよく知られてて……僕が考えたわけじゃない」

「あ、そーなの？　でもすげえよ。矢口の説明わかりやすかったし。デロリアンじゃないのが残念だけど。これ絶対、子供らに教えてやんなきゃ。うわー、すげえいいこと聞けた！」

「…………」

どうにもくすぐったいようなこの感じに——覚えがあった。

そうだ、小日向はこういう奴だった。

純粋というか単純というか、思ったことをそのまま口にする。知らないことは知らないと言い、嫌いなら嫌い、好きなら好きとはっきりしている。あまりにはっきりしすぎて、時に人を戸惑わせ……そういえば、定期試験前には「俺のためにヤマを張ってくれ！」と縋《すが》りついてきた。このままじゃひどい点になってしまうから、絶対に当たるヤマを張ってくれと。おかげで僕は、当時から「自分が出題者だったら、どんな問題を作るか」という視点で勉強をするようになったのだ。

しかしいくらヤマが当たったところで、やはり基礎的な学力がないと厳しい。

小日向は思考に独特のクセがある上に、飽きっぽく気が散りやすい。そんな同級生に勉強を教えるのは至難の業だったが、僕は諦めなかった。子供っぽい意地もあっただろうが……小日向が、ひとつの問題を理解しクリアした時に「矢口、すっげー！」といちいち驚くのが、気持ちよかったのかもしれない。

なんだそれ。

どれだけ褒められたがりなんだ、僕は。自分が褒めるのは苦手なくせに。

ぼやけたモノクロの記憶が、天然色に近づいてくるにつれ、自分の中で気恥ずかしさがぶわっと膨らむ。僕はそれを払拭《ふっしょく》したくて、鉄板にザーとカレーもんじゃのタネを流した。地上線も気球もたちまち飲み込まれて消えてしまう。

「あっ、なにすんだ！　撮ろうと思ってたのにっ」

「そこまでの内容じゃない」

「俺はそこまでしないと覚えてらんねーの！　……つか、なんでそんな無造作にタネ流すかなあ。ほらほら、土手作らなきゃ土手っ」

「土手？」

「ああっ、もうっ、おまえ頭はいいかもしれんけど、人生をなにもわかっちゃいねえ！　ちょっと、ほら、貸せ！」

もんじゃ焼きをうまく作れないだけで人生まで否定されてしまった僕だが、実際、ゆるいもんじゃのタネが鉄板で広がりすぎてしまい、どうしたらいいのかわからない。言われるまま小日向にコテを渡すと、細かく刻んだ野菜を使って手早く堤防を築き、タネの流出を防いだ。ほうほう、なるほど……その堤防を土手というのか。

「……分数がひっくり返るのは？」

「うわっ」

いきなり背後から声がして、僕は思わず声を上げてしまった。

振り返ると、小上がりの手前、僕のすぐ背後に男の子が立っている。十歳くらいだろうか。

「……分数の割り算で、割る数をひっくり返して掛けるのは……なんでですか？」

「は？　えっ？　……っていうか、きみ誰？」

色白で、むにゅっと下膨れの顔、への字に曲がった口。メタルフレームの眼鏡の下の目は、見えているのかが心配になるほど細い。

「おっ、竜王《りゅうおう》じゃん」

「どうした竜王。家の人と来てるのか？」

小日向と邑はこの子供を知っているようだった。子供は首を横に振って「うちのお母さん、もんじゃ焼きキライなので」と答える。それにしてもすごい名前だ。

「今、塾の帰りなんです。外からチュン先生が見えて」

「チュンはでかいから見つけやすいよな。なに、竜王、分数の計算わかんないの？」

「いえ。計算は解けます。すらすら解けます。ただその理由がわからないというか」

竜王くんは鉄板の上のもんじゃ焼きをじっと見つめながらそう答えた。

もしかしたら空腹なのだろうか。おそらく同じことを思ったのであろう邑が「夕飯は食べたのか？」と聞く。糸目の竜王くんはまた首を横に振る。

「まだです。お腹いっぱいで塾行くと、眠くなっちゃうから」

「なら、一緒にもんじゃ食べるか？」

「いえ。家でお母さんが用意してるので。これって、こういう食べ物なんですか？」

「おう。こういうゲロみたいな食べものなんだよ」

わざと汚い言葉を使いたがる小学生のように答えた小日向を、本物の小学生が「そういうこと言うの、やめましょうよ」とたしなめる。僕はその意見に全面的に賛成である。小日向はコテを持ったまま、肩を竦めてケラケラ笑うだけだ。

「きみは何年生？」

僕が聞くと「五年です」と答えた。現在の指導要領では、分数の割り算は小学六年生になってからだ。つまりこの子は塾で、中学受験を目指す進学クラスに通っている。

「もう分数の割り算をやってるんだね」

「はい。割る数を逆数にしてかけるんですよね。やり方は簡単なのですぐ覚えましたけど……でもなんで、そうやるのかなって」

「どうしてそうなるのか、気になるタイプなんだ？」

竜王くんは頷き「気になります」と肯定した。

「お母さんは、いちいち気にしないで、ただ覚えればいいって言うけど」

「どうして、って思うのは大切だよ。じゃあ僕がチュン先生にその理由を説明しておくから、次の勉強会で聞くといい。今日はもう帰って、おうちで夕御飯を食べなさい」

今説明してもよかったのだが、もう夜の九時過ぎだし、彼はおなかがすいているようだ。僕の言葉に、いかにも賢そうな竜王くんは「はい」と頷いた。

身体を揺すって、カバンを逆の肩にかけ直す。学習塾の教材が入っているのであろう、ずっしりしたカバンの揺れに、ちょっとふくよかな身体がつられて、ぐらついた。

ぺこりと頭を下げて、店を出て行く。

「……矢口、これ」

その背中を見送っていた小日向が、両手に持っていたコテを僕に差し向けた。

「え？　いや、やり方わからないんだけど」

「あとは適当にまぜてりゃ大丈夫だから」

「適当にって……おい、小日向？」

小日向はすっくと立ち上がり、小上がりの手前に置いてあったサンダルに裸足を入れると、早足で店を出て行く。今の子供を追いかけていったようだ。ずるりとだらしないスウェットパンツを穿いているのに、足が長くて憎らしい。

「なんなんだ、あいつ」

僕のぼやきに、邑が「聞きに行ったんだろう」と答えた。

「なにを？」

「今の子、なにか話があったらしい」

「分数の質問じゃなくて？」

「それも嘘じゃないだろうが、本当にしたかったのはべつの話なのかもな。ユキは、そういう勘が鋭い」

「へえ。自分も子供だから、子供の気持ちがわかるとか？」

僕が冗談半分で言うと「たぶんな」と邑が笑う。

「子供は、一番言いたいことを、なかなか言えなかったりするだろう？」

「ああ、うん。あるかもな、そういうの」

「ユキはそれに気がつく」

邑は静かに言ったあと「このへんもう少し混ぜてくれ」ともんじゃ指示を出す。

僕はもんじゃの真ん中あたりをコテでひっくり返しつつ、考える。

一番言いたいことが言えない……あるいは、自分がなにを一番言いたいのか、わかってないのかもしれない。子供だけではなく、大人でもそんな時はある。あるいは大人のほうがよりその傾向が強いのではないか。心に深く沈んだ感情や要求は、深海生物のように暗い水底で這《は》い回るだけで、水面に浮かぶことはない。やがて砂の下にまで潜ってしまい、姿すら見えなくなり、存在していたことも忘れかけて……などと思い浮かんだ映像ですら、僕は口に出しはしない。かくして、大人は黙る。言語化して表に出すべき気持ち、そういうものをなかったことにして、上手に自分を騙して、そのうち本当に忘れてしまう。砂の下の、ちょっとグロテスクな深海生物のことを。

でも、そいつはいるのだ。

絶対にいる。見えていないだけで。

　ほどなく小日向が戻ってきた。何事もなかったという顔で元の位置に座り、「もう食えるよなー？」と僕からコテを奪って、カレーもんじゃの出来具合を確認した。よしよし、と満足げに頷くと、早速小さなコテで食べ始める。

「あの子、大丈夫なのか？」

　僕が聞くと「ウンウン、たぶん、アチチチチ」と答える。この可愛いサイズのコテも金属なので、かなり熱くなるようだ。

「なんかねー、花川《はなかわ》のこと心配してるっぽい」

「花川？」

「覚えてないか？　同級生の花川」

　邑に聞かれ、僕は首をひねった。続けて小日向が「ほら、いつも最新のゲーム自慢してた、糸目のむっちり」とだいぶディスった説明をし、だがそのディスった説明で「ああ」と思い出してしまった僕である。いたいた、そんな奴が。

「竜王は、花川の息子」

「あー、顔、似てるかも……。え、じゃあ花川竜王っていう名前なのか」

　芸名みたいだと思った僕に、小日向が「は？」と小馬鹿にしたような顔をする。

「ちげーよ。竜王はあだな」

「その情報、僕は共有してないし」

「あの子、将棋強いんだよ。だから俺が『名人』って呼んだら『いや、むしろ竜王で』って言われて。……なんでだっけ？　あ、竜王戦のほうが賞金が高いんだ。最近の子供ってしっかりしてるよな！　まあ、とにかく、竜王はパパのことを心配してんだよ」

「父親のなにが心配なんだ？」

続けて聞いた直後、もしプライベートな家庭の事情なのだとしたら、竜王くんとなんら関わりのない自分が聞くべきでもないだろうと「まあ、差《さ》し支《つか》えなければ」とつけ足した。小日向は、軽く火傷《やけど》してしまったらしい下唇を引っ張りながら、

「うん、たいしたことじゃねえよ。なんかな、竜王が言うには」

とコテを置く。溶けた氷で薄くなったコーラを飲んで「はー、炭酸抜けておいしい……」としみじみ呟いた。そんなコーラ、なんの意味があるのだ。

「お父さんが人を殺したかもって」

ジョッキを置きながら小日向が言い——僕と邑は当然ながら、言葉を失った。

「ないないない〜。誰も殺してないよ〜」

花川健輔《けんすけ》は、顔の前で手をパタパタさせながら笑った。

いつも最新のゲームを自慢していたむっちりは、二十数年の歳月を経てすっきりと痩せていた。リムレスの眼鏡をかけた顔は穏やかで愛想よく、ベージュのコットンパンツに真っ白なシャツという格好だ。午前の診療を終えた休憩中で、白衣は着ていない。

「ほんとかー？　医療ミスとかしてないかー？」

患者用の椅子にどっかりと腰かけ、小日向が聞く。花川とは対照的な派手シャツは、化繊でテカテカした生地のペイズリー柄だ。僕は男がこういう模様のシャツを着ているところを、チンピラと芸能人以外で見たことがない。

午後二時、雨森駅にほど近い花川内科クリニック。

レンガタイルのクラシカルな外観に反し、クリニックの中は新しかった。比較的最近、内装に手を入れたのだろう。花川の自宅は少し離れているのでここで会おうということになったのだ。

「自分が絶対ミスしないとは言わないよ？　けど、僕んとこみたいに小さな個人病院には、生死に関わるほど重篤《じゅうとく》な患者さんは滅多に来ないもの。来たとしても、すぐ連携してる大きな病院に搬送するわけだし。ここの設備は限られてるからね」

「じゃあなんで竜王は、お父さんが人を殺したかも、なんて言ったんだよ？」

「そんなの僕が聞きたい。今一緒に住んでないしなあ……」

　ふぅ、と花川が肩を落とす。ぐるん、と椅子を回転させた小日向が僕を見上げて、

「花川は嫁さんと別居中で、竜王は嫁さんと実家に住んでんの」となんの躊躇《ちゅうちょ》もなく、個人情報を暴露した。暴露されたほうも気にする様子はなく「そんな感じでね」と苦笑顔だ。まあ、このご時世に別居だの離婚だのは珍しくもなく、ひた隠しにする必要もなかろう。その点は納得できる僕であり、むしろ納得しにくいのは、なんだって自分が、今ここにいるのかということだ。

「それにしても矢口、久しぶりだねえ」

　花川に笑顔で言われ、僕は「だな」と真顔で答えた。

「ちなみに正しくは矢口じゃないけど」

「え？」

「うちの両親も離婚したから、今は島谷」

「でも矢口でいいぞー」

「なんで小日向が言うの。矢口、じゃない島谷、ええと……どうすれば？」

　僕は諦観の境地で「矢口でいい」と答えた。正しいものと間違っているものが混在してややこしくなるなら、いっそ間違ってるほうで統一されたほうがマシだ。

「じゃあ、矢口。こっちに帰ってきたんだね」

「帰ってきたというか、引っ越してきた。で、いきなり小日向に振り回されてる」

「そうらしいなあ。まあ、小日向は小日向だから……しょうがないよ」

苦笑いの花川から、小日向の傍若無人ぶりが日常茶飯事であることが察せられた。僕にしても、昨日の今日で、こうして引っ張り出されたわけだ。なにしろ相手はすぐ下に住んでいるので、居留守を使うこともできない。

「矢口はプロの家庭教師なんだって？　難関校を受ける子とか指導するの？」

「まだこれからなんだけど、そういう子も指導するつもりでいる。逆もありかな。なにかの事情で不登校になって、授業についていけなくなった子だとか」

「ああ、そうか……そういえば矢口、昔から教えるのうまかったもんなァ。小日向なんか、矢口いなかったら落第してたんじゃないの？」

「してたね！」

潑剌《はつらつ》と答えたのは小日向だ。どうしてサムズアップできるんだ、そこで。

「あはは、小日向は矢口に感謝しなよ。試験のヤマがめちゃくちゃ当たるもんだから、一部の先生からは煙たがられちゃって」

「…………え。そうだった？」

聞いた僕に、「なに、自覚なかった？」と花川が細いながらも目を丸くする。

「英語の田辺《たなべ》先生とか、矢口の予想問題のできのよさに、歯嚙みしてたよ」

「知らなかった……」

「まあ、矢口もなんだかんだでマイペースだったもんねえ。淡々とマイペースっていうか……中学生男子にしてはクールで。転校慣れしてんだろうなあって思ってた」

その指摘は正しいので、僕は「慣れてたね」と頷く。

「矢口は淡々とマイペースで、小日向は騒がしいマイペースで、そこにいるかいないかわからないくらい大人しい邑がいて……変な組合せだったけど、仲よかったよね、きみたち。僕、ちょっと羨ましかったもん」

「いや、そこまで仲良くはなかった」

「てめー、矢口、なんで否定すんだ」

「三人で行動してる時間が、相対的に長かっただけだ」

「そーゆーのを仲よかった、っていうの！」

僕と小日向の応酬に「ほら、そんな感じで、いつも楽しそうでさあ」と花川が笑う。はたからは楽しそうに見えるのかと、驚く僕である。

「担任の文月《ふづき》先生、覚えてる？　国語教えてた」

「覚えてるよ。背が高くて髪の長い……」

「そうそう。中一男子ってまだそんなに育ってないから、すごく大きく見えたよなあ。先生、一七〇センチくらいあったのかも。スラッとしてて、手足長くて」

「黙ってればモデルみたいなのに、でけー口でガハハッて笑うんだよな。明るくて、ちょっと慌てん坊なとこあって……俺、フーちゃん先生大好きだった」

小日向が言い、僕も思い出す。あっけらかんとした笑い声の文月葵《あおい》先生を。

転校が多かった僕は、たくさんの学校に出会い、たくさんのクラスメイトに出会い、たくさんの教師に出会った。それなりにいい先生はいたはずだが、記憶にはほとんど残っていない。けれど文月先生のことだけは、よく覚えている。女性にしては背が高く、さらに黒髪を長く伸ばしていたので、目立つ人だった。明るくて気さく、だが馴れ馴れしいわけではなく、今になって考えれば、生徒との距離感が絶妙だったのだろう。さらに、文月先生は褒め上手だった。成績や運動能力ではなく、誰も言ってくれないけれど、ひそかに自分で気に入ってる部分……そんなところをさりげなく褒めてくれるのだ。これは子供にとってかなり嬉しいことで、多くの生徒たちから人気があった。

「俺、先生が好きだったから百人一首クラブ入ったけど、すげー後悔した。ぜんぜん覚えられないんだもん」

「日常的な日本語も怪しかった小日向に、古典はな……」

「うっさい。俺は知ってるぞ、矢口だってフーちゃん先生のこと、好きだったろ」

「そんなドヤ顔で言われても。先生は……まあ、僕の初恋なのかもしれない」

「うっわ……。花川、矢口が初恋を語り出したぞ……気味悪ィ」

「ここ、小日向が黙る注射とかないのか」

花川が「あったらもう使ってるよ～」と笑った。

「懐かしいなあ。僕、学級委員だったから知ってるんだけど、文月先生、矢口のことすごく褒めてたよ。矢口が転校してきてから、クラスの平均点がメキメキ上がったって。小日向が、『矢口のヤマ、チョー当たる！』ってみんなに自慢するもんだから、クラスのほとんどが試験前は矢口に群がってたよねぇ」

「……そうだった。思いだした。おかげで大変だったんだ」

僕は試験前だけの人気者で、自分の試験勉強まで手が回らなくなるほどだった。

となると、試験前に復習しなくてすむほど、授業に集中するしかないわけで、そうするとますます試験のヤマは当たるようになり……。あくまで期間限定の人気者だったが、かくもなればいじめられるはずもない。おそらく、僕が経験した学生時代の中で、一番安穏《あんのん》としていたのが雨森中学校での日々だったろう。よそでいじめられたとは言わないが、もう少し緊張感があったように思う。

「先生のことは、ほとんどの生徒が好きだったよね。とはいえ、矢口から初恋なんて言葉を聞くとは、ちょっと驚きだ」

「今思えば、っていう感じだけどね。中三で僕がまた転校することになって……その時、先生が手紙をくれたんだよ。そんなことしてくれたのも、文月先生だけだった」

「手紙ってどんな？」

小日向に聞かれ「教えない」と答えた。

「なんで！　教えろよ！」

小日向はむきになって聞いてきたが、僕は頑なに教えなかった。それはちょっと変わった手紙で、とても印象深く……自分だけの秘密にしておきたくなるようなものだった。今でもとってあって、少ない荷物のどこかに入っている。

「先生、元気かな。今頃どこかの学校で教頭くらいにはなってるかも。花川は、年賀状のやりとりとかしてないのか？」

小日向がそんなマメなことをしているはずもないと、花川に聞いたわけだが――その途端、花川と小日向に微妙な沈黙が生まれる。人がこういう顔をしたあと、どんな話をするのかは、三十八年生きているとなんとなくわかってくる。

「そうか……矢口は知らないよね。あれって、矢口が転校したあとか……」

花川が言い、「だな」と小日向が返す。

「矢口は三年の夏休みのあいだに引っ越しただろ。先生は、年末だった」

「なんの話だ？」

「うん。実はね、文月先生、もう亡くなってるんだ。僕らが中三の冬に」

亡くなった？

しかもとっくの昔……僕が転居した、その年に？

どうして誰も教えてくれなかったんだ、と責める資格など僕にはない。夏休みのあいだに、突然消えるように立ち去ったのは僕たち家族のほうなのだ。今のように携帯電話やスマホがあれば状況は違ったかもしれないが……携帯ですら、一部の大人しか持っていなかった頃の話である。

「病気で？」

僕の問いに「交通事故」と花川が答える。

「突然だったから、僕たちも驚いたよ。だってまだ……三十ちょっとだったんじゃないかな。今考えると、すごく若い」

中学生の頃にはあんなに大人に見えた先生だが、今の自分たちからすると年下だ。そんなに若くして逝ってしまい、しかも僕はなにも知らなかった。手紙の返事を書こうと何度かは思い、けれど日常に流されて、結局それもしなかったのだ。

「……いい先生だった」

「うん」

花川が静かに頷き、小日向も「大好きだった」と繰り返す。

「そういや小日向は、文月先生によくまつわりついてたな」

「はあ？　人を静電気みたいに言うんじゃねえ。だってよ、フーちゃん先生だけは……

まともに接してくれた。ほかの教師たちは、俺のこと怒るか、無視するかでさ」

「実際やんちゃだったからなあ、小日向は。遅刻多いし、髪染めてるし」

花川が苦笑し、続けて、

「けど、手のつけられない不良ってほどではなかったんだよね。ちょっと騒いだり、ほかの男子と揉めたりはあったけど」

「チュンをいじめるヤツがいたからだ」

「そうそう、だいたい邑をかばってのトラブルだった。あと、落ち着きがないっていつも怒られてたよねー。あはは」

「僕も思いだしてきたぞ……小日向、よく体育教師に叩かれてなかったたか？」

「しょっちゅうだった。俺はあいつを一生許さん」

「今だったら、問題になる体罰だな。名前なんだっけ」

「忘れた」

一生許さないのに名前は忘れるのかと呆れたが、忘れてしまったほうが幸福だともいえる。嫌いな奴の名前などに、貴重な記憶の容量を使ってもしかたない。

「……あれ」

医師用の椅子をギシリと軋ませ、花川が身体を屈めた。袖机の引き出しを開けながら
「そういえば」と首を傾げる。

「今の話で思いだしたんだけどさ、三、四日前、変な手紙が来たんだよ。えーと……」

書類のあいだから、一枚の封筒を見つけ出し「これこれ」と中の便箋を取り出した。

そして一読すると「んー」と軽く唸りながら、顎をさする。

「やっぱりそうかなあ」

「なに、その手紙」

「読んでいいよ」

花川は手紙を小日向に差しだした。受け取った小日向の後ろから、僕もそれを覗き込む。読み始めて、すぐに眉を寄せた。なにやら物騒な内容だったからだ。


私はあなたたちに殺された。見ていただけの子も同罪です。


シンプルな便箋に、達筆だが、か細く弱々しい文字でそう記されている。

「……なんじゃこりゃ」

小日向がボソリと言い、封筒のほうをチェックした。宛名も手書き。封筒そのものは、コンビニで売っていそうな一般的な縦長の白封筒だ。

「私はあなたたちに殺された……私って、誰よ。差出人ないじゃん」

「そうなんだよねー」

「花川、やっぱり誰か殺したのか？」

「殺してませんて。僕は救うほう。小日向がインフルになった時だって、診てあげたでしょ」

「けどフルフル出してくれなかったじゃん。帰って寝ろって冷たくあしらいやがって」

「タミフルね。三日前から熱が高くて、今日はマシになったから来た、なんて患者にタミフル出しませんよ。あれは発症して四十八時間以内に飲むもの！　……いや、今はそんな話じゃなくて。その手紙ね、ちょっと不気味だけど、ぜんぜん意味わかんないからほっといたんだよ。まあ、医者なんてしてると、たまには変なイタズラとかあるし。捨てようかとも思ったんだけど、万一犯罪性があったりしたら、証拠として必要でしょ。一応取っておいたわけ」

花川はまだ空いたままの引き出しを指さし、「でね」と続ける。

「ここにしまってた。で、同じ場所にさ、ほら、これもあるのよ。将棋盤と、プラ駒」

「……ああ」

花川が言う前に、僕は話の先を覚《さと》った。

「竜王くんは、その手紙を見たんだな？」

だね、と花川が頷いた。彼は息子と、時々ここで将棋を指すのだという。

「情けないことに、最近、あの子となにを話したらいいのかよくわからなくてさ……。

向こうもそれは同じなんだろうな。でも、将棋なら間が持つんだ。僕はたいして強くないから、もうすぐ息子に負ける日が来るんだよ……」

しみじみ言った花川に「いや、もう竜王が負けてやってるんだと思うぞ」と小日向が水を差す。実のところ僕も、同じことを考えていた。

「そ、そうなの？　それはそれでショックだけど……いやつまり子供の成長……まあとにかく、あの子はこの手紙を見つけちゃって、僕が誰かを殺したんじゃないかって、勘違いしたんだと思う。で、この手紙の『私』なんだけどさ」

花川は眼鏡のブリッジをクイと押し上げ「文月先生なのかも」と言った。

はあ？　と小日向が眉を寄せる。

「ねえよ。フーちゃん先生はこんなウザい手紙とか書かないし！」

「それ以前に死んだ人は手紙を書けない」

僕の指摘に「仮に書いたとしても、の話！」と小日向がむくれる。

「その仮定はものすごく成立しにくいし、成立したら怖い。花川、どういう意味だ？

誰かが先生のふりをして書いたってことか？」

僕が言うと「そういうこと」と花川は頷く。

「なんだよそれ。誰がそんなマネすんの」

「さあねえ、そこまではわかんないよ。そもそもこの手紙と文月先生の関係についても、さっきの思い出話で気がついたんだもの。ほら、教師ってさ、自分の生徒のことを『うちのクラスの子』みたいに言うよね。手紙には『見ていただけの子』ってあるし……少なくとも、僕が在学中に亡くなった教師って、文月先生だけだし」

なるほど、花川の解釈が正しいとすれば、

私、文月葵は、生徒たちに殺された。見ていただけのクラスメイトも同罪です。

になるわけだ。

「だけど、文月先生は事故で亡くなったんだろう?」

「そうなんだけどね。不自然な事故だったたっていう話を、聞いたことがあって」

「事件性があった?」

僕の問いに、「いや、あくまで噂というか……うん」と、煮え切らない花川である。

小日向はキョトンとしているので、なにも知らないようだ。花川は小日向から戻ってきた手紙を、目で読み返している。

「仮に、だけど……この手紙の『私』が文月先生なら、『あなたたち』っていうのは……当時の三年四組のことなんだろうな。僕と矢口と小日向、みんなそうだよね」

「そ。チュンは違うクラスになってたけどな」

「花川、ちょっとそれ貸して」

封筒を受け取った僕はよくよく観察して「消印」と言った。

「日付は先週で、ちょっと掠《かす》れ気味だけど、これ、川越市だよな？」

花川に返しながら言うと、「うん。僕にもそう見える」と頷く。

「脅迫状っぽい文面なのに手書きで達筆、しかも堂々と消印が押してあるから、不自然だなと思ってたよ」

「わざわざ、自分の居場所を知らせてるみたいだ。……小日向にはこういう手紙は届いてないのか？」

「ない」

「どうして花川に届いたんだろう？」

僕の疑問に「そっか」と花川が顎を撫でる。

「ほかの元同級生に、同じ手紙が届いてないか確認してみたほうがいいのかも。何人か連絡取れる人がいるから、聞いてみようかな……」

「あと、文月先生の実家がどこにあるかわかるか？」

「実家？」

「もしこの手紙が、本当に文月先生に関わるものだとしたら……事の真偽はさておき、こういうものを出す可能性が高いのは、故人と近い関係にある人だと思うんだ」

「つまり血縁者……うん、そうだよね……。矢口って、やっぱり頭の回転速いなあ。昔からそうだったけど」

花川が感心すると、なぜか小日向が「まあな」と威張った。僕はべつに小日向の部下でも舎弟でもないのだが。

「小日向はさ、邑にも一応、こういう手紙来てないか聞いてみてくれない？」

「来てないと思うぞ。聞くけど」

「頼むよ。あとね、これ大事なんだけど」

手紙をしまってから、小日向の真正面に向き直って花川は真剣な声を出す。

「うちの息子に『お父さんは誰も殺してないよ』って話しといてよね。僕から言うのもなんかアレだし」

「はいはい。おまえのとーちゃんはそんなことする奴じゃないって言っとく」

「助かる」

「今度おごれよ」

「もんじゃ焼きね」

「稼いでんだろ。もっと高いモン食わせろよ」

小日向が寿司がいいだのステーキだのと騒いでいるうちに、デスクの上の電話が鳴った。ここをかかりつけ医にしている患者が、急に具合が悪くなったらしい。僕は花川に連絡先を残し、小日向とともにクリニックを出る。

「ヘンな手紙だったなぁ」

歩きながら、小日向が言う。

その声にカンカンカンと踏切の音が重なった。今日も春らしく暖かい。このまま寒の戻りもなく、桜が咲くのだろうか。高架の上を走る電車の銀色が、太陽光に反射して少し眩しい。

「イタズラだとしてもフーちゃん先生に失礼だ、あんなの」

小日向の派手なシャツもまた、テラテラと光っている。

「……小日向って、中学の時は商店街に住んでなかったよな？」

「え？　ああ、あの頃は二丁目の古い戸建てだった。おまえ何度か遊びに来たろ？」

「行った」

それは覚えている。小日向は祖父母とともに住んでいた。当時から両親はおらず、仏壇には母親の遺影だけがあって、父親については知らない。小日向はなにも話さなかったし、僕も聞いたことはない。

「じいちゃんが死んじゃった時、遺産がなんちゃらでなんちゃらしたんだよ」

「相続税が発生して、住んでる家を売却処分したんだな。喫茶店の入っているビルもあるから、基礎控除内で収まらなかったんだろ、たぶん」

「そういう難しい呪文は俺にはわかんねえ」

「……店の経理、大丈夫なのか？」

思わず聞いてしまった僕に小日向は「大丈夫！」と胸を張る。

「確定申告はチュンが手伝ってくれる！」

「手伝うっていうか、邑がほとんどやってるんじゃ……」

「そんなことないぞ。計算はチュンがやって、俺は書類に書く」

「つまりほとんど邑がやってるんだな？」

「そうだとしても今年は違うぜ！」

ニカッといい笑顔を見せた小日向に、嫌な予感が走った。

「言っとくけど、僕はやらないぞ」

「うっそ！　なんで！」

「いやいやいや。そんな真顔でなんでって聞けるのはなんで？」

「もと税理士なのに！」

「正当な報酬を得られるなら、考えなくもないけど」

「こらこら。話をすぐ複雑にするのは矢口の悪い癖だぞ～」

「ちっとも複雑じゃない。おまえの店の確定申告はおまえがやる。僕にしてほしいなら金を払う。金を払わないなら、僕はやらない。それだけ。ＯＫ？」

「友達がいのないやつだな……チュンが可哀想だと思わないのか」

「そのセリフが言えるってすごいな……」

「むはは。照れるじゃねえか」

「褒めてない」

ああ、またこの流れか。二十数年分の、コツコツと積み上げてきた人間的な成長を全否定されたような気がしてげんなりである。

そして、げんなりといえば……コレだ。

小さな川に架かる小さな橋が見えてきて、僕は目をこらした。

また、いる。やっぱりいる。ポカポカ陽気の中、今日もワンワンと蚊柱が立っている。

「矢口？」

数歩先に進んだ小日向が振り返った。

「……昔からこんなに虫いたっけ？」

「あー、ユスリカ？　どうだったかなー。チュンが言ってたんだけど、川がもっと汚かった時はいなかったって。ある程度きれいな水じゃないと、ユスリカは出ないっぽい。……なに、おまえ、虫苦手なの？」

「蚊柱が好きな奴っているか？　おまえは好きなのか？」

「べつに好きってわけじゃないけど、これ出てくっと、あー春だなーって。アフリカではユスリカを食べる地域があるって、チュンが言ってたぞ。ナベを振り回して大量に捕まえて、ハンバーグみたいにこねて……」

「その話をそれ以上したら絶交する」

僕が声をきつくすると、小日向はキキッと子猿みたいな声で笑った。

「臆病者め。しょーがねえなあ。ほら、俺の後ろについてこいよ。なるべく虫のいないコース行くから」

「そんなコースがあるのか?」

「ここにずっと住んでりゃ、ある程度わかるようになんだよ」

おお。再会して初めて、この元同級生をちょっと頼もしいと感じた。

一応主張しておくが、僕はこの小さな虫が怖いというわけではない。数匹がブンブン飛んでてもまったく気にしない。問題は数なのだ。小さな虫が、大量に群れているのが苦手なのだ。怖いというよりは気持ちが悪い。ミミズだってオケラだってユスリカだって、みんなみんな生きているんだろうが、僕は友達にはなれない。

「行くぞ」

小日向が歩き始め、その後ろについて行く。

橋が近づいて蚊柱も近づくが、下を向いてなるべく見ないようにした。とにかく小日向と同じコースを行けば被害は最小限に抑えられるのだ。

いよいよ橋に突入すると、俯いていても、顔に何匹かのユスリカがぶつかってくる。

ああ、不快だ。けれどある程度はやむをえまい。これでもましなルートのはずなんだ。

僕はグッと唇を引き結び、息を詰めて進む。べつに呼吸まで止める必要はないのかもしれないが、なんとなく鼻の穴の中から虫が入り、そのまま肺に達しそうでゾッとする。

「……っ」

ごく短い橋の真ん中あたりで、小日向が突然止まった。

何事かとやや顔を上げ、僕は固まる。

いる。めちゃくちゃいる。

小日向も僕も、蚊柱のまっただ中にいるじゃないか！

ものすごい数のユスリカに包まれ、眼鏡がなければ目を開けているのも難しい。蚊柱を避けて歩くどころか、何本か形成されていた蚊柱の中、メイン会場に突っ込んでいたとしか思えない。しかも小日向は立ちどまったまま進もうとしない。そして僕を振り返りニヤリと笑った。

「慣れれば平気……あ、ちょっと食っちゃった。ぺっ」

なんのことはない、小日向にだまされたのだ。

腹が立つわ、気持ち悪いわ、早く脱出したいわで焦り、僕は罵倒の言葉すら浮かばない。浮かんだとしてもこの虫の群れの中で口を開ける勇気などない。とにかく橋から脱しようとするのだが、小日向がふざけて道を塞ぐ。

バカか。バカなのか。最低だ。いい大人のすることじゃない。

絶対にこいつの確定申告なんか見てやるものか。いや、いっそ見てやって、わざと納税額を多く申告してやる。

じたばた、じたばた。マンガだったら、そんな擬音がつくと思う。その場から早く逃げたい僕と、行く手をふさぐ小日向は、下手くそなバスケ選手のディフェンスとオフェンスみたいだったろう。でなきゃしょうもないコントだ。

しかも、こんな時に限って携帯電話が鳴る。

まずい。この着信音は彼女だ。すぐに出ればいいのだが、出たところで口を開けて話すことができない。着信音に気がついた小日向が、「お?」とさすがに道をあけ、僕はやっと巨大蚊柱から脱出し、橋を渡りきったところでゼーハーと呼吸を再開した。

その頃にはもう、着信音はやんでいた。彼女はいつも、そう長く鳴らさない。

「……おまえな!」

基本的に無駄なエネルギーを使うのが嫌いな僕は、滅多に声を荒げない。それでもさすがに今回は、剣呑《けんのん》な声が出た。小学校低学年的なおふざけをした小日向も、電話を逃したことについては多少反省したらしく「悪い悪い」と軽いノリで謝った。

「かけ直せば?」

せかせかと歩き始めた僕の横に追いついて言う。

「いい。こっちからはかけられない」

「マジで？　なんで？　ごめんて〜。そんなおっかない顔するなよ。なに、女？」

「別れた妻！」

　べつに教える必要などなかったのに、ほとんど勢いみたいに言ってしまい、自分でも驚いた。小日向は「ほ？」みたいな素っ頓狂な声を上げる。

「矢口、結婚してたのかよ⁉」

「悪いか？」

「悪くないよ。そんで離婚したのか」

「悪いか⁉」

「それはまあ、よくはないんじゃね？」

　小首を傾げてそう言った後、「けど、そんなこともあるよな」とつけたした。こいつなりに気を遣ったのかもしれないが、今更である。

「花川んとこも、離婚になりそうだし。よくさ、離婚なんかしたら、子供がかわいそうって言うだろ？　あれ、実際はどうなんだろうな。そりゃ両親が仲良いのが一番だけど、離婚話が出るくらいこじれまくってんのに、自分のために別れないっていうのも、なんだかな？」

「どっちにしろ、他人が口を出すことじゃない」

「まあね。ただ、最近、竜王がさ」

その先を小日向は言わなかったが、僕にもなんとなく察しはついた。今は母親と暮らしている竜王。彼は父親となにを話したらいいのかよくわからず、それでもクリニックに行き、将棋を指す。賢そうな子だったから、両親が今どういう状態にあるのかちゃんと把握しているだろう。だとしたらなおさら、胸中は複雑なはずだ。

「矢口、もしかして子供もいんのか?」

「いない」

「元妻からは、ちょいちょい電話あんの?」

「………」

僕はなにも答えなかったのだが、小日向はそれをイエスと解釈したらしく「へー。離婚したけどイイ関係ってやつか」と勝手に納得した。本当にいい関係だったら離婚などしないわけだが、離婚が決まった後、諸々の手続きがスムーズだったことは事実だ。かといって、それを小日向に話すつもりもない。僕は長くない脚をせかせか動かし、ひたすら黙って歩き続けた。小日向は少し遅れてついてくる。なにしろ同じ建物に住んでいるわけで、最後まで方向が同じだからいやになる。

そこからほんの三分ほどは黙っていた小日向だが、やがてしびれを切らしたように、

「おいー、まだ怒ってんのかよ?　しつけーぞ!」

とむしろ自分のほうが不機嫌になって、僕をびっくりさせたのだった。

三　芋けんぴと先生の日記とセシボンの調査力

春がふいに立ち止まる。

僕が雨森町《あめもり》に越してきて数日、今日は冷たい雨となった。まったく、この不安定さたるや……昨日までは暖かかったせいか、靖国神社の桜はうっかり開いてしまったそうで、東京は桜の開花が報じられた。

なのに寒い。僕は唯一の暖房であるホットカーペットの上、何年も前に忘年会のビンゴで当てた寝袋にくるまって寝ていた。布団はまだ買っていない。

もともと、夜型の生活を送っていた。

塾講師の勤務時間は、当然ながら子供たちが学校から帰った後だ。夕方から夜に授業をして、そのあとこまごました雑務を片付けると、仕事終わりはだいたい夜の十時くらい。布団に入るのは午前二時〜三時で、朝起きるのが九時から十時。

それが昨日から、六時半に叩き起こされている。

業務用グラインダーがコーヒー豆を粉砕する、盛大な騒音によって。

「俺だって、好きで起きてるわけじゃねえんだよ……」

まだ半分しか開いてない目で、小日向がぼそぼそ言った。いつも騒がしい奴だが、さすがに早朝はぐんにゃりしている。

「でもばあちゃんのやってたこと、変えらんないだろ……」

一階の喫茶店レインフォレストは午前七時開店である。

中学生の時はしょっちゅう遅刻していたくせに、よく毎朝六時過ぎに起きられるものだ。唯一、こいつの成長したところかもしれない。

「それに、実際この時間、集客力すげえいいんだよ……」

「……だろうな」

僕もまた、重い瞼《まぶた》でそう返した。

現在は開店直後の七時十二分。狭い店内はすでに満席である。満席どころか椅子が足りず、座れるカートにちんまり腰掛けて、昆布茶をすすっているおばあちゃんもいる。客の平均年齢はおそらく八十歳前後。七対三で女性が多い。朝から元気なお年寄りたちの邪魔にならないよう、僕はカウンターの内側で、立ったままコーヒーを飲んでいた。ソファー席から、ピンクのスカーフも若々しいキミエさんが「ユキちゃあん、昆布茶のおかわりちょうだい～」と元気よく声をかけてきた。小日向は「ふぁい」と眠そうな返事をする。

この店の営業時間は変則的で、午前中は七時から十時までの三時間。午後は三時から八時までの五時間。小日向の祖母は、もうずっと長いあいだこの営業形態を続けていたらしい。体調を崩すと午後の営業は休んでいたが、それでも朝の三時間は頑張っていたと小日向は話す。

「このへん、ジジババ多いからな……。明日も友達に会えると思うだけで、もうちょっと生きてようって、そう思う人もいるからって……ばあちゃん言ってた。そしたらさぁ、俺だって早朝営業やめらんねえだろ……」

「まあな……でも不動産契約の時に、早朝の騒音アリって書くべきじゃないのか……」

「そんなこと書いたら誰も契約しないじゃん」

「しないな」

「上に入ってくれたのが矢口で助かったよ。これはマジ」

粉末の昆布茶に湯を注ぎながら、小日向は言った。

騒音問題に気がついた時、つまり初めてグラインダーの音に叩き起こされた朝、僕は本気で契約を解消し、別の物件に引っ越そうかと思った。大家（代理）が小日向でなければ即刻そうしていただろう。不動産業者に苦情を申し立て、敷金は返してもらい、少ない荷物とともにさっさと移動する。それだけの話だ。今回そうならなかったのは、あまりに腹が立ったので小日向に、直接「うるさいんだよ！　朝からなにやってんだ！」

と怒りをぶつけたからである。

人というのは不思議なもので、怒りを噴出させると、いったん落ち着いてしまう。勢いで怒鳴ったりしたあとは、むしろ取り乱した自分が多少恥ずかしくなったりするほどだ。その時の小日向は怒鳴り返したりせず、ひたすら眠そうな顔で「ごめぇん……でもウチ、七時開店でさあ……ほんとごめぇん……」と謝ったのだ。イケメンのくせに、寝癖とヨダレ跡をつけたままで。

かつ、小日向は譲歩案を出してきた。

騒音はどうにもならない。がまんしてもらうしかない。そのかわり、いつでもコーヒー無料という条件だ。僕は食べ物にさほどこだわりはないがコーヒーは好きだし、レインフォレストのブレンドはなかなかうまい。さらに、もう一度物件を探すのは面倒くさい。ついでにトーストも無料にしろと要求すると、小日向は「足下を見やがってぇ」と情けない顔をしながらも、承諾した。

かくして僕は再度の引っ越しではなく、自分の生活を朝型にシフトすることを選んだのだ。だがそう簡単に身体は慣れず、今朝もとてもつらかった。小日向はこの早起きをすでに数か月続けているはずだが、それでもやはりフラつくほどに眠そうで、そのくせコーヒーはちゃんとおいしいのが不思議だ。祖母にドリップを叩き込まれ、身体が覚えているのだろうか。

「ユキちゃん、ボク、コーヒーおかわり」

「アタシもおかわりちょうだい」

「こっちはトースト追加ね。二枚で。ジャムたっぷり」

「ふぁい。ちょっと待ってね……」

　ふらふらと仕事をする小日向に、誰かが「早くしないと、アタシたち死んじゃう〜」と言い、みんなが笑った。高齢者のギャグはなかなかシュールである。

　忙しくなってくると、小日向は僕にウエイターをさせる。

　昨日もいきなりトーストの皿を突き出されて「はい、これ」と言われた。なんで僕がと思ったが、カウンターの端でヒョロリとしたおじいちゃんが「おお、すまん。こっちこっち」などと手を挙げているのでつい持っていってしまった。一度そんなことをしてしまうと、その場にいたお年寄りの全員が『メガネのお兄さんはお運びの人』という認識をしてしまい、なんだかもう嫌だと言えない雰囲気になってくる。小日向になら「僕を使うな」と言えるが、おじいちゃんおばあちゃんたちには言いにくいではないか。

「矢口、これ頼む〜」

　今日もやはり、焼きあがったトースト二枚は僕が運ぶ羽目になった。運ぶといっても狭い店だから、数歩の話である。網模様の焦げ目は見るたびにおいしそうで、今朝もアンズのジャムはつやつやと美しい。

「三階さん、こっちこっち。ありがと」

三階さん、というのは早くも僕についたあだなだ。昨日、常連客のひとりが僕の姿を見て「あれ誰？」と聞き、小日向が「三階に住むことになった矢口だよ」と答え、名前ではなく『三階』のほうが採用されたわけだ。まあ、『ハナヂ』よりはだいぶいい。

近くの高齢者福祉センターが開く午前八時半が近づくと、店からサーッと人がいなくなる。ようやく一段落したところで、顔を見せたのは花川だった。

「おはよー。小日向、コーヒー持ち帰りで作ってもらえる？」

保温できるコーヒータンブラーをカウンターに置く花川に、小日向は「ウチ、持ち帰りはやってねーって言ってんのに」と文句を言いながらも、コーヒーの支度を始めた。しばしば繰り返されているやりとりなのだろう。花川は、朝からぐったりしている僕を見ると、

「お、矢口もいたんだね。ちょうどいいや。これの件だけど」

とポケットから件《くだん》の手紙を出す。

「連絡の取れる元同級生と、さらにそこと繋がっている元同級生……なんだかんだで二十人ぐらいは調べられたんだよ。なんと、僕のほかにもふたり、同じ手紙が届いてた。ニックとセシボンに」

「……留学生とかいたっけ？」

そう聞いた僕に、花川は「いやいや」と笑った。

「ほら、家が肉屋なのにガリガリで、いつもからかわれてた男子いたでしょ」

「あ」

言われて思い出した。ガリガリ・ニック。中学生男子のつけるあだななんてこの程度のセンスだ。とても痩せていて、けれど運動神経はよく、足の速い男子だった。

「今もこの商店街にいるよ。大月《おおつき》ミートの四代目」

「そこって、店先でコロッケ揚げてたとこか？」

「そうそう、何年か前に改装して、もう揚げものはやってないけどね」

そう聞かされて、ちょっとだけ残念な気分になる。時々、姉は自分のお小遣いで僕にコロッケを買ってくれた。芋とひき肉のシンプルな中身で、でもなぜかほんのり甘く、僕のお気に入りだったのだ。

「セシボンのほうは……ええっと、あの頃はなんて呼ばれてたっけ」

花川が小日向に聞き、少しだけ考えた小日向が「普通に山本《やまもと》だろ？」と答える。

「そっか。山本美音《みお》。美容室の家の娘で、セシボンは屋号だね。正しくはセ・シ・ボン。商店街の中って、屋号で呼び合うことも多いから。山本も実家を継いでる。これがなかなかやり手で、ヘッドスパとかネイルとか取り入れて、セ・シ・ボンは今や沿線に三店舗あるんだ」

山本という女子はあまり覚えていなかった。僕は女子とはほとんど喋《しゃべ》らない中学生だったので、当然ではある。

「ふたりとも、手紙はすぐ処分したって。気味悪がってたなあ。もちろん、あんな手紙がくる心当たりはまったくないそうだ。でね、僕、考えてみたんだ。手紙の届いた三人の共通点は何だろうって。まず、三人ともが文月先生のクラスだったのは三年の時。つまり三年四組だね。ほかには、今でも地元にいること。そして三人とも自営業というところも共通してる」

「ちょっと待てよ。今の話だと俺もその中に入ってもおかしくないんじゃね？　元三年四組で、まだこっちにいて、自営業だぞ」

「僕もそう思ったんだよ。小日向に届いててもおかしくないはずなんだよなあ」

訝しむ花川に、僕はスマホを見ながら「自営業かどうかっていうより……」と口を開いた。

「検索できたかどうかじゃないか？」

「検索」

「姓名で検索して、現住所がわかるか。今、試しに大月ミートを検索したんだけど」

スマホを花川に差し出して見せた。大月ミートはなかなか立派なホームページを作っており、そこにこだわりの肉職人、大月公平《こうへい》の日々、というブログがあったのだ。

「もちろん店の住所も載っている。これと同じで美容室セ・シ・ボンも、花川のクリニックも検索できて代表者の名前があり、住所がわかる。でも小日向の喫茶店は検索しても、ヒットしないんだよ」

「ばあちゃん、ネットとかしないもんよ」

それはそうだろう。僕は花川に向けて、言葉を続けた。

「この手紙を出した人は、三年四組の生徒たちの名簿を持っていたんだと思う。氏名だけの一覧か、住所もあったものか……たとえあったにしても昔のだし、今でも同じところに住んでいる可能性は低い。だから片っ端から、名前で検索したんじゃないかな」

「すごく納得できる推測だね」

花川は頷《うなず》き、封筒の表面を指先でトントンと叩いた。

「もうひとつ。文月先生の実家、やっぱり川越市だったよ」

不可解な手紙の消印は、亡くなった担任教師の実家――。

僕たち三人は、しばし口を閉ざしていた。

「……そうだ。小日向、どうもありがとう。息子の誤解、解いてくれて」

「おー。たまたま商店街で見かけたから」

「今朝スマホにメッセージがきてさ。あの子、僕が誰も殺してないってことには納得してくれたんだけど、今度はこんなふうに聞いてきて」

――なら、どうしてあんな手紙がきたの？　どうしてなんだろう、って悩み始めちゃって。

「もっともな質問だよね。僕も一緒に、どうしてなんだろう、って悩み始めちゃって。ただのイタズラとか、偶然とか、そういう言葉ですまされないものを感じてるというか……放っておくのも据わりが悪いというか」

花川は言葉に迷いながら喋っていて、けれど彼の言わんとしていることは僕にもなんとなく理解できた。事の真相はどうあれ、少なくとも手紙を出した人物は、文月先生の死に生徒たちが関係してると思いこんでいるのだ。ならば、そう思うだけの理由があるのだろう。自分の知らないところで、文月先生に関わる不穏ななにかが起きていたかもしれず――けれどそれに気がつかないまま、僕らはそれぞれ二十余年を生きてきた。それはべつに責められるようなことではないにしろ、喉《のど》にひっかかった魚の骨のように、気になる。

なんだろう、この感覚。

僕たちの好きだった文月先生。ルーズに結い上げていた長い髪。黒板を指し示すしなやかな腕と、和歌を詠むよく通る声。平穏な教室。シャーペンがノートを走る音。時々、小日向が叱《しか》られてみんなが笑う。

そんな思い出を否定されたような。

おまえたちの記憶は事実ではないと、囁かれたような。

「とりあえず、この手紙を出したのが、先生のご遺族なのかどうか……そこをはっきりさせられたらな、と思ったんだよね。住所はわかってるんだ……電話番号も。だけど、電話で聞くっていうのも、なんだか違う気がしてて……。どうだろう、矢口、行ってみてくれないか？」

「はっ？」

話の急展開に、思わず素っ頓狂な声をあげてしまう。

「おお、そうだ。矢口、行けばいい。っていうか、俺も行く。行こうぜ！」

なぜか小日向までが前のめりになってきて、「いやいやいや」と僕は早口になった。

「行かない。行きませんて」

「なんでっ」

「なんでって聞かれる意味がすでにわからない。なんで僕が行くんだよ？　むしろ花川と小日向で行くとこじゃないのか？」

「申しわけないんだけど、僕は平日はクリニックがあるし、諸事情あって休日もなかなか動きが取れないんだよ。矢口なら、信頼できるし、安心して任せられるし……」

「無理無理無理。僕もそれなりに多忙で……」

嘘つけ、と小日向が口を挟んできた。

「おまえ、まだカテキョの仕事始めてないって言ってたじゃん。新学期になってから、本格稼働だって」

「いや、そうだとしても、いろいろ準備がだな……そうだ、邑と小日向で行けばいい」

「チュンは三年四組じゃねーよ」

いい提案だと思ったのだが、小日向に突っぱねられる。

さらに花川が「邑は基本、年中無休だからなあ……」と呟《つぶや》いた。なんだそれ。労働基準法的にどうなんだ。というか、やはり法律が及ばない方面の仕事なのだろうか……。

「とにかく、僕は行かないぞ。確かに文月先生にはお世話になったし、好きだったよ。だけど二十年以上昔のことだし、その手紙が僕に来たものじゃない以上、時間という有限な資産を今回の案件に使う気にはなれない」

「ややこしい言い方してっけど、自分は関係ないってか」

「だいたいそういうことだな」

「先生が初恋だったんじゃねーのかよ」

「大昔の話だろ」

小日向は舌打ちして、「中坊の頃のほうが、マシだったぜ」と顔を歪《ゆが》める。僕は中学生の自分などよく覚えていないし、その頃より嫌な人間になってたとしても構わない。損得勘定でものを考えるのが大人というものだ。とりあえず、あの手紙が複数出されているのはわかった。それである程度の不気味さは払拭されたはずではないか。

「小日向、矢口の言うことはもっともだよ。僕だって、自分の都合を優先させてるわけだし、無理には頼めない。この手紙は僕に届いたんだから、僕が動くべきなんだ」

自分に言い聞かせるようなニュアンスで花川が言う。

「けどおまえ、日曜は見舞いが……」

「いや、大丈夫。見舞いは必ず行かなきゃいけないってものじゃないし。うん、僕と小日向で行こう。川越ならそう遠いわけじゃない。日帰りできるしさ」

ふたりの会話に、「見舞い」という言葉があった。

けれど僕は、それについて深く考えないように心がける。ところが困ったことに、考えないようにするということは、実際は不可能なのだ。『Aという事象について考えないようにしよう』と思った途端、人の脳は『Aという事象についてすごく意識している』という状態に陥る。

そんなわけで僕の脳みそは僕の気持ちを裏切り、あっというまに『花川には見舞わなければならない誰かがいて、毎週末どこかの病院へ出かけている』という結論を導き出してしまった。気の毒ではあるが、だからといって僕が代わりを務めなければならない理由にはならない。僕と花川はそこまで親しい間柄ではない。それでも一応、

「つきあえなくて悪い。花川」

と詫びるのは、たぶん保身のためだ。

大人な花川は「ぜんぜん」と笑顔で返してくれ、子供な小日向は「ほんとだぜ」と口を歪めた。

「いいんだ。自分で行ったほうがすっきりするし。なんかね、僕にとってこの手紙はスルーが難しい案件になっちゃってて」

僕はふと、前回花川が言っていた『不自然な事故』というのを思いだした。花川がわざわざ川越まで行こうとするのは、それも関与しているのではないか。

「おまえこないだ、噂がどうこう言ってたよな？　それと関係ある？」

僕の疑問に近いことを、小日向が聞く。

「ああ、それね……うん。実は、先生は自殺したんじゃないかって噂があったんだ」

「……自殺？」

ぼそりと言った僕に「あくまで噂」と花川が念を押した。

「文月先生、車道に突然飛び出したらしいんだ。交通量も結構あって、危ない道路だって知ってたはずなんだけど……。もちろん、相手の車はかなりのスピードで交差点を曲がってきたそうだから、明らかに向こうの過失なんだけどね」

「花川、おまえなに言ってんだよ。フーちゃん先生は自殺なんかしねえよ。そういうキャラじゃなかった。いつも明るくて、楽しそうで……」

「それが文月先生の全部じゃないだろう？」

花川の言葉に、小日向が黙る。

「中学生だった僕たちが……先生についてどれくらい知ってた？」

だめ押しのように言われ、小日向はなにも言い返せない。

花川の言葉は正しい。たかが十四、五歳、思春期のまっただ中、自分のことばかり考えていた僕らに文月先生のなにがわかるというのか。いや、子供だろうと大人だろうと、他者がなにを考えているのか、本当に理解することは恐ろしく難しい。ほとんど不可能に近く……むしろ、絶望的という言葉すら使いたくなる。

「……小日向、あのさ」

不機嫌を隠すスキルがないのか、あっても使う気がないのか、とにかくむくれ顔になった小日向を、花川が穏やかな口調に戻ってとりなす。

「僕だって、先生が自殺したなんて思ってないよ。だけどそういう噂があったのは事実なんだ。僕は母から聞いたんだけど……ご遺族の耳にも入ってたと思う。当時、ご両親を葬儀で見たよ」

突然の事故で娘を亡くし、しかも事故ではなく自殺だったのかもしれない――。

そんな噂を耳にした時、先生のご両親はどんな気持ちになっただろう。悲しみはより増しただろうか。あるいは、死が本人の望みだったのなら……？

やめておこう。

家族でもない僕が想像したところでなんの意味もない。

「ちょっと待ってくれ、花川。仮に先生のご遺族……たぶん親御さんが、娘は自殺したと思っているとしたら、あの手紙って」

僕が組み立てた仮説は、花川も考えていたのだろう。うん、と頷く。

「つまり、先生を自殺に追い込んだのは、僕ら元三年四組ってことになる」

小日向がしばしポカンとした顔をして「え？　は？　俺たちが？」と混乱しだした。

「仮の話だよ、小日向。もちろんこの仮説が正しかったとしても、先生の親御さんはなにか誤解しているんだろうし。ただ」

「少なくとも、誤解させる要因があったということだな」

僕が言い、花川が「そうなるんだよね」と頷く。

「しかも二十年以上経った今頃になって、その要因は出てきた？」

「たぶん」

「おい矢口、もっかい説明しろ」

そんなにこみ入った話ではないのだが、人の理解力というのはそれぞれなので致し方ない。僕は小日向にもわかりやすい言葉を選んで説明を繰り返した。

「文月先生が亡くなったのは、事故ではなく自殺だった……そういう噂があって、先生のご両親も聞いていたかもしれないんだ。ショックだったろうな。けどあくまで噂だし、娘が死を選ぶ理由などないと、自分たちに言い聞かせていた。ところが最近になって、自殺の原因となりうるなにかを見つけた。当時の三年四組に関するものだろう。それによって再燃した悲しみ、あるいは恨みが、あの手紙を書かせた……仮説だけどな」

「仮説はもういいよっ。本当はどうなのかが肝心なんだろっ。先生は自殺なんか……」

「落ち着けって。だからそのへんをハッキリさせに、まずは川越に行って、先生のご両親に会おうと花川は……」

「先生は自殺なんかしない！」

「そんなことわからないだろ！」

小日向につられて怒鳴ったあとで、すぐ後悔した。話の正当性ではなく、声の大きさでゴリ押しをする類を、僕は本当にバカだと思っている。なのに、小日向につられて自分がそのバカになってどうするのだ。

「まあまあ。ふたりとも、もう中学生じゃないんだから」

花川に諭され、穴があったら入りたい気分で「失礼」と詫びる。小日向は口をとがらせてツンとそっぽを向いた。あと二年で四十歳になるのに、この態度か。

「あはは、本当に中学時代を思い出すなあ。あの頃から矢口はふだん静かなのに、小日向につられると大声出すんだよね。だいたい、小日向がバカやって、矢口が怒鳴ってやめさせる展開でさあ」

「……そうだっけ?」

「ほら、小日向が大量の蝉を教室に持ち込んでパニックになった時も」

「……ああ、あった、そんなこと」

「ノミだらけの子猫を三匹連れてきて、ニャーニャー大騒ぎになった時も」

「あぁ……あったあった」

「エロ小説の読書感想文書いてきて、みんなの前で読み始めた時も」

「あれか！　あれはなあ、うん……ひどかった……」

具体例を提示され、僕の脳内記憶写真がワサワサ増える。そうだ。ほんとにこいつは困った奴で、僕と邑は苦労したのだ。教室を飛び回る蝉を集め回り、走り回る子猫を追いかけ、感想文の時はなぜか小日向と一緒に呼び出された。まあ、僕も多少読んだのは否定しないが。数々の愚行をしでかした張本人は聞こえないふりで、コーヒーをタンブラーに注いでいる。

「楽しかったよねえ、あの頃は……」

「僕は大変だったぞ」

「ったく、くだらねーことばっか覚えてんだから。ほらよ、二杯分だから八百円」

小日向からタンブラーを受け取った花川は「おっと、急がなくちゃ」と腕時計を見て言う。診察開始の九時が近い。

「じゃあ、小日向、連絡入れるから川越の件……」

「僕が行く」

言葉を割り込ませると、花川が「え」とこっちを見る。

「行く。気が変わった。川越といえば小江戸とも呼ばれる名所だ。蔵造りの町並みがきれいだそうだし、……まあ、行ってみるのもいい。けど、文月先生のご家族に塩対応されたら、さっさと帰ってくるから」

「矢口、もし僕に気を使ってるなら……」

「ほら、九時になる。患者が待ってるんじゃないのか？」

「あ、うん」

花川は店の扉を開けつつ、僕の顔を見て「助かる。ありがとな」と頭を下げた。さらに、気が変わったりしたら無理する必要はないからと言い添えて、店を出て行く。

「……行くの？」

静かになった店内で小日向に聞かれ、僕は頷く。

「ひゅー、やぐっちゃん、やっさしー」

「うるさい。連れてかないぞ」

「えっ、やだっ、連れてけよ」

「花川は誰の見舞いに行ってるんだ？」

「おふくろさん。ホスピスだよ」

「ふうん」

「嫁さんとうまくいかなくなったのも、おふくろさんの病気が関係してるみたいでさ。あー、もちろん嫁さんが冷たいとかいうことじゃなくて、あまり先が長くない病人への考え方の違いっていうか、あそこ嫁さんも医者なんだよ。知ってたか？　実家がなかなかでかい病院で、そこで外科の先生やってる。で、まあ、あとは花川が自分のクリニックの受付嬢に、若い女の子ばっか選ぶっていうのもあって……」

「おまえね、人んちの事情をそんなペラペラ喋るなよ」

「なんで。べつに口止めされてないぞ」

「いや、そうだとしても」

「花川もさ、ときどきここ来て、まとめてグチってくの。あいつ、酒やめてるから飲み屋でそういうことできないし。ここなら、俺が黙って聞くからね」

「黙って聞くのか？」

「だってばあちゃんの方針だもん。おはなし、ききます、だもん」

僕はふと、ずいぶん昔、彼女に言われた台詞を思い出す。

――それって、知りたくないだけじゃないの？

僕の目を見て、かつての妻はそう言った。

他人の事情に首を突っ込むべきではないみたいなこと言ってるけど、ネガティブな情報を知りたくないだけなんじゃないの？　と。

当時、その指摘に腹が立ったのは、たぶん当たっていたからだ。彼女はとても鋭い人で、僕が見たくない僕の一面を見逃してはくれなかった。そしてそういう彼女が、僕には必要だった。

──人は、聞いてもらうだけでも、楽になれるのに。

彼女の言うことは正しかったんだと思う。小日向のばあちゃんがやろうとしていたことも、同じような意味があるのだろう。だけどやっぱり人には向き不向きがあって、僕は自分を語るのも人の話を聞くのも苦手だ。もっと言えば、自分について知ってもらうのも、他人について深く知るのもためらってしまう。

人の心には明確な解答がない。曖昧《あいまい》で、しばしば辻褄《つじつま》が合わなくて、公式もない。経理で綺麗に数字を合わせたり、子供たちに方程式の解き方を教えたり、そういったことのほうが、僕はずっと安心できる。そんな僕と彼女は正反対のタイプで──だからこそ惹かれ合ったのだろう。

今更思い出しても、遅いのだけれど。

「そんで、いつ行く？」

「え」

一瞬、なんの話かわからなかった。

「コラ。ぼーっと生きてんじゃねえぞ。川越だよ」

「ああ……」

「うん、明日行こう。そうしよう。それがいい」

「なんで勝手に決めるんだ。店はどうするんだよ」

「朝営業だけする。午後は臨時休業だ。おまえなんか用事あんの？」

「……ないけど」

だよな、と小日向が偉そうに言う。

「こういうのは早いほうがいい。思い立ったが百年目っていうし」

「思い立ったが吉日、な」

「それそれ」

「あと、ここで会ったが百年目は、探してた敵に会った時に使う言葉だから」

「矢口。そんなふうに自分の賢さをひけらかすと、トモダチできないぞ？　俺は時々心配になるよ、ホント」

「心配してくれなくていい。ぜんぜんいい」

「明日は矢口が運転な。免許あんだろ？」

「人の話聞いてるか？　おはなしききます、はどうした」

「おまえは客じゃねーもん。聞かなーい」

小日向はそう言って笑いながら携帯電話を取り出し、「花川の高級車と、邑のバン、どっちがいい？」と僕に聞いた。

「……バン」

人の車を運転するのはただでさえ気を遣うのに、高級車は勘弁だと思い、そう答えた。かくして、僕の都合などまったくお構いなしに明日の川越行きが決まった。まあ、こんな展開もたまにはありだろう。しょっちゅうあったらたまったものではないが、たまにならば目を瞑《つむ》れる。

文月先生の死は事故だったのか、それとも自殺だったのか。

それ以前に、あの手紙はイタズラなのか、あるいは本当に、先生の遺族や関係者が出したものなのか。

亡き人の過去を探るのは気が引ける。それでも僕は、雨森町に引っ越してきたとたん、およそ四半世紀という時間をひとまたぎにして現れたこの謎が、気になってしまうのだ。

昨晩は荷物の中から先生の手紙を探し出して、読み返したりもした。そこにある文字は、生き生きと美しく、死の気配など感じられなかったけれど……先生が僕に手紙をくれてから亡くなるまで、数か月の時間経過がある。

それに、どんなに明るく前向きな人だって、死を考える瞬間はあるだろう。

僕たちは誰しも、生まれてきた以上はいつか死ぬわけで、その時期を自分で早めてしまう人は多く存在する。明日もまた朝がきて、人生が続く——それに耐えきれない人々は一定数いるのだ。

この国の自殺者数は、先進国最悪のレベルらしい。自殺者が多い上に、少子化が激烈に進んでいるのが日本の現実だ。いや、自殺者が多いような国なのだから、子供が減るのは当然なのだろうか？

「むむっ……川越はイモがうまいらしい」

死についてしみじみ考えていた僕の隣で、小日向がスマホを弄《いじ》りながら言った。

誰があの手紙を書いたのか——その回答はあっさり得られた。

「母の字です。間違いありません」

封筒と便箋を確認し、その人はガクリと項垂《うなだ》れ「なぜ、こんな」と小さく言った。それから、座布団を下り、膝行《しっこう》でやや退くと、

「申しわけありませんでした」

そう言って深く頭を下げる。

丁寧すぎる謝罪に僕のほうが慌て、「いえ、頭をあげてください」と頼んだ。隣では小日向が芋けんぴをポリポリ食べながら、「なんでお兄さんが謝んの？」ときょとんとした顔をしている。

川越市の文月家である。

情緒ある蔵造りの町並みが有名なこの地は、江戸時代、川越藩の城下町だった。戦火を逃れたため歴史的建造物、文化財が多く、現在では観光客に人気だ。とはいえ、もちろん観光地となっているのは一部であり、ほとんどは一般的な住宅地である。文月家も、そんな当たり前の光景の中、周りよりはちょっと鄙《ひな》びた感のある二階建ての家だった。

現在この家の主は、文月先生の兄にあたる多美夫《たみお》さんだ。

先生とはひとまわり以上離れていて、すでに会社を定年退職されていた。今日は出かけている奥さん、そして猫二匹と暮らしているという。息子ふたりは独立していると話してくれた。

僕たちが来訪することについては、あらかじめ電話で連絡を入れておいた。

だが、なんの話をするのかまでは、伝えないままにした。妹の教え子が来てくれるなんて、と多美夫さんは僕と小日向を歓迎してくれた。

嬉しげにお茶とお菓子を用意してくれる姿は、どう見てもあんな手紙を書くようには見えなかった。若くして亡くなった妹について、多美夫さんは懐かしげに、時に涙目になって語り、僕は不気味な手紙の話をなかなか切り出しにくく……。

とはいえ、目的は果たさなければならない。

最初に出されたお茶がすっかり冷めた頃、僕は手紙を座卓の上に出して経緯を説明した。内容を読んだ多美夫さんの顔色が変わり、先程の言葉を口にして詫びたのだ。

「お母さんが書いたんなら、お兄さん謝る必要ないよね？　だろ、矢口？」

ポリポリと芋けんぴ音を奏でつつ、小日向はいつもの調子である。僕は一応、カジュアルではあるがジャケット着用だというのに、小日向は演歌歌手の振袖みたいな花鳥風月のシャツだ。ＴＰＯ完全無視の軽佻浮薄さにタメグチで……だがこの重苦しい空気の中、その軽さがある意味救いになっている部分もある。僕だけだったら、場の雰囲気はさらに重く沈んだものになっただろう。

「そのとおり。お兄さん、頭をあげてください。少なくとも僕たちは、この手紙の苦情を申しあげに来たわけではないんです。ただ、まずは出所をはっきりさせたくて……確かに、お母様の字でしょうか？」

「はい。今は、施設におります」

「施設……」

「ええ、市内です。一昨年までここで暮らしていたんですが……腰の骨を悪くしてしまい、車椅子が必要になってからは、そちらに移りました。私たちはここをリフォームするから一緒に暮らそうと言ったのですが……迷惑をかけたくないと」

「かなりご達筆ですよね。教養ある方の字です」

「母は古文の教師でした。……妹が教職を選んだ時は『わざわざ苦労の多い仕事を』と言いながらも、とても嬉しそうで……葬式の時も最後まで泣きませんでした。弔問に訪れてくれた先生方や生徒さんに、そんな姿を見せられないと思ったんでしょう。一人一人に娘がお世話になりましたと丁寧に挨拶《あいさつ》して……四十九日が過ぎ、納骨して、そこから三か月くらい寝込んでしまい……。やっと母が泣けたのは、妹が亡くなって半年くらい過ぎた頃です」

母にこんな声があったのか——多美夫さんはそう思ったそうだ。

「慟哭《どうこく》……という難しい字があるじゃないですか。あんな感じです。大きな声を上げて、全身を震わせて、畳《たたみ》を激しく叩きながら泣いているんです。母の悲しみが噴出していて……近くで見ていると怖いほどでした。当時は父が存命だったんですが、どうしたらいいのかわからず、私と一緒にオロオロしていたのをよく覚えています」

それにしても、と多美夫さんは改めて手紙に視線を落とす。

「なぜ母はこんな手紙を書いたんでしょう………………あ、この日付は……」

多美夫さんは「ちょっと、失礼」と立ち上がった。手帳を手にすぐ戻ってくると、カレンダーになっているページをめくり、

「ああ、やっぱりそうだ。消印日の少し前に、母が施設から一時帰宅してたんです」

「この家にいらしたということですね」

「はい。うちも古いものですから、雨漏りで二階の壁にシミができて……工事に入る前に荷物の移動をすることになりました。荷物の中には、捨てられずにとっておいた、妹のものがかなりありましたので……」

遺品整理というわけだ。多美夫さんだけでは処分していいかどうか判断できず、母親を呼んだのだろう。

「また辛いことを思い出させるのは忍びなかったんですが……母も、自分の棺桶に一緒に入れてもらいたいものがあるかもしれないから見たい、と。そんなこと笑いながら言えるようにはなっていたんですよ。時間薬というやつでしょうか」

記憶は時に感情の再生であり、昔のカセットテープのように、再生を繰り返していくうちに少しずつ鮮明さを失っていく。十年前に好きだった人への恋愛感情が、まったく同じように再生されることはない。それと同じく悲しみの再生もまた、時間とともに臨場感を失っていき、それは人にとって救いでもあるのだろう。

「それにしても……なぜ母は、こんな手紙を」

ため息とともに多美夫さんはまた繰り返す。

「遺品整理の時になにか見つけてしまったのでは……」

僕の質問に「私もそれを考えたんですが」と多美夫さんは額を軽く掻いた。

「でも、その時の母に変わった様子は見受けられなくて」

「お母様は、妹さんの遺品を何か持ち帰られましたか？」

「はい。かさばるものは無理ですから、写真と、本を何冊か」

「本？」

「母が妹に与えた古い本です。もう一度読んでみたいと言って」

「やばい！」

いきなり大きな声を上げた小日向に、僕も多美夫さんもぎょっとした。

小日向は自分の前にあった菓子鉢を凝視し、「芋けんぴ全部食っちゃった……」と呆《ぼう》然《ぜん》としたように言う。自分で食ったくせに、なんで驚いてるんだこいつ。

「おまえな……」

「芋けんぴがこんなおいしいって、俺今まで知らなかった。人生損してた……」

「あ、まだありますよ。お出ししますね」

「いえ、お兄さん、もう」

僕が遠慮しているのに小日向は「じゃあ大盛りで！」などと注文している。

こいつはいったいなにをしに来たのか。ちなみに川越までの運転は、ずっと僕だった。小日向も免許は持っていたが、取得以来ほとんど運転していないがゆえのゴールド免許だと自慢するので、怖くてハンドルを任せられない。

おかわりの芋けんぴが来るとポリポリポリポリ、うるさいぐらいにそれを齧りながら小日向が「手紙のことだけど」と言いはじめた。

「本人に聞くのが一番早いんじゃないの？　お母さんのいる施設って遠い？」

「ここから車で十五分ほどです」

「近い近い。行ってみようぜ、矢口」

「あのな、勝手にそんなこと……」

「いえ、私もそれがいいと思います。同行させていただきますので」

多美夫さんが言い出し「もし、ご迷惑でなければ」とつけ足した。

「母がなにを思ってあの手紙を書いたのか……息子として知っておきたいんです。確かに高齢ですが、頭はしっかりしてますし、周囲に迷惑をかけたがらない性格は変わっていないはず……その母があんな……人様を糾弾するような……」

実の息子がそこまで言っているのに、僕のほうでやめておきましょうというのも変な話だ。

そんなわけで僕たちは、文月先生のお母さんのいる施設に向かった。

多美夫さんの車に先導してもらい、到着したのは、まだ作られて数年しか経っていないのだろう、明るい雰囲気の施設だった。とりあえず多美夫さんが事情を話しにお母さんの個室に向かい、僕たちはロビーで待つ。

ポリポリポリポリ。

小日向はまだ芋けんぴを食べていた。多美夫さんからもらった袋を離そうとしない。

「食う？」

ガサッ、と差し出され「いい」と僕は冷たく答えた。

「そ？　栗よりうまい十三里って言葉があってさ。その十三里って江戸から川越までの距離のことなんだぜ。あと、川越は駄菓子も有名。菓子屋横丁っていうのがあって、一メートル近くある巨大麩菓子《ふがし》があるって」

「知ってる。……っていうか、それぜんぶ多美夫さんが教えてくれたことだよな。僕も一緒に聞いてたんだから、知ってるに決まってるだろ？」

「麩菓子、買う、絶対」

「そんな真剣に宣言されても」

「芋けんぴうまいんだけどさあ、時々口に刺さるのよね」

「知るか」

くだらない話をしつつ、十五分ほど待っただろうか。

多美夫さんが車椅子を押しながら戻ってきた。

僕と小日向は立ち上がり、頭を下げる。車椅子の老婦人は僕たちの顔をかわるがわる見て、少し悲しそうな顔をした。少なくとも笑ってはおらず、それは多美夫さんも同じだった。あまり歓迎されている雰囲気は感じられなかったが、かといって拒絶されているわけでもないようだ。

「あの」と僕が話し掛けると同時に、老婦人は、

「あなたたちはきっと違うのね」

呟くようにそう言った。ひざ掛けの上に置いてあった小さな本を、皺《しわ》の多い乾いた手でギュッと握る。小枝のような指の関節が白くなり、節が出る。

「こんなところまで来てくれたということは……違うのね。そうよね。そうじゃない子だっていたはずなのに……ごめんなさい」

そのまま俯《うつむ》いてしまった。なぜ謝られたのかわからず、僕は戸惑う。返事をしなければと思ったのだが、迂闊《うかつ》な言葉を口にもできない。どう声をかけたらいいのか、まずは慰めるべきなのか、でもそれって馴れ馴れしくないか、この場合の礼儀正しさはどういう対応なのか……混乱するばかりだ。そもそも、僕は高齢者に慣れていない。祖父母と暮らしたこともないし、いまや高齢者といえる両親ともあまり会話するほうではないし、商店街で気さくに声をかけられたりしても、不器用な会釈《えしやく》を返す程度しかできない。

と、小日向が芋けんぴの入った袋をいきなり僕に押しつけてきた。

反射的に受け取ってしまう。小日向の長身がフッと沈んだかと思うと、ペタンと床に膝《ひざ》をつく。それから車椅子の肘掛け部分に、まるでおとなしい大型犬よろしく、ひょいと顎《あご》を乗せた。身長一八四センチが、だいぶコンパクトになった。

大きな目が老婦人を見あげ、

「えーと。先生のお母さん？」

そう話しかけた。なんだか小学生男子の発言みたいだ。老婦人はいささか驚いたようだが、それでも「ええ、そうよ」と頷く。

「あの手紙って、何人に送ったの？」

「八人」

老婦人は答え、「そのうち何人に届いたかはわからないけれど」とつけ足した。穏やかというか静かというか……諦観にも似たトーンの声だ。

「名簿かなんか見っけた？」

「そう。あの子の残したファイルから、三年四組の電話連絡網が出てきて……最初、一番上の名前にかけてみたんだけど、違う人が出たわ。ああ、引っ越してしまったんだとわかったの。二十年以上経ってるんだから、当然のことね……。いたとしても親御さんで、本人は別のところに住んでいるでしょうし……」

だけど、と老婦人は続ける。声も語彙《ごい》もしっかりしていて、彼女がいまだ聡明だということを証明していた。

「この施設ではね、パソコンでインターネットもできるの。ボランティアの学生さんが、やり方を教えてくれる教室もあってね……私、検索、というのを教わったわ。人の名前を入れると、いろいろ情報が出てくるのよ。怖いわね」

便利、ではなく、怖いという言葉が自然に出てきた。なるほど、そのほうが真っ当な感覚なのかもしれない。

「検索して、今の住所がわかったのが八人だったわけだね？」

「ええ」

「そっか。……うーんとね。俺さ、どっちかっていうと問題児でね。先生にすげえ迷惑かけて、でも先生は俺を見捨てないでくれてた、珍しい人なんだ。で、こっちの矢口は、成績はよかったんだけど、転校ばっかしてたからコミュ力低くてさあ。先生はそういう矢口に、すごくよくしてくれたの。つまり俺たち、フーちゃん先生を大好きだったわけ。だから、花川のとこにきた手紙見て、びっくりしたよ」

小日向の言葉に老婦人は頷いた。

「あとになって、自分の短慮を悔やんだけれど……あの時はそうせずにはいられなかったの。あの子がどれだけ悩み、苦しんだか、どうしても考えてしまって」

「苦しんだ？　先生が？」

小首をかしげる小日向の髪は、傷んでいるせいか茶色がかっていて、こういう感じのゴールデンレトリバーいたよなと僕は思った。もっとも、ゴールデンレトリバーのほうが絶対に賢くて言うことを聞くはずだ。

「これを」

老婦人が膝の上にあった本を小日向に差し出す。……いや、本ではない。表紙にはタイトルがなかった。製本のしっかりしたノートの類、あるいは……。

「あれ。日記だ」

パラパラとめくって小日向が言った。

「先生の日記だね……。俺たちが、えーと、中二から中三の頃か」

「それを読んで、母はあの手紙を書いてしまったそうです」

多美夫さんが静かに言った。

「妹の悔しさを……代弁したくなったんでしょう。私もさっき目を通して、その気持ちが少しわかった気がします。……栞《しおり》のところです」

「ここ？」

「お預けするから、あとで読んでくださいな」

先生のお母さんが顔を上げて言い、小日向は素直に日記帳を閉じた。

多美夫さんが身を屈めて、母親にガーゼのハンカチを渡す。目の端に涙が滲《にじ》んでいたからだ。

「川越の芋けんぴって美味《おい》しいっすね」

唐突に小日向が言った。まだ座り込んだままの姿勢だ。

「けどたまに口の中で刺さるんだよね。結構痛い。ちょっとした武器。でもこのとんがりがパリッとしてうまいから、丸くしたら意味ないし。悩ましいとこだよね」

アホな発言に老婦人の表情が和らぎ、「あの子も、大好きだったわ」と微笑《ほほえ》んだ。

「なんか、止まらなくなる。ずっと食っちゃう」

「ふふ。それも言ってた。……あなた、お名前は」

「ユキ」

今日初めて会った相手に名前を聞かれ、下の名を答える成人男性を僕はほとんど知らない。けれど小日向はごく自然にそう告げ、老婦人も「いいお名前ね」とふつうに受け止めた。そして小日向だけではなく、僕のほうも見上げて、

「おふたりに、お願いがあるんです」

と、少し掠れてはいるがしっかりした声を出した。

「娘は本当に交通事故で死んだのでしょうか。あるいは、その日記に書かれていることが本当で……思い悩んで車に飛び込んだのか……。それが頭から離れてくれないのです。

私にはもう時間があまりありません。死ぬ前に、事実を知っておきたい」

私もです、と多美夫さんが言った。

「もし妹が自殺したんだとしたら……その理由は日記に書かれている事情でしょう。だとしたらある意味、妹は自分の生徒に追い詰められ、死を選んだことになります。だからといって、当時の生徒さんを責めようとは思いません。母も、もうそんなつもりはないと言っています。妹にも……人間的な欠点はあったでしょうし……。それでも、私たちは……」

本当のことを、知りたいんです。

多美夫さんは母親と同じように言った。本当のこと。事実。真実。

それを知っても、過去が変わるというわけではない。文月先生は生き返らないし、先生を失った悲しみが目減りすることもないだろう。もしかしたら、本当のことを知れば悲しみは増すかもしれない。せっかく時間というかさぶたが塞いだ傷が、またぱっくり開いて流血するかもしれないのだ。

それでも、この人たちは事実を知りたいと言う。

嬉しいとか悲しいとか正しいとか間違ってるとかそういうものを越えて『本当のこと』を知りたがるのは、人間の根源的な欲求なのだろうか。

「ん」

日記を手に小日向が立ち上がる。

「わかった。調べてみるよ。交通事故だったのか、自殺だったのか」

「おい、そんな無責任に……」

「だねー。申し訳ないけど、無責任な感じで調べる。俺たちは警察でも探偵でもないから、やれること限られてるし」

「……今、俺たちって言ったか」

「そもそも、なにがやれるか日記を読んでみないとわかんねーしなー」

「俺たちの中に、もしかして僕も含まれてるのか」

「だからあんまり期待されても困るんだけど、そういう感じでよければ、やれることはやってみます」

小日向は僕の追及をスルーして、ペコリと頭を下げた。

多美夫さんは多少戸惑ってる顔だったけれど、お母さんは小日向の手を握って「ありがとう、ありがとうね」と繰り返している。ここで「僕は関係ないので。請け負ったのは小日向なので」と言えるような面《つら》の皮の厚さがあったら、僕の人生はもうちょっと楽だったろう。

「と……とりあえず日記を拝見してから……改めてご連絡します」

これが今の僕に言える精一杯だ。

多美夫さんは実にいい人で「あの、ほんとに無理のない範囲で」と言い添えてくれる。その『無理のない範囲』の解釈が、僕と小日向で大きく違う点が問題なのだが。

　僕らは病院を辞した。

　とっくに昼をすぎている。小日向はずっと芋けんぴを食べ続けているわけだが、僕は朝トーストを食べたきりだ。かといってさほど空腹を感じてもいないが、小日向が国道沿いにうなぎ屋を見つけ、「うなぎ！　うなぎ！」と騒がしいため、仕方なくウインカーを出した。借りた車なので、駐車する時は気をつける。邑が貸してくれたハイエースはでかい……というか、長い。定員九人のロングバンだ。仕事で必要な車なのだろうか。相変わらず、邑がなにをしているのかはわからないままである。小日向に聞いても「秘密」とにやけるばかりだ。

　小日向は日記を手に車から降りる。車内でずっと日記を読んでいたくせに、うなぎ屋を見逃さなかったのが不思議だ。

「う～なぎお～いし、か～ば～や～きぃ～」

「へんな歌を歌うな。それだけ芋けんぴ食って、よくうなぎ食う気になるな」

「うなぎは別腹っていうだろ」

　うなぎ別腹説は初めて聞いたが、いちいち取り合ってるとキリがないので無視する。店に入り、それぞれ注文をし終えると、小日向が「ん」と日記を差し出してきた。

「もう読んだのか？」

「栞から後ろはね」

「どうだった」

「読めばわかる」

すでに亡くなっている人の、しかも、自分の担任教師だった女性の日記を読むというのは、若干の抵抗があって——心の中で先生にそっと謝った。僕が先生の立場だったら、元教え子に日記を読まれるなんて絶対にごめんだ。

栞の挟まったページを開く。

少し色褪せた赤い千代紙の栞は、先生のお母さんのものだろうか。


——教師失格！

目に飛び込んできた赤い字に、僕はギクリとした。

——そう書いてあった。真っ赤な太字のマジックだったので、私もそれにならって、ここに赤字で記す。教科書に挟まっていたのは　B５用紙をさらに四つに切ったサイズのメモ紙で、いつ誰がこんなものを入れたのかはわからない。生徒か、ほかの先生か。

とにかく学校関係者だと思われる。学校に出入りしていて不自然でない人物なら、タイミングさえあえば、誰だってこれを挟み込める。私を教師失格だと糾弾できるのだ。教師という仕事は人から非難され、批判されることは珍しくない。時にはそれを歪んだ形で表現する人もいる。だからこの程度のいたずらを気に病む必要はないのかもしれない。それなのに私はこうして日記に書いて、自分を落ち着かせようとしている。メモを見つけた時の衝撃と動揺はそれほど大きく、すぐに捨ててしまった。今は心から、これが単なるいたずらでこれ以上なにも起きないことを祈るばかり。

日付は九月のはじめ……僕が雨森町を去ってすぐだ。

ページをめくる。しばらくはとても短い、日記というよりは記録の箇条書きだった。小テストをした、体育祭の予行練習、職員会議……時々、和歌が記されているのが先生らしい。

——思ひつつ寝ればや人の見えつらむ　夢と知りせば覚めざらましを

検索してみると、これは小野小町《おののこまち》の歌だ。想い人を心に浮かべながら寝たら、夢に現れた。夢だとわかっていたら、目覚めなかったのに……恋の歌である。

和歌だけが書かれた日もあれば、短い日記の最後に添えられていることもある。だが十月になると、また不穏な記録が現れた。

——例のメモが増えている。週に数度、身の回りのなにかしらに入っている。教科書、本、デスクの引き出し、カバン、上着のポケット……書かれているのは、どれも罵倒の言葉で、ここに書きたくないほどひどいものもある。いっそすべてが一方的で根拠のない罵倒ならいいのに、中には正しい指摘があることが、私を打ちのめしている。

正しい指摘？　僕はもう一度その箇所を読む。この悪質な嫌がらせには、文月先生にとって「正しい指摘」があったらしい。だがそれがどんな指摘なのかは書かれていなかった。もっとも、罵倒の言葉の中には、多かれ少なかれ、誰にとっても痛いところをついているものがある。たとえば、「嘘つき！」と罵《ののし》られた時、自分は生まれてから一度も嘘をついたことはない、と言い切れる人間はまずいない。文月先生のいう「正しい指摘」とはそういうことだろうか？　……いや、なにか違う気がする。もっと核心的な……先生からしたら、ある意味致命的な指摘があったのではないだろうか。

うな丼はまだこない。中途半端な時間のせいか、店内に客は少なく、静かでいい環境だ。僕は続きを読む。小日向は珍しいことに、おとなしくスマホを弄っている。

――嫌がらせはやまない。そのメモを……いや、メモというより、私への手紙だ。メッセージだ。誰が書いているのか、もう予想はついている。最初は字の癖が出ないように書かれていたようだけれど、最近はそうでもない。協力者がいそうではあるが、私を恨《うら》んでいる生徒はひとりのはずだ。

十一月に入ると、日記にはすでに「生徒」とある。つまり先生は、犯人を生徒だと確信しているのだ。日記は毎日書かれているわけではなく、週に二、三度というペースだった。それが次第に頻度を増していき、頻度に反して一日の記述は短くなっていく。単語の羅列だけの日も多く、読み手にとっては不親切だが、そもそも日記は読者など想定していないので当然だ。先生は自分の中につらさを溜め込まないために、ここに吐き出していたのだろう。雅な和歌は、ほとんど現れなくなっていた。

――記録とし、ここ最近のメモを写しておく。

嘘つき。偽善者。泥棒。淫乱。メス豚。くさいんだよ。なんで生きてんの？　学校やめろ。教師やめろ。人にものを教えられる立場か？

日記を読んでいる僕のほうがげんなりしてくる罵倒の数々だ。
それを記している先生の文字は乱れていなかった。むしろ淡々と記録しているような、あるいは冷静さを保つようにそう努力していたのか……板書の文字もとても読みやすくてきれいだったのを思い出す。
その文字も、次第に乱れてくる。

——仕事に行きたくない。

たぶん先生は、日記を書く時のペンをきちんと決めていたはずだ。前のほうをめくってみても、ずっと同じ青いインクの文字が続いている。だがこの年の秋に入ると、ペンがバラバラになって、ボールペンが滲んでいたり、シャープペンでかすれたようになっていたり……紙がゆがむほど消しゴムをかけていたりと、不安定さが現れてくる。

——悪い夢ばかり見る。最低な日々。でも、あの人を思えば。

あの人とは誰のことだろう。少なくとも、先生の支えになる誰かが存在していたのは確かだ。かと思うとすぐ翌日に、

――だめかもしれない。あの人を思うほどに、むしろ苦しくなってくる。

　道を云はず後を思はず名を問はず　ここに恋ひ恋ふ君と我と見る

　久しぶりに短歌が添えられていた。

　ググらなくても、なんとなく意味の読み取れる歌だが、念のために検索する。与謝野《よさの》晶子《あきこ》の作品だ。道、というのは道徳のことらしい。与謝野晶子といえば、既婚者だった鉄幹《てっかん》と不倫関係になり、のちに結婚したことで知られた歌人である。こういった歌が出てくると、僕の中にあるひとつの可能性が生まれてきてしまう。勘ぐりたくはないが……その可能性は低くない。

　十二月の中頃には、こんな記述があった。

――今日のは今までで一番応えた。今までのような、マジックで書かれた強い線ではなく、シャープペンシルの文字。それすら演出なのだとしても、たぶんこれはあの子の本音なのだと思う。痛いほど、気持ちはわかる。自分があの子の立場だったらと想像するとつらい。それでも私は、自分の思いをどうしても否定することができない。もう、どうしたらいいのかわからない。

紙の端に二箇所、小さくヨレがある。水滴が落ちて、そののち乾いたからだ。たぶん先生は泣いていたのだろう。だが、その日のメモになんと書かれていたのかは記されていなかった。そこからしばらくは空白。

やがて、先生が亡くなる前にあったのは短歌だけだった。

――髪ながき少女《をとめ》とうまれしろ百合に　額《ぬか》は伏せつつ君をこそ思へ

まったく知らないのでググる。山川登美子《やまかわとみこ》――作者の名を見てもわからない。テストに出にくい歌人だと、僕は覚えていないのだ。

「おい、食わねえの？」

気がつくと、目の前に丼があった。日記のせいか胃が重苦しくて、食欲はない。それでも僕は、日記を置いて丼の蓋《ふた》を取る。帰りの運転のためにも、食べておいたほうがいい。小日向の丼はすでに半分がなくなっていた。

「何度も呼んだんだぜ。なんか読んでると、周りが見えなくなるの、相変わらずな」

「昔もそうだったか？」

「そうだったよ。本とか読んでるとさ、俺がいくら話しかけてもシカトで」

「活字に集中してると、音が聞こえなくなる」

「前にテレビで見たんだけどさ、ナスでニセ蒲焼《かばやき》作ってて、それがうまいっていうんだよな。でもそれって、実はうまいのはうなぎじゃなくて、タレってことになんない？」

「話が飛びすぎてるぞ」

「うなぎの立場どうなるんだよ？」

「うなぎは立てない」

少し、間があった。

「矢口、今のあんまり面白くない」

「…………反省してる」

「おまえはさ、マジメでつまんないってとこが面白いヤツなんだから、無理して冗談とか言わなくていいから。人には向き不向きがあるんだから」

「…………」

「で。話戻すけど、生まれ変わるなら、うなぎとうなぎのタレとどっち選ぶ？」

「それ戻ってるか？」

「俺、タレ」

「先生は、好きな人がいたんだと思う」

僕は丼から顔を上げて言った。

小日向はテーブルの上の、今は閉じてある日記をちらりと見て「だな」と短く答えた。

「でも、それを隠していた」

「ん」

「日記にあった与謝野晶子の歌からして、不倫関係だったかもしれない。それを生徒の誰かに、知られたんじゃないか？」

小日向はなにも答えなかった。

僕も次になにを言ったらいいのかわからなくなってしまい、再びうなぎと向き合う。あとはふたりとも黙って食べた。

食べながらも僕は考え続ける。文月先生が不倫？　明るくて、サバサバした性格の先生が？　いや、表面的なイメージで判断してはいけない。あの人、とは誰のことだ？　先生の彼氏？　そして嫌がらせのメモを送り続けたのは誰なのか。先生を教師失格だと罵り、ひどい言葉をぶつけていたのは？

先に食べ終わった矢口がスマホを弄りながら「どうしてタレかというと」と言った。

「うなぎのタレってみんなに愛されてるじゃん。タレだけでご飯食べられるってやつ結構いるよな。あんだけ愛されるなら、うなぎよりタレのほうがよくねえ？」

まだその話は続いていたのか。

「うなぎは生物だけど、タレは生きてないぞ」

「生きてるよ、タレ。老舗のうなぎ屋とか、何代もずーっと足しながら使い続けてるタレとかあるじゃん。あれは生きてるね。そして必要とされている……矢口はどっちを選ぶんだよ」

「僕は人間でいい」

「だめだよ。うなぎかタレなの」

「それなら生まれ変わらなくていい」

「そうか、うなぎになってヌルヌルしたいのか」

「言ってない」

「あ。花川だ」

小日向がスマホを手にして「ありゃー」と言った。メッセージが届いたようだ。

「名探偵やぐっちーが活躍する前に、犯人がわかっちゃった」

「え？」

「セシボンが知ってたみたい。先生に、嫌がらせしてた生徒のこと」

「誰」

「だからあ、セシボンは美容室の屋号で、名前は山本……」

「それはもうわかってる。ちょっと貸せ」

僕は小日向の手からスマホをもぎ取る。

セシボンこと山本は、いったい誰が嫌がらせの犯人だと言ったのか。そしてなぜそれがわかったのか。花川からのメッセージにはこうあった。

――セシボン、見たんだって。当時、乾《いぬい》さんが先生の上着のポケットになにか入れてるところ。

「……乾？」

「乾真衣《まい》。ほら、髪はショートでちょっと太ってて、あんま喋らなくて絵のうまい」

小日向に説明されたが、僕はまったく思い出せなかった。

「あと、星宮凜子《ほしみやりんこ》といつもつるんでたな」

「星宮……のほうは、少し覚えてる」

「ふーん。星宮は可愛かったもんな。やっぱ矢口はヌルヌルのうなぎだろ」

「意味がわからん」

星宮は確かに美少女だった。背中の真ん中あたりまで伸ばした髪はふわりと自然なウエーブがあり、目鼻立ちはさほど派手ではないものの配置が絶妙で、品のいい顔だちをしていたのだ。成績もよく、だが体育だけが苦手で、球技の時にはボールから逃げ回り、クラスメイトに笑われていた。みんなの人気者だったと記憶している。

その星宮といつも一緒にいたという、乾……。僕が記憶を手繰《たぐ》り寄せているあいだに、小日向のスマホに新しいメッセージが届いた。写真画像だ。

「なになに」

小日向が身体を乗り出し、奇妙に首をよじった姿勢で僕に取られたスマホを覗く。

「あー。これこれ。乾だよ」

ちょっと重たい瞼の少女が、無愛想に写っていた。制服姿のバストアップなので、卒業アルバムからだろう。花川が探してきたようだ。

「お、もう一枚きた。これは校外学習の時かな。星宮もいる」

公園か、広場か、そういう場所での一枚だ。こちらの乾は卒アルよりだいぶ自然な雰囲気で、星宮にいたってはそのまま雑誌モデルでいけそうな笑顔だった。さらにその横で、ピースサインを出している子を見つけ、僕は「あ」と声を出す。

「なに」

「もしかして、これが山本じゃないか？」

「ん？　あー、そうそう。これがセシボン。昔からおちゃらけてんなあ」

山本の顔を思いだした瞬間、ひとつのシーンが記憶の表面にぷかりと浮かんだ。そうだ、たぶんこの校外学習での移動バスの中……たまたま、通路を挟んで隣の席だった山本がぼそりと言ったのだ。

――あたしだったら、ヤだなァ。

そう呟いた視線の先には、乾の姿があった。

当時の僕には言葉の意味がわからず、山本のほうもただの独り言だったのだろう、それ以上はなにも言わなかった。

今ならわかる。たぶん、山本が言いたかったのは……。

と、スマホが着信音を響かせた。花川からだ。僕が出てしまおうかと思ったのだが、一瞬の隙に小日向がスマホを奪い返してしまった。

「おい、川越は芋けんぴがうまい！」

最初にそれなのかとも思ったが、文月先生のお母さんについてや、日記のことなどはもうSNSで報告をすませているのだろう。

「……え？　うん。矢口もここにいるよ。うなぎ食った。写真も見たぞ。……え、そうなの？　おまえ仕事速いね。なに、またセシボンの調査力が炸裂かよ。年賀状？　ふーん、わりとマメなんだなあ、あいつ。わかったわかった。柏ね。じゃあこれから行ってみるわ」

柏？

話の状況がまったく把握できないまま、小日向の電話が終わる。

「ということで〜」

スマホをポケットに突っ込み、立ち上がりながら小日向が言う。

「柏に行こう。乾がいるんだって」

「これから？　着いたらもう夕方だぞ」

「ちょうどいいよ。乾の店、夜にならないと開かないみたいだし」

「店？」

「飲み屋のママだって」

　ということは飲食店を経営しているのだろうか。

「行ってどうするんだ。本人に直接聞くのか？　亡くなった文月先生に嫌がらせしてたのかって？　二十数年ぶりに会っていきなり？」

「あのな、矢口。こういうのはいきなりのほうがいいんだよ。楽しい話じゃないんだからさ、事前に知らせたって相手はもやもやするだけだろ？　サッと行って、パッとすませて、誤解だったらゴメンって謝りゃいいだけだろうが。そんなに気構えるなよ」

「べつに気構えてない。ただ、事前に準備したいタイプなんだ」

「準備なんか、なんもいらねーだろ」

「なにもいらない場合は、なにもいらないという結論に至るための準備が必要だ」

「うっわ、めんどくせえ」

　僕に伝票を押しつけながら失礼なことを言い、小日向は先に歩き始める。なんでおごらなくちゃいけないんだ。とりあえず会計はするが、半分きっちり請求しなければ。

　謎の手紙を書いたのは、先生の母親だった。

そして彼女にそうさせたのは、先生の残した日記。

その日記には、嫌がらせに懊悩《おうのう》する先生の心情が記されていて、加害者は生徒である可能性が高く――目撃されていたのは乾真衣。

たった一日でずいぶんいろいろとわかったが、肝心なところはこれからだ。仮に乾真衣がメモを書いたのだとして、なぜそんなことをしたのか？

そして先生は、それを苦に車に飛び込んだのか？　あるいはまったく無関係で、やはりただの交通事故？

べつに探偵ごっこがしたいわけじゃない。むしろ僕は、こういう面倒事からは遠ざかっていたいタイプだ。今回もただ巻き込まれているにすぎない。それでもここまでつき合わされたなら、結末を知る権利くらいはあるだろう。謎が解けないまま、宙ぶらりんな気分は落ち着かない。

「早くしろよー」

だらしなく車に寄りかかって待っていた小日向が、偉そうに言う。

僕が「二八五〇円」と右手を差し出すと、その手をガッと握ってブンブン振る乱暴な握手をし、離したかと思うと今度はガバリと抱きついてきて、僕の背中をバンバンバンと三回叩き、

「家賃から引いておく！」

と明るい声で誤魔化そうとする。

「家賃は銀行口座から、定額で引き落としだから無理だ」

「大家さんを信用しろ」

「どこに信用できる要素が？」

「さあ、行くぞ矢口。すべての道は柏に続いている」

すべてじゃない。柏に行くなら国道16号線だ。そうつっこむのも面倒になって、僕は無遠慮にため息を一発かましてやったあと、運転席に乗り込んだのだった。


「そ。私」

カロリン、と氷がグラスの中でぶつかる。

「先生のカバンや、ポケットや、教科書の間なんかにメモを入れたの、私よ」

感情の読めない声で言い、乾真衣は慣れた手つきでマドラーを回した。氷もクルクル回って、グレナデンシロップの赤が渦を巻く。

「っていうかさあ、あなたたち、バーに来たならお酒飲みなさいよ。なんで私にノンアルカクテル作らせてるのよ。はい、ほら、シャーリー・テンプル」

「おお、サンキュー」

グラスを、小日向が受け取る。真衣は次に、ウーロン茶のペットボトルをドンとカウンターに出し、グラスに注ぎながら「矢口くんにいたってはウーロン茶だなんて、野暮よね。ふたりとも下戸なわけ？」と聞いた。

「飲めなくはないが、車で来てるから」

「俺はねー、酒飲むとカユくなんの。これうまいね。チャーリー・シーン」

「シャーリー・テンプル！」

呆《あき》れて叱るように言ったあと、真衣はフッと脱力して「小日向は変わんないね」と笑い出す。そう、こいつの中身はほぼ十四歳のままだ。

しかし、淡い桜色の着物に身を包んだ真衣のほうは、ずいぶん変身していた。

かつてのぽっちゃり中学生は、いまやすっきりしたうなじの香り立つ美人ママである。もちろんそれなりに歳は取っているわけだが、小さいがセンスのいい店に相応《ふさわ》しい貫禄と色気を併せ持っている。スッと切れ長な目尻を見ていると、もしや最先端医療の力を借りて……などと思ってしまうほどの変わりようで……。

「矢口くん、なに見てるの」

文春文庫

Bunshun
Bunko

文藝春秋

「え。あ。いや」

「言っとくけど、整形してないからね」

「……ぜんぜん？」

ついいてしまうと「メスは一切入れてません！」と睨《にら》まれてしまう。

「失礼だぞ矢口。マイマイはちっとも変わってないじゃん」

小日向の言葉に僕だけではなく、真衣もちょっと驚いた顔になる。

「いや、変わっただろ。僕はわからなかったぞ」

「……そういえば小日向、最初に目があった途端にニカッてしたわよね……すぐにわかったの？」

「うん。顔、同じだし」

「いやいや、だから、変わってるじゃないか。痩せて綺麗に……」

「そりゃ痩せたし、大人の顔になったけど、それだけだろ？　アイラインとかマスカラとか……そのへんを差し引いて、ふっくらさせたら、昔のままのマイマイだ」

「やだ。小日向ってそういう脳内補正が一瞬でできるの？」

「あんたら、できねーの？」

僕と真衣の顔を見て小日向が問う。「できない」とふたり同時に答えると、小日向は首をすくめるようにして「へえ」とだけ返した。

「こっわ。こういう男の前だと、ばっちりメイクしても虚《むな》しいだけね」

「そんなことないぞ。化粧のうまいヤツを見つけると、すげえ加工力だなって思う」

「そう思われたくて化粧してるわけじゃないのよ、こっちは」

「じゃあどう思われたくてしてるの？」

小日向の質問に意地悪さはなく、むしろ子供っぽいイノセンスがあった。それでも真衣はややひるんだような表情になる。まったく予想していない問いだったのだろう。

「どうって……どうだったかしら。もう長年化粧してるから忘れちゃった……むしろすっぴんだと落ち着かないもん」

「パンツ穿《は》いてないみたいな？」

「というか、パンツ穿かないでズボンを穿いちゃったみたいな？」

「あー」

「それで、そのまま外に出ちゃったみたいな。周りから見たらおかしくないんだろうけど、本人はパンツ穿いてないのわかってるし、スカスカして、不安で、すごく居心地が悪いみたいな」

「あー、うんうん、そういう感じかあ」

「盛り上がってるところ悪いんだけど」

このままずっとパンツ話が続いても困るので、僕は割って入る。

「文月先生への……その、ハラスメントめいたメモの件について……」

「もってまわった言い方しなくていいわよ。はっきり、先生へのいじめって言えば？」

いじめ。確かにその通りだ。

学校でいじめられるのは常に生徒とは限らない。教師もまた、その被害者になりうる。同僚である教師からのいじめ、あるいは今回のように、生徒が加害者のケース。

「……ごめんなさい」

やや戸惑っていた僕に、真衣は声のトーンを落として謝った。

「自分でもあの頃の自分がイヤだから、なんだか言葉がきつくなっちゃう」

俯きがちに言い、グラスに薄い水割りを作った。それを半分までいっきに飲む姿を見て、彼女もまた動揺していたのだとわかる。

「ずっとひっかかってたの。忘れたことなんかない。あんなこととしてた自分が恥ずかしくて、情けなくて……。謝ろうにも文月先生は死んじゃったしね。事故の後、自殺なんじゃないかって噂が流れた時は……すごく、怖かった」

「怖かった？」

小日向の言葉に真衣は頷く。

「まさか、私たちが殺したことになるのかなって」

私たち——その複数形に僕は引っかかったが、こちらが質問するより早く、

「事故、なのよね?」

確認するように真衣が聞き、僕は頷いた。

「警察が調べてるだろうから、事故で間違いないはずだ。でも、この日記が出てきたことで……」

先生の日記は、カウンターの上に置かれている。真衣はすでに何ページかを読んだ上で、自分がやったと認めたのだ。

「先生のお母さんは、自殺だと思ったのよね……無理もないわ」

日記の上にそっと手を置いて、真衣は小さく呟いた。目が赤く充血してきて、その言い訳のように「私も娘いるから。今は、すごくわかる」と苦笑いを見せた。

「バツイチ子持ちなのよ。娘は来年中学生。だんだん反抗するようになって……でも、自分が中学の時を考えたら、私なんかなにも言えないなあ……」

「マイマイ、先生のお母さんとこ行く? 謝りにさ」

小日向の提案は唐突なようで、だが真衣の頭の中にはすでに浮かんでいたことらしい。驚く様子はなく、しばらく思案したあと「合わせる顔がない」と弱々しく答えた。

「行って謝ったら、私はすっきりするかもしれないけど、先生のお母さんはそうじゃないでしょ? どうしてあんなことしたのか、絶対聞かれると思うし……」

「聞かれたらまずいわけ?」

「まずいっていうか、理由は知らないの」

「ん？」

「真衣さん、さっき『私たち』って言ったよな？　先生に嫌がらせしていたのは、ほかにも誰かいたってこと？」

僕の質問に真衣は頷き、「そう」と答えた。

「そこも込みで私の黒歴史ね。……私といつも一緒にいた、星宮凜子覚えてるでしょ？名前までキラキラした、学年イチの美少女」

「学年イチだったかどうかわからないけど、覚えてる。……え、星宮が？」

「ほらね」

真衣がため息をつきながら、僕をちょっと睨む。

「そういう顔するでしょ。すごく意外そうな顔。あのきれいで優しかった凜子が教師をいじめたりするはずないっていう顔」

「……僕、そういう顔したか？」

真衣と小日向が同時に「した」と明瞭に答え、返す言葉がない。確かにそのイメージに引きずられているし、昔のことなので記憶がより美化されている可能性も高い。

「凜子は文月先生が嫌いだったの。みんなの前では絶対、顔や態度に出さなかったけどね。でも、本当はものすごく嫌ってた。それこそ蛇蝎《だかつ》のごとくってやつ」

「なんで？」

聞く小日向に「だから、理由は教えてくれなかったのよ」と真衣は答える。

「生徒に人気があるからっていい気になってるとか、言うこととやることが善人ぶってるとか……そういう曖昧な悪口はよく言ってたけど。でもそれだけで、あそこまでしないと思う。ばれたら内申書に大打撃だし……。それに、人を嫌うのって結構エネルギーいるじゃない？」

僕は頷いた。そのとおり、他者を憎み続けるのはかなり消耗する。

「私も最初のうちは、あの子の命令を聞いてたんだけど……」

命令、という言葉が引っかかった。

「待って。きみたちは、そういう……上下関係みたいな感じだったわけか？」

「うーん、なんていうのかな……。凜子からしたら『お願い』だったと思うよ。でも私には『命令』に近かった。自分のこと家来みたいに思いこんでたからね。あるいは凜子の引き立て役。美少女の隣に子豚ちゃん。メリハリあるでしょ？」

真衣は自虐的に笑い、僕はどんな顔をしていいのかわからない。小日向は大きな目を瞬かせて、少し首を傾《かし》げていた。

「実際に言われたわけじゃないの。凜子は絶対にそんなことは言わない。真衣が一緒にいてくれて嬉しい、楽しい、あたしたちは親友だよねって。私が体型のこと気にしても、女の子はちょっとぽっちゃりぐらいが可愛いんだよって笑う。試験の結果が悪いと、女の子は成績より性格だよ、ってフォローしてくれる……。想像してみてくれる？　スリムな美少女がにっこり笑って、『ぽっちゃりがいいよ』って言う場面」

笑みを作った真衣の目の端に、浅い皺が入った。

「その時、子豚ちゃんのプライドがどんなふうに傷つくかわかる？　それでも子豚ちゃんは美少女から離れられなかった。自分にないものを持ってる彼女は、すごく魅力的だから……。その魅力的な子が親友でいてくれるのは、いわゆる自己承認欲求ってやつを満たしてくれるのね。ただその存在は諸刃の剣で……なにかにつけてはズタズタにされて、そのたびに丁寧に繕ってもらって、またズタズタになる。その繰り返し」

「それは……きついな」

僕が正直に感想を述べた。セシボンこと山本が、移動バスの中でぼそりと零《こぼ》した「あたしだったら、ヤだなァ」は、つまりこういう意味——自分だったら、引き立て役はごめんだ、という意味だったのではないか。

真衣は「思春期って、傷つきやすいしねえ」とまた笑う。

「今思えば、さっさと別の仲よしをつくるべきだったのよね。もっと気軽な……家庭環境も似た感じの子とつるんでいれば平和だったろうに。ほら、凜子って、なんで私立中に行かなかったんだろうっていうくらい、いいとこのお嬢って雰囲気だったでしょ？

実際にお金持ちだったしね。お父さん、大きな商社勤めかなんかで。うちは私が小五の時、DV気味だった父顔とやっと離婚が成立した母子家庭。母さんは昼はゴルフ練習場でパート、夜は水商売。私に不自由させないようにって、必死に働いてくれてた。母さんのパート先は雨森から遠くなかったから、たまに凜子の両親も来てたみたい。ご夫婦で優雅にゴルフの練習……ちょっと差がありすぎるよねえ……。まあ、たぶん凜子にとって私は、使い勝手のいい、無害で便利な友達っていう程度で……」

「違うんじゃない？」

しばらく黙っていた小日向が口を開いた。ノンアルカクテルは空になっている。

「リンリンは、マイマイのこと好きだったと思うけど」

中学生当時の呼び方のまま言った。真衣は一瞬きょとんとした後、後れ毛を指先で整えながら「なんでそう思うの？」と聞いた。

「見てたらだいたいわかるよ」

「女子のグループって難しいのよ。外から見てもわからない」

「そっかな」

「それに、好きな友達に、教師いじめの片棒を担がせる？」

「信頼してたからじゃない？　実際、マイマイはずっと誰にも言わなかったわけだし」

「今言ったじゃない」

「二十年以上経ってね」

　真衣はなにか言おうとしたようだが、結局、黙り、小日向のグラスを下げた。まだカウンターバーで飲むには時間が早いせいか、店内にほかの客はいない。

「小日向がどう思おうと自由だけど……私は凜子が嫌いだった。嫌いになっていった、が正しいかな。憧れが嫉妬に変わったわけ。でも、凜子が文月先生の悪口を言うのを聞くのは、楽しかったの。あのきれいな子が、顔を歪めて汚い言葉を吐く……それを見るのが気持ちよかった。醜い凜子を知ってるのは自分だけで、いつだってこれを言いふらせると思うとわくわくした。だから友達を続けてたのかもね。いやな中学生」

「中学生なんて、そんなものだよ」

　僕は言った。慰めるつもりはなくて、本当にそう思っていた。子供が未熟なのは仕方がない。どこでそれに気づけるかが問題なのだろう。

「じゃあ矢口くんも、そういう中学生だった？」

「僕は転校ばかりしてたからな。いつも周りの顔色を窺って、とにかく目立たないようにいじめられないように、それればかり考えてた。それはそれでいやな子供だ」

「でも転校初日から目立ってたよ？　鼻血出して」

「……雨森中が唯一の失敗です」

「まあ、矢口くんはそつがない感じだったよね」

「必死にそつがないようにしてたから」

「そのそつのなさを、小日向が台無しにしてたよね」

「そう。悪夢の日々だ」

「うそ。楽しそうだったわ」

肩を竦《すく》めて、真衣は笑った。

「矢口くんが慎重に始めたことを、小日向がひっかきまわして大事《おおごと》にして、邑がアワアワして先生に謝って……男子は単純でいいなぁって思ってた」

いや、男子だってそう単純ではないぞ。と、言い返そうと思ったのだが、具体的事例が思いつかなくて諦める。まあ、中学生あたりだと女子のほうが精神的にませていそうだが、最終的には個人差ではないか。

「話戻るけど、文月先生へのメモね、私途中で、やめたいって言ったの。バレたらまずいし、そもそも私はべつに先生のこと嫌いじゃなかったから……結構思い切って、『こういうの、もういや』って言ったんだよね。凜子はちょっと驚いたような顔になって、でもすぐ作り笑いで『わかった、今までごめんね』って。だけど、そのあとも自分だけで続けてたんだね……この日記では、そうなってる」

「真衣さんが最後にメモを書いたのは？」

「んー、十月まではつきあってたかな」

先生が事故に遭ったのは十二月なので、そこから先は凛子がひとりでメモを書き、先生の持ち物に隠したということか。メモの頻度も高くなっている頃だ。

「先生……好きな人がいたのかな……」

日記を捲《めく》りながら、真衣が呟いた。

「与謝野晶子の歌……それは好きになっちゃいけない人だった……？」

僕と同じことを思ったらしい。そういえば先生のお兄さんも「妹にも……人間的な欠点はあったでしょうし」と零していた。あれも、妹が道に外れた恋をしていたという予測からの言葉だったのだろうか。

「真衣さんのほかに、協力してた子はいなかったのかな」

「いないと思う。凛子は誰とでも仲良かったけど、一定の距離をとってたから」

「真衣さんだけが、親友だった？」

「あんなことさせる友達を親友というなら、ね」

「彼女、もう実家にはいないよね？」

「卒業してからは、ほとんど連絡取ってなかったけど……あの子の住んでたマンションに別の家族が入ったって話は聞いた。つまり、引っ越したんじゃない？　私が専門学校行ってた頃かしら」

「そうか……。結婚して姓が変わってると、ＳＮＳでは探しにくいな……」

とりあえず、多少の前進はあった。

文月先生を追い詰めたメモを書いたのは乾真衣、書かせていたのは星宮凜子。もちろんこれは真衣の一方的な証言なので、事実かどうかは別だ。真衣の話が本当だとしても、凜子がなぜそんなことをしたのか、理由を聞く必要がある。もしその理由がわかったら教えて欲しい……僕たちが店を出る前、真衣は言った。そして自分の中で整理がついたら、先生のお母さんに謝りたいとも。

夜の繁華街に出ると、僕は思わず溜息をついた。

ああ、疲れた……上着を車に置いてきてしまったので、早足でコインパーキングに向かう。ぐっと気温が下がっていた。咲きかけた桜も、これでは開くのがいやになってしまうだろう。小日向はあたりの飲食店をキョロキョロと見回しながら、ついてくる。

「矢口、腹減らない？」

「ぜんぜん」

「とりまメシにしねえ？」

「とりま帰りたい」

うなぎを食べてからそんなに経っていないし、僕はもうへとへとなのだ。雨森から川越、川越から柏……日常的に車を使っているわけではない僕にとっては、結構な移動距離だ。しかも人から借りた慣れないバンで、助手席では小日向がずっとバカ話してて、かと思うと先生の家では深刻な日記が見つかり、それはかつての同級生の仕業だとわかり、その子はバーの美人ママになっていて、親友のことが大嫌いだったと告白する。盛りだくさんすぎる一日だ。過去と今がごっちゃになって、考えがうまく整理できない。

牛丼が食べたい、いや焼肉も捨てがたいと騒ぐ小日向をバンに突っ込んでパーキングを出る。いよいよ空腹になったら、途中でコンビニにでも寄ればいい。

「なんか、女の子同士って難しいのな〜」

ちょっとおとなしくなったかと思うと、小日向はまたしても芋けんぴを食べていた。菓子屑《くず》がボロボロと落ちてシートの隅に埋もれる。僕は邑に同情しつつも、こぼさないように食べろとは言わない。言っても無駄なのはもう学習ずみだからだ。

「女同士でも男同士でも、自分と他人を比べてしまうのは仕方ないだろ」

「なんで。みんな『世界に一つだけの花』なんだろ？」

「でも花屋では値段が違う」

「おまえ、ヤな考えかたすんね〜」

「それが現実。人間は、他者と比べることによって自己を認識できる生き物だ」

「また難しいこと言って俺を混乱させようとしてるな。いいか矢口、難しいことをわかりやすく言えるのが、ホントに頭のいい人間なんだぞ」

べつに小日向を混乱させようなどと思っていないが、台詞の後半は正しかったので、僕はより平易な例を提供してみる。

「比べる対象がないと、わかりようがないってことだよ。夜が来ない世界の人は、昼が明るいのを知りようがない」

「なんで？」

「暗いという概念がないと、明るいことに気がつけないから」

「目をつぶってから開ければ、明るいのわかるじゃん」

「見えないと暗いは違う」

「なにが？」

咄嗟《とっさ》には答えられなかった。だが、違うはずだ。目を閉じて暗いのと、暗闇の中にいるのはなにかが違うのだ。けれど自分の中でもぼんやりしているその感覚を、小日向に伝えることなど到底できる気がしなくて、僕は「とにかく」と話を強引に先に進めた。

「星宮凛子の居所がわからない以上、現時点でもうできることはないな。先生への嫌がらせが事実だったのは残念だけど……まあ、子供のしたことだ」

「なに言ってんだ。中学生はいじめなんかして許される年じゃないだろ」

小日向の声は、いつも通りのほほんとしていたが、その言葉自体は厳しいものだった。

「そう言うわりに、おまえ、真衣さんを責めてなかったじゃないか」

「なんで俺が責めんのよ。被害者でもないのに」

「……まあ、そうか……」

「おまえを許さないぞ、とか、そういうのマイマイに言えんのは、死んだ先生とその家族だけだろ。俺たちあくまで部外者じゃん」

「部外者なのに、一日使って走り回ってるけどな」

「そりゃ好きでやってんだから」

「………待て。ちょっと待て。おまえはたしかに好きでやってるんだろうけど、僕は違うぞ。そもそも花川に頼まれて、おまえが強引に……」

「俺、絶対違うと思うんだよなー」

人の話を聞かないこと甚だしい小日向が、身体ごと横を向いて僕を見る。シートベルトがギチッと窮屈な音を立てた。

「先生は自殺じゃねーと思う。絶対」

パキン、とひときわ長い芋けんぴをポキリと齧り、主張する。

「……まあ、違うと考えるべきだろうな」

「なにその、どっちつかずな言い方」

「そんなこと言われても、僕だって現場を見てたわけじゃないし。ただ、警察がちゃんと調べて交通事故って断定したなら、そうだと考えるほうが自然だろ」

対向車のハイビームが眩《まぶ》しい。眼球の裏側あたりが、ツキンと小さく痛んだ。

「もし先生が生命保険に入ってたら、保険調査員だってがっちり調べるだろうしな。自殺はほとんど免責になるんだから。……あー、でも保険金が目的じゃない自殺だと、契約一定期間後は保険金が支払われるケースもあるか……。そのへんはご遺族に確認しないとわからないけど。それはさておいて、自殺するならもっと確実な手がある。道路に飛び出したところで死ねる確率は高くないし、下手したら関係ない人を巻き込んだあげく、自分が生き残ったりもする。きちんとしっかり死にたいなら、そういう方法は選ばない」

僕がひと通り語り終わっても、小日向はなにも言わなかった。ちょうど信号待ちで停止したので横を見てみると、もの言いたげな顔で、こっちを凝視している。

「なに」

「……なんか俺が話してることと、矢口の言ってること、ズレてねえ？」

「どこがどう？」

「きちんとしっかり死にたいなら、ってなんだよ」

「そのままだ。手堅く自殺したいなら、車道に飛び出すより……たとえば高い建物から飛び降りたほうが確実だろ？」

「矢口って、文月先生のこと好きじゃなかったわけ？」

「好きだったけど、今の話とは関係ないだろ」

信号はまだ変わらない。人々は小走りに横断歩道を渡っている。寒そうに肩を竦めている人もいる。日中はここまで冷え込まなかったから、油断していたのだろう。気をつけなければならないのだ。春は、不安定だから。

「先生、転校するおまえに手紙までくれたんだろ？　なのになんか、冷たいのな」

「冷たい？」

「先生が自殺でも事故でも構わないみたいじゃん」

「どっちにしろ死んでる」

言ってから今のはないな、と気がついた。

死んでる、はない。せめて、亡くなってると言うべきだった。だがもう遅い。言ってしまった言葉は二度と戻らないのだ。小日向はすでにこっちを見ておらず、なにも言い返さなかった。僕は言い訳するように「それに」と続ける。

「仮に自殺だったとしても、本人が死にたいと思ってたなら、他人には止められない。それはどうしようもない」

信号がもう変わっているのに、まだ横断歩道を渡り切れていないおじいさんがいる。足腰が弱っているのだろう。僕だっていつかはああなるのだから、急かしたりせずじっと待つ。だが、僕の後続車はどうだろうか。こちらがどうして動かないのかわからず、イライラしてるかも……ほら、クラクションを鳴らされた。

他人はこっちの事情など汲んでくれない。というか、他人の事情などわからないから汲みようがないのだ。後続車からおじいさんが見えないのと同じことだ。

「その人が死ぬのを選んだなら、どうしようもない」

僕は繰り返した。

「僕の姉の時もそうだ。どうしようもない」

三度も「どうしようもない」と言ってる、僕のほうがどうしようもないのではないか。もうちょっと語彙力があったはずなのに。

「おまえの姉ちゃんの話なんかしてねーよ」

小日向は不機嫌に言う。

「姉ちゃんが自殺したのは知ってるよ。けど今、俺は先生のこと話してんだ」

その不機嫌は運転席の僕にもジワリと影響する。

「で？」

僕は半笑いで言った。なんで笑ったのか、自分でもよくわからない。やっとおじいさんが横断し終えて、アクセルを踏み込む。

「先生が自殺だったらなんだっていうんだ？　そんなの認めないとか許さないとか言っても、先生はもういないんだし、それこそ、小日向が許す許さないを言う立場じゃないだろ？」

「言うね。自殺なんてだめだ」

「ずいぶん上からだな。つきつめて言えば、死ぬ死なないなんてその人の自由だろ。死ぬほどつらい思いをしてる人に、生きてろって強制するのは酷だ」

「それでもダメ。死んじゃダメ！」

まるでだだっ子である。

「どうして」

「俺が悲しいから！」

「は？」

「俺が好きな人は自殺したりしちゃだめなんだよ！　だって俺がヤだから！　悲しいから！　俺が知らない人は……まあ、しょうがない！」

「ははっ」

ずいぶん自分勝手な理屈に、思わず声を立てて笑ってしまった。呆れたものだ。相手のことなんか考えていない、自分のことばかりじゃないか。

「だから、おまえの姉ちゃんも死んじゃいけなかった」

「……いまさっき、姉の話なんかしてないって言ったよな？」

「おまえの姉ちゃんと文月先生とは関係ない。けど、俺には関係あるの！　だって」

いささかの躊躇《ちゅうちょ》のあと、小日向は半ば自棄《やけ》のように、

「姉ちゃんが自殺したから、おまえんち、引っ越したんだろ」

そう言い放った。

それは違う、いつもと同じように、父の仕事の都合での引っ越し——当時は両親から、そう言い聞かされていた。けれどもちろん、そんなのは建前だ。

「そうだな」

僕は頷いた。

「まあ、肉親が飛び降りて死んだマンションに住んでても、楽しくないしな」

父の転勤以外の理由での、一度きりの引っ越し。

本当なら僕は、少なくとも中学卒業までは雨森町にいるはずだった。父に転勤があったとしても都内だろうから、まず大丈夫。そういう予定だった。でも結局、夏休みの終わり、逃げるように転居することになった。雨森中の友人たちにさよならを言う時間すらなく。

「とくに母が限界でね。カーテンをしめきって、それでも窓に近寄れない。姉さんが落ちてくるはずないのに」

一度落ちて、死んでしまったのだから。人は二度は死なないのだから。

それでも母は、窓に近づけなくなった。心を病んで、食べられず、眠れず、父は転居を決心した。僕もそれがいいと思った。

「……おまえの姉ちゃんのことは……残念だったよ」

小日向の声から力がなくなる。

「俺らも、話聞いてびっくりした。おまえはそのまま引っ越しちゃって、話できなかったし……俺、ほんとに、なんていうか……おまえが突然いなくなって……なんか……俺、バカだからさ。おまえがいないと、いろいろ大変っていうか。バカだからさ……」

バカだから、を小日向は二回言った。

いい歳したおっさんのくせに、感情が全部顔にでる。チラリと見た横顔はものすごくしょげた顔になっていた。悔しいが、イケメンはしょげててもイケメンである。むしろ哀愁めいたものが漂って、イケメン度が上がる。ただし、バカだが。

俺が好きな人は死んじゃダメ。

小日向のその言葉は、呆れるほどわがままで、自分勝手で、自己中心的で……だからこそ、シンプルでわかりやすい。僕がいやだから、死んじゃダメ。もし姉にそう伝える機会があったとしたら、姉は死んでいなかったのだろうか？　あるいは、姉をただ困らせることになったのだろうか。

姉が死を選んだ原因は、今もわかっていない。

学校でも、とくに変わった様子はなかったと聞いている。本当に静かで、おとなしくて……本が好きで、いつもひとりでいた。僕をとても可愛がってくれた。

仲のいい姉弟だったと思う。それでも姉がなにを考えているのか、僕にもよくわかっていなかった。姉が死にたそうにしているところを見たことはないけれど、では生きていて楽しそうに見えたかと聞かれれば……たぶん、答は否だ。

彼女はあまりに静謐《せいひつ》すぎた。

十七歳なのに、たまに七十歳みたいな目をしていた。いや、レインフォレストに集うご老体たちを見ていると七十歳のほうがずっと生き生きしている。

「姉の遺品はほとんど本で……中に少女マンガがあって」

僕は交差点を注意深く前進しながら、思い出話を始めた。小日向が、まだしょんぼりを引きずったままこっちを窺うのがわかる。

「小学生の男の子が主人公なんだけど。その子から見える世界では、人間の外見は精神年齢が反映されるんだ。たとえば、今でいう認知症のおじいちゃんは赤ん坊。精神的に幼い両親も子供に見える。で、男の子自身は、精神年齢が高いから、若者の姿で知性も高い。彼の目から見ると、周囲はほとんど未熟。どの大人も、教師ですらも。だから彼は醒《さ》めた目で世の中を見ながら『僕はまるでガリバーのようだ』って思う」

「ガリバー？」

「彼だけが大きいから」

「……俺なんか、三歳児かな」

「いや、八歳くらいだろ」

「ほめてないよな？」

小日向が言い、僕は少し笑った。僕が笑ったことに、小日向が安堵《あんど》する空気が伝わってくる。狭い車の中はいろいろと伝わりやすい。それが多少うっとうしいと感じることも多いわけだけれど。

「そのマンガの主人公に、僕が似てるって」

「姉ちゃんが言ってた？」

「言ってたというか。書いてあった。遺書に」

姉は僕だけに手紙を残して死んだのだが、内容はといえば、そのマンガの話くらいだった。それでも、それが遺書になるのだろう。両親に対しては、手紙の終わりに短い謝罪があっただけで、それが姉の優しさなのか、あるいは別の意図なのかもさっぱりわからない。両親と姉の関係は、僕の目にはいたって普通に見えていた。

ただ、姉は怖いほどに勘の鋭いところがあったから、両親の不仲については……不仲というか、愛情は完全に終わっていて、子供を育てるチームとしてのみ機能しており、それぞれに別の恋人がいたことは知っていた可能性がある。あくまで可能性の話で、真実は永遠にわからないのだけれど。

「まー、矢口は大人っぽいっていうか、可愛げはなかったよな」

「否定しない」

「そのマンガ、最後どうなんの？　男の子は宇宙人と戦ったりすんの？」

「少女マンガではそういうことはしないんだ。最後、ガリバーみたいだった子は……あれ、どうなるんだったかな……」

「うえっ、忘れたの？」

「あれ以来読んでないんだよ……若干トラウマになってて……ええと……最後には」

「あ！　セブン発見！」

「は？」

「寄って寄って！　コーヒー買いたい！」

うるさい、そんな急に言われてもすぐには進路変更できないんだよ、という小日向への罵倒を口に出すよりも、僕はウインカーを出すことを優先させた。

ギリギリ許されるくらいのタイミングで車線変更をして、駐車場に車を入れる。

「おまえな、急に言うなよ！　危ないだろうがっ」

「ダイジョブだったじゃん。じゃ、俺、コーヒー買って菓子パン買って、あとオシッコしてくんね！」

「いちいち言わなくていい」

「最近、ちょっとキレが悪くなってきた気がしてて」

「いいから早く行け」

「ほーい。あ、マンガのラスト思い出したら教えてな」

なんだか小学四年生くらいの甥っ子でも連れてドライブしている気分になってきた。いや、尿のキレが悪いという小学生はいないだろうけど。

僕も車から出て、コーヒーを買うことにする。

コンビニに入ると、店内に小日向の姿はない。トイレに行ってるのだろう。

店内の片隅に休憩用のちょっとしたカウンターテーブルがある。購入したコーヒーを手に、僕はスツールに腰掛けた。マンガのラストは、やっぱり思い出せない。でもなんとなく、ハッピーエンドだった気がする。そうであって欲しいと思っているだけかもしれない。僕は子供の頃、しばしば姉の本棚からマンガを借りて読んでいた。おかげで今でも、昔の少女マンガにはちょっと詳しくて、別れた妻にも「よくそんなマンガ知ってるね」と感心されたものだ。いや、もしかしたら呆れていたのだろうか？　僕とは逆で、元妻は少年漫画ばかり読んでる女の子だったらしい。

さて、花川に進捗を報告しておこう。

乾真衣に会ってわかったことを、簡潔に箇条書きでまとめてみる。
・先生を悩ませていたメモを書いたのは乾真衣だった。
・真衣いわく、星宮凜子に頼まれてやっていた。

・ただし途中で真衣は離脱、以降は凜子が嫌がらせメモを書き続けていた。
以上の報告を送り終わってすぐ、スマホが鳴る。一瞬、レスポンスの早い花川かと思ったが、違う。

この着信音ならば、彼女からだ。

「もしもし」

通話ボタンを押すと同時に、新規の客が入ってきて、店員のいらっしゃいませと言う声が響いた。彼女はいつものもの、少し掠れているのに不思議に耳に心地いい声で、

『どこにいるの？』

と聞いた。

「どこだと思う？　わりと意外な場所。……はずれ。僕が突然海を見に行ったりするタイプじゃないの、知ってるくせに。今日は忙しかったよ。埼玉の川越に行って、そのあと千葉の柏に移動して、やっと東京に戻るところ。…………ああ、うん、だね。僕もそう思う。まったく、なんでこんなことしてんだか。一応理由はあるというか……なんだろうな。これもひとつの謎解きなのかな。中学の担任の先生が、もう二十年以上前に事故で亡くなってるんだけど……」

自殺かもしれないっていう噂があって——そう言葉を続けることを僕は躊躇《ためら》った。彼女にこんな話を聞かせたくはない。だからもう少しぼやかし、

「当時の生徒が、先生に嫌がらせ行為をしていたらしくてね。先生のご遺族が日記を見つけて、そういう記述が残ってたんだ。……うん、もちろん僕はしてない。ごく一部の子が、先生への悪口を書いたメモを、カバンやポケットに入れてた」

『どんな悪口なの？』

彼女は聞いた。僕はいくつかの具体的な例を思い出しながら、それでも彼女には「まあ、なかなかひどい言葉だよ」と言うに留めた。

「ただちょっと気になるのは……先生の日記に、自分を非難するような記述があるんだ。罵られてもしょうがない、みたいな」

『つまり先生は、自分は罵られるようなことをしたと思ってた？』

彼女の質問に僕はしばらく考え「たぶん」と答える。不倫の可能性についてまでは言わなかった。彼女に話す必要もない。

『なんだか、あまり深入りしないほうがよさそう』

彼女は言った。

『もう亡くなってしまった方のことだし、そっとしておいたほうが』

と続ける。もっともな意見だ。

「そうだね、深入りするつもりはなかったのに、気がついたら巻き込まれてる」

『珍しいのね。あなたはいやならはっきり断るタイプだと思ってた』

「雨森町に戻ってから、どうも流されがちだ」

『やっぱりそこは特別な場所なの？』

「そんなことはないと思うけど」

『……お姉さんを思い出す？』

「どうかな」

『私のことも、たまには思い出してよね』

毎日こうして話しているじゃないか……そう言おうとした時、

「だァれと話してんのー？」

いきなり目の前に迫ってきた小日向の顔に驚いて、僕はギクリと身体を引いた。

小日向はすぐに体をスッと遠ざけ「あっ、例の元妻か」とコーヒーを片手にニヤリとする。僕はシッシッと小日向を追い払いながら、彼女に「ごめん、邪魔が入った。また明日。おやすみ」と告げて通話を終えた。

「なんだよ、離婚したのにラブラブじゃーん。彼女、どんなヒト？　写真とかねえの？　なんで離婚？　あんた浮気とかした？　あっ、向こうがした？」

無遠慮のカタマリみたいな小日向を完全無視して、僕はコーヒーカップを手に立ち上がった。車に戻ろうとスマホをポケットにしまうと、その手をポケットから抜くより早く、また着信音が鳴る。

　再びスマホを出してみると、今度は花川からだった。

「もしもし」

『お疲れ、矢口。運転中じゃない？』

「まだコンビニだ。コーヒー飲んでた」

『そっか。よかった。わかりやすい報告ありがとう。いやー、さすがだね。小日向の半分の文字数で、情報量が三倍はある』

「小日向と比べて褒められてもな」

「おまえら、なんか失礼なこと言ってない？」

　怪訝《けげん》な顔をする小日向に背を向けて、僕は花川と会話を続ける。

「それなりに収穫はあった、ってとこじゃないかな。これからそっちに戻ると、たぶん十時回る。僕になにかごちそうしてくれるっていうなら後日でいいぞ」

　もちろんなんでもおごるさ――僕としては、そんな軽い調子の返答を期待していたのだが、花川は『うん……そうなんだよね。時間も結構遅いし……疲れてるよね……』と、奥歯にものの挟まったような口調を聞かせた。

　なんだろう、このいやな予感は……。

「花川？」

『実は……星宮さんと連絡が取れたんだ』

「もう⁉」

乾の居場所を突き止めた時もそうだったが、花川は仕事が速すぎないか。

「もしかして、またセシボンが知ってたのか？」

『いやー、セシボンは顔が広くてさあ。でも、今回は星宮の連絡先を知ってたわけじゃない。ただ、結婚後の姓だけ知ってた。十年前ぐらいまで年賀状のやりとりがあったみたいで。で、その名前をフェイスブックで検索したら……すぐに見つかっちゃったんだよねえ。ほんと、ＳＮＳ怖い。超怖いよ。で、星宮さんの今の名前は、リンコ・ドス・サントス』

「ドス？」

「どす？」

隣で小日向も首を傾げてる。まったく想像してなかった名前だ。

『ブラジルから来た人と結婚して、群馬県の大泉町に住んでるんだって』

「大泉町って……リトル・ブラジルって呼ばれてる、あの町？」

『そうそう、そこ。サンバのお祭りとかあるところ。それで、フェイスブックからメッセージ送ってみたら、明日の午前十時から一時間だけなら会えるって』

「いや、明日って、そんな」

『なんだか毎日忙しいらしくてね、なかなか時間が作れないみたいなんだ。だからさ、いっそ、そのまま明日彼女に会いに行ったらって思ったんだけど……』

「それは無理。ぜったい無理。今日だけでもう疲労困憊《こんぱい》で……」

「おう、そうするわ」

僕にこめかみをくっつけるようにして会話を聞いていた小日向が、スマホを奪って勝手に許諾する。

「おい、こら、返せ！」

「明日の午前に群馬ならさー、そっち戻ったらかえって大変だもんなー、ここらに泊まっちゃうわ、俺たち。カプセルとか、テキトーに。そのサンバの町、このへんから向かったほうが近いんだろ？」

『一度戻ることを考えたら、だいぶ近いね』

「じゃ、そうする。リンリンに行くよって連絡しといてー。ほんで、住所とかこっちに送っといて。あとチュンに、もう一日車借りるって言っといてー」

「おい……！」

スマホを取り返そうとしたのだが、高い位置に上げられ、そのままピッと通話を終了されてしまった。この野郎はまったく……文句を言ってやろうとしたのだが、レジの女の子が僕らをちらちらと気にしていたので、とりあえず小日向をひっ摑んで外に出た。

「よーし、ビジホかカプセル検索しようぜ〜」

小日向が屈託なく笑う。……若作りな顔で笑えば、なんでも許してもらえると思ったら大間違いだ。僕は車のキーを小日向に押し付けると「帰る」と宣言した。

「僕は行かない。行きません。なぜならとても疲れたから。ひとりで電車で帰ります。あとは小日向くん、頑張ってください」

「ちょ、おい、待てよ」

「くっそ、カバンが車の中だ。鍵返せ」

たまには僕だってクソくらい言うのである。小日向から鍵を奪い、せかせかと駐車スペースの車に向かった。小日向は慌てて僕の後を追ってくる。

「だめだよ、帰ったら。俺運転できねーぞ。どっちがブレーキで、どっちがアクセルかも忘れちゃってるよ」

「踏んで進んだらアクセル。止まったらブレーキ」

「いやいやいや、マジで事故るって。なに怒ってんの矢口」

「怒ってませんよ？　ただ呆れ果ててるだけで」

「じゃあ、なに呆れてんだよ」

「他人の都合や意見を一切聞かず、自分の思うままに事を進めようとする、身勝手でわがままな元同級生に呆れてるんだよ」

僕は車の鍵を開け、上半身だけ車内に突っ込んで自分のカバンを掴んだ。

「花川だって悪気があるわけじゃ」

「花川じゃない！　おまえ！」

怒鳴りながら身体を車外に戻す。

その勢いで、たまたまカバンの下にあった先生の日記が路上に落ちてしまった。小日向は怒鳴られたことにびっくりしたのか、目を丸くして固まっている。

「……俺？」

小日向が、小さく一歩退いた。僕は一瞬迷ったけれど、いまさら取り繕ってもどうしようもないから、もう心のままに言うことにした。

「そう。おまえ」

「え。矢口、俺のこと怒ってんの？」

声がいつもより小さい。冗談ではなく、本気で聞いているようだ。

いやいや、ちょっと待ってくれ。

なんで小日向はこんな顔をしているんだ。つまり、今まで気がついていなかったのか？　僕が小日向の言動に振り回されて、辟易《へきえき》していることがまったくわかっていなかった？　マジで？

その顔にこっちのほうが驚くよと思いながら、僕は「そう」と肯定する。

「俺が、身勝手でわがまま？」

「そのとおり。僕の都合を無視してばかりだろ。川越だの、柏だの、好きでつきあってるわけじゃないのに、その上、続けざまに群馬？　こっちは丸一日潰して、ずっと運転して、もう若くないから腰だってギシギシ痛いし……！」

「ごめん」

びっくりした。

小日向が謝ったからだ。なんの口ごたえもせず。大きな身体をキュッと縮めるように緊張させて「ごめん、俺」と続けて言う。

「わかんなかった。矢口がイヤなの、気がつかなかった」

そう言って、俯いてしまう。先生に叱られた小学生みたいに萎《しお》れた小日向を見ていると、なにやらこっちがいじめてるような気分になってしまい「イヤっていうか」とつい言い訳をしたくなる。

「その、率先してここにきてるわけじゃないし……」

「矢口も、楽しいのかなって思ってた」

「楽しいって感じは違うだろ。先生は亡くなってるし」

「そういうんじゃなくて……昔の同級生に会ったり……」

その点に関しても、悪いが、僕は小日向ほど楽しいとは感じていないのだ。乾真衣にしても、楽しい用件で再会したわけではない。そりゃ、懐かしいなとは思うけれど……

これを機に連絡を取り合おう、とか、そういう感情はわかない。冷たい奴、と言われればそれまでだ。

「一緒にうなぎ食ったり」

小日向は長身を折りたたみ、日記を拾いながらぼそりと言う。

「芋けんぴ食ったり」

「芋けんぴはおまえしか食べてない」

「俺はそういうのすごく楽しかったから……矢口も楽しいんだろうって、勝手に思い込んでた。ごめんなさい」

「いや、ごめんなさいって言われても」

ハイエースの前で揉めているオッサンふたりを、ちらちら見ながらカップルが通りすぎていった。小日向は日記帳を撫《な》で、表面についた汚れを払う。

「あのな、僕と小日向は別の人間だから、同じことを考えてるはずはないだろ」

「だよな。うん。言われるといつもそう思うんだけど、すぐ忘れちゃって……チュンにもよく言われる。他人が自分と同じ気持ちでいるとは限らないから、気をつけろって。なにか不愉快に思ってても、それをはっきり口に出す人は少ないんだからって」

「不愉快っていうか……だから、つまり、なにか決めることがある場合は、ひとりで決めないで相手にも相談すべきだろうっていう、すごくあたりまえの…………ん？」

小日向が手にしている日記から、小さな三角形が飛び出している。紙きれ、だろうか。僕が指さして「それ、なに」と聞くと、小日向も「んん？」と日記を持ち直した。

「なんか、はみ出してっぞ」

小日向が日記の最後のページを開いた。小さな三角はそこから飛び出していたのだ。よくよく見ると、最後二ページは外周が糊《のり》で貼り合わされ、いわば袋とじ状態になっている。そのあいだに紙片が隠されていたのだ。経年劣化した糊が一部剝がれ、中の紙片が角を覗かせているわけである。

「……なにが挟まってるんだろう」

僕が言うと、小日向は日記をこっちに渡し「ちょっと待ってて」と車のドアを開けた。ダッシュボードから取り出したのは、ビクトリノックスのマルチツール、いわゆる多機能ナイフだ。邑のものだろう。

「ささくれ切る時に、よく借りてんだ。このナイフでそーっと、開けてみようぜ」

小日向は貼り合わせたページの隙間に、小さなナイフの先を差し込んだ。そーっと、の言葉どおり、とても慎重に日記を扱っている。

その仕草と真剣な顔つきに、僕は改めて認識した。今までもわかってるつもりだったけれど……頭で理解していただけで感情は伴っていなかったのかもしれない。

小日向は文月先生が、本当に好きだったのだ。

僕にとっても初恋の人ではあったが――恐らくそれとはまた違うニュアンスで、とても大切な存在だったのだろう。

「俺さ、あの頃からうすうす気がついてたんだよね。どうも自分は人と違うっていうか……ほかのみんなが普通にできることが、できないらしいって。ただ座って授業聞いてるだけで、すげーストレスっていうかさ。小学校三年くらいまでは、授業ひとコマじっとしてられなくて、歩き回るわ走り出すわ、マジ問題児。担任の先生が泣き出しちゃうレベル」

ピリピリピリと紙の剝がれていく音がする。

「中学になったら、さすがに座ってるくらいはできたけど、集中して授業聞くってのが無理で。まともに授業聞けないから、成績もすげえ悪いし。ばあちゃんは子供なんて元気ならそれでいいってタイプだったから叱られることもなくて……それもまずかったのかもな。なんか俺も、このままでいいのかな～みたいに思ってて。俺のこと疎《うと》ましそうに見てる先生とか結構いたけど、知るかよ、みたいな。でも、中一の……おまえが転校してくる直前あたりかなあ。放課後、フーちゃん先生に呼び出されてさ」

――小日向くん。一緒に秘密の特訓をしない？

文月先生は、いたずらっぽい顔でそう囁いたそうだ。なんの特訓かといえば、九九だと言う。めんどくさいと嫌がる小日向に、先生は熱心に語った。

――小日向くんが数学が苦手なのは九九がまだ怪しいからだと思うのね。九九はどんな計算の時でも使うものだから、これが苦手だと数学は本当につらいものになってしまう。私が思うに、たぶん小日向くんの小学校の時の先生は、教え方があんまりうまくなかったのかな、って。まあ、こんなこと言っちゃ失礼だけど。あはは。

「落ち着きのない俺のせいじゃなくて、教え方が悪かったたって……そんなわけないの、自分でもわかってたんだけどさ。でも誰かが、おまえは悪くないよって言ってくれるのって、嬉しいっていうか……。俺もガキだったし。しかも、実際、文月先生と九九やったら……もちろん時間はかかったんだけど、だんだんできるようになってきてさ。すげえんだよ、先生。普通のやり方だと俺が覚えられないもんだから、いろんな工夫してくれんの。山ほどピーナッツ持ってきたりさ、ピーナッツで九九やると、すげえ腹いっぱいになるんだよ」

「それってもしかして、6×5＝30で30粒食べるってことか？」

そうそう、と小日向は笑った。胃袋まで使って、かけ算のイメージを作っていく……文月先生はそれを試したのだろう。そういえば、僕が小日向に数学を教えるようになった時も、九九だけはほぼ暗誦できていた。

「最近テレビで見たんだけど、俺みたいな子供って、わりといるみたいな。なんだっけ。脳のクセ？　チュンの塾にも何人かいて、チュンが親に説明してんの聞いたことある。

でもさ、あの頃で俺を見捨てなかったフーちゃん先生って、やっぱすげえと思うんだよ。やり方次第で、俺もできるようになるって初めて感じられたんだ。達成感てやつ？　要するに恩人みたいなもんだよな、フーちゃん先生と矢口は」

「は？」

突然僕まで恩人に含まれて、思わず声をあげてしまう。

「なんでそんなビックリすんの。おまえも散々勉強教えてくれただろ。フーちゃん先生は俺ばっか見てるわけにいかないけど、おまえはつきっきりで教えてくれたじゃん」

「ああ……まあ、そうか。それは……お役に立てて……」

僕の言葉の途中で、ピッ、と最後までナイフが通った。小日向が指を二本差し入れて、中に隠されていた紙切れを取り出し、「ん」と僕に渡した。白いだけの紙切れはふたつに折られていて、僕はそれを開く。

か細くて薄い、シャープペンシルの文字。

先生　お願い　お父さんを取らないで

短いメッセージを読んだ僕たちは、ゆっくりと顔を上げ、黙ったままお互いを見た。

四　二度同じことを言ったら、それは反対の意味になる暗号

「えっ。そのお父さんっていうのは……つまり、星宮凜子さんの父親？」

驚きに眉毛をクッと上げて、花川が聞いた。

僕は首の右サイドを自分の手で支えつつ、「そう」と答える。

そして実際のメモを、花川に差しだして見せた。凜子の、文月《ふづき》先生に向けた『お父さんを取らないで』というメッセージだ。腕を動かすと首がズキリと痛み、やっぱり湿布を貼っておくべきだったと後悔する。

柏のカプセルホテルで一夜を明かした僕と小日向は、翌朝、群馬県大泉町へと向かった。そこからの顛末《てんまつ》を説明するため、雨森町に戻ってすぐ、花川内科クリニックへと赴いたわけだ。小日向は店を開けるというので、僕ひとりで来ている。

リンコ・ドス・サントスとなったもと星宮凜子の家は、年季の入った大きな一戸建てだった。最初に目についたのは、玄関前にずらりと並んだ自転車だ。大人用から幼児用まで、数えたら七台あった。大家族らしい。

「うっわー、久しぶり！」

ドシッ、と玄関ドアを逞《たくま》しい脚で押さえ、快活に笑うその人を見た時――、

僕は正直、え、誰？　と思った。

「まあ入ってよ。言っとくけど、すごく散らかってるからね？　足の踏み場は自分で作って。もうねー、ウチ、子供多いからさあ、いくら片づけてもイミないのよねー」

これが、あの星宮凜子か。

どこか儚《はかな》げだった、口数の少ない、美少女の。

「やっだ、小日向くん嘘みたいに若い。ずるい。しかも大きくなってえ。矢口くんは昔の面影あるねー。相変わらず賢そう。ハイハイ、そこ座って～。オモチャどかして座ってね。座布団が部屋のどこかにあるから、欲しかったら探して。お茶は自分で注いでね。で、一応内訳を説明しておくと、この子が一番下で二歳半、あと五歳の双子はいま近所の家に遊びに行ってる。八歳、十四歳、十六歳は学校。一番上の子は二十歳でもう独立してていないの。上から順に男・男・女・女・男×2でこれも男の子。上の二人はダンナの連れ子で、真ん中二人があたしの連れ子で、双子とこの子がダンナとあたしの子供。ブラジリアンのダンナは四年前に独立して輸入関係の仕事をしてて、長男が手伝ってて、長男のヨメが妊娠中でもうじきあたしには初孫ができる。血は繫がってないけど、溺愛する予定。以上、なにか質問ある？」

与えられた情報量が多すぎて、質問など思いつきようもない。

人はかくも変わるものか……カーリーヘア、というのだろうか、凜子は強いパーマのかかったクルンクルンの長い髪を、邪魔にならないようアップにしてクルッと丸め、団子状にして固定していて、髪に挿さっているかんざしのようなものは、僕の見間違いでなければボールペンだった。ボールペンの意外な活用法を見せつけられた気分だ。鮮やかなオレンジのパーカーを羽織り、その身体つきはどっしりというか、どっかりというか、どすこいというか、要はだいぶ太っていた。抱えられた子供はぐっすり眠っていて、小さな口からタラリと涎《よだれ》が垂れた。

「ええと」

僕が言うべき台詞を考えているあいだに、小日向が「じゃあ質問〜」と、畳の上に丸まっていた毛布をヒョイと足で避《よ》ける。転がっていた大きなアザラシのぬいぐるみを拾って抱えると、よっこらせと座り、

「リンリン、今、幸せ？」

そう短く聞いた。凜子はニッコリと笑った。化粧などしていない、パンと張った頰が明るく光ったように見えた。

「幸せよ」

迷いのない答だった。

さらに「その呼び方懐かしい」と続けて自分も座った。子供は彼女の膝で、ちょっとごそごそ動いたが、やがて親指をしゃぶってまた眠りこむ。

「さあて。この子が起きて、双子が帰ってきたら、もうまともに話せないかもしれないから、先に大事なことからどうぞ。花川くんから連絡もらってるけど、文月先生の件なんでしょ？」

「そーなんだよ。リンリン、フーちゃん先生をいじめてた？」

小日向の質問に、凜子は「そうなるわね」と認める。

「その理由って、お父さんのこと？」

「ああ、そこもわかってるんだ。誰から聞いたの？」

「先生の日記が出てきて、それを先生のお母さんが読んだんだ」

今度は僕が答えた。ここは正確に、かつ言葉を選んで、状況説明をするべきだと思ったのだ。

「先生のお母さんは、娘の死が自殺だったんじゃないかと思っている。生徒からの嫌がらせのせいで、精神的に追い詰められた……という解釈だ。先生を苦しませたメモについては、真衣さんからも、話を聞いた。きみが、彼女に書かせて、先生の荷物に忍ばせてたって」

「真衣、元気だった？」

「元気だよ。感じのいいバーを経営してる」

「そう……。うん、彼女の言うとおりよ。正確に言うと、あたしが書いたり、真衣に書いてもらったり……筆跡を変えようっていう稚拙な思いつきね。でもだんだん、どうでもよくなってきたの。バレてもいいやっていう感じ。だから真衣がやりたくないって言い出した時は、なら自分ひとりでやろうって思った。もともと真衣は事情なんか知らず、あたしにつき合ってた……って言うか、つき合わされていただけだから。……ねえ、小日向くん」

「なに？」

凜子は子供を抱えなおしながら、小日向を見た。

「真衣、あたしのこと嫌ってたでしょ？」

「うん。嫌いだって言ってた」

そこはもう少しマイルドに伝えたらどうか……と思った僕だが、覆水盆に返らずだ。

「だよねー。うん、あたしも知ってた。嫌われてたこと」

「嫌われてたかは、わかんないんじゃない？」

アザラシのぬいぐるみにへんてこなポーズを取らせながら、小日向は返した。

「キライって言うのと、本当にキライなのと、違うことってあるし。キライだけどスキっていうのもあるじゃん？　マイマイはたぶん、そういう複雑な感じだったと思うな。

リンリンも似た感じだろ？」

「……あたし？」

うん、と小日向はアザラシにバンザイをさせる。両手……いや、両ヒレ？　を上げさせ、ピコピコ動かして遊びながら、

「なんか、お互いに羨《うらや》ましがってるみたいな。妬《ねた》ましいっていうのもちょっとあった？　でもそのへん悟られないように、ケンセイしあって、ややこしいカンジになって」

小日向の言葉に凛子は驚いていたようだが、僕はもっと驚いていた。あのアホな中学生だった小日向が、そんなふうに彼女たちを観察していたとは。

「あ、びっくりしてる？　もちろん当時はこういうややこしいのを言葉では説明できなくて……俺、バカだしね？　ぼんやり感じてただけだよ。でも今はいくらか説明できるようになったわけ。いやあ、年は取るもんだね？」

「……若いわよ、小日向くんは」

「見た目はね。でもみんなと同じ三十八だ。あと二年で四十で、さらにあと四十年したらたぶんこの世にいない。もっと早いかも。実際、そのへんはわかんないよな」

ぼふん、とアザラシを抱き締める。

「リンリンは子供が大勢でいいなあ！　おばあちゃんになって死んだら、きっと葬式も賑やかだよね！　俺が思うに、日本の葬式はみんな黒ばっか着てるのがよくないよね。

なんかテーマカラー決めてさあ、死んだ人がピンクが好きだったなら、みんなピンクでコーディネートしてくるだとか」

「小日向、葬式の話はいいから。星……いや、凜子さん、お父さんと先生の件だけど」

むずかってきた子供を抱きかかえ直し、凜子は「うん。不倫」と簡潔に答えた。

やっぱりか。そうなのか。

僕の中の文月先生のイメージが……明るくて、さっぱりしていて、生徒思いの……そんなイメージに亀裂が入る。もちろんそれは僕が勝手に抱いていたイメージなわけで、明るくてさっぱりしてて生徒思いでも、不倫しないとは限らない。不倫も恋愛のひとつなわけで、恋愛とはつまり理性のきかないもので、そこに道徳を求めることにすでに無理があるのだ。

「お父さんを取らないで、っていうメモ、リンリンが書いたんだよね？　先生の日記に隠してあったんだ」

小日向の問いに、凜子は少し首を傾げる。

「取らないで？　……………ああ、書いたかも」

すっかり忘れてた、とでも言いたげな口ぶりだった。

「そういう書きかたしたら、たぶんダメージ大きいかななんて思ったのよ、たしか……。実際は『取らないで』なんて気持ちはなかった。あたし、父親のこと嫌っていたもの。

今でも好きじゃないしね。だから父を返してほしかったわけじゃなくて……どっちかっていうと、人の家庭に波風立てないでっていうか。ただでさえうち、うまくいってなかったから」

「うまくいってなかったの？」

「冷え切ってたわねー。あたしが小五ぐらいから、父と母がまともに会話してるの見たことなかったもん。ふたりとも外面はものすごくいいから円満な家庭に見えたと思うけど、実際は真逆。真衣のところは母子家庭だけど、親子仲がよくてね。あたし、それがずっと羨ましかった。真衣のお母さん、ふっくらした美人で可愛くて……たまに遊びに行くと、娘のことをすごく愛してるのが伝わってきたなあ」

「リンリンはお母さんに愛されてないと思ってたの？」

そういう聞きにくいことをよくズバズバ聞けるものだと、いっそ僕は感心するような気持ちで、小日向と凜子の会話を聞いていた。

「そうは言わないけど……。うーん、なんかね、うちのママはちょっとわかりにくい人だったのよ。穏やかなんだけど、本心を見せないっていうか。……あ、そこにいるのがママ」

凜子は棚に飾られている写真を示した。制服姿の凜子の隣に、微笑む女性が写っている。中学の入学式だろうか。色留袖《いろとめそで》を着た美人だ。

「物静かで、父には一切逆らわないっていうタイプでさ。そういう母があたしはいやだったんだよね。父は仕事人間で、家庭にはまったく興味ナシって感じ。たまに帰ってくると、むしろ家に緊張感漂っちゃってさあ……だからあたしは、父の言いなりになってる母に反抗してひどいこと言ったり。学校で大人しいぶん、家ではひどかったのよ」

「ぜんぜんそうは見えなかった」

僕が言うと、「嘘のうまい子だったから」と凜子は笑う。

「でも、あたしも多少は大人になって……ママはママなりにあたしを思ってくれてたのがわかった。夫婦ゲンカを子供に見せるより、表面だけでも波風立たせないことを選んでたんだろうね。ママも、あんまり器用な人じゃなかったし……。あたしが高校三年生の時に病気で亡くなったんだけど、最後の一年くらいは親友みたいに過ごせたよ」

「早くに亡くなられたんだな」

「うん、まだ四十三だった」

写真立てを手元に引き寄せ、凜子はガラスのホコリを指先で拭《ぬぐ》った。凜子の母の着物の色が、鮮やかさを取り戻す。

「はは、ちゃんと掃除しなきゃねえ。……ママ、亡くなる前にこんなこと言ってた。本当に好きな人ができたら、すべてを捨ててその人のところに行きなさいって……。これはあたしの想像だけど、たぶんママは結婚前に、誰か好きな人がいたんじゃないかな。

それでも父と結婚して、仕事人間の父はほとんど家にいなくて……あげくに娘の担任教師と不倫」

「お母さんは……お父さんと先生の件、知ってたのかな」

「父に女がいることは知ってたと思うけど、相手までは……どうかなあ。少なくとも、あたしは最後までママには言ってないよ。父もいまだに、あたしにバレてたことを知らない。よっぽど言ってやろうかと思ったんだけど……」

先生の死によって、その気が削がれたのだと凛子は語った。

「……事故の話を聞いた時は、びっくりした。さすがに後味悪くて、あんな真似した自分がいやで、落ち込んだし……今でもバカな子供だったと思ってる。でもね」

小日向と僕、それぞれにしっかり目を向けて凛子は言い切った。

先生は自殺なんかしていない、と。

……というところまで、花川に報告した僕は一度息をついて「ここって湿布ないか？」と聞いた。首が痛くてたまらない。

「僕の私物ならあるよ。首、どうしたの？」

「話の途中で双子が帰ってきて、タックルされた時にグギッと……あれくらいの子供って容赦ないな。そのあとも猛攻続きで、全身つらいけど、とくに首がやばい」

「貼ってあげようか？」

「お願いします」

会釈しようとしたら、また首が痛んだ。花川が湿布を貼りながら「ん？　なんか首が熱い」と言い、僕のリンパ節に触った。医者みたいだ。あ、医者か。

「リンパは腫れてないけど、熱っぽいね。風邪かな。ここんとこ、寒さがぶり返してるから」

「マジか。なんかよく効く薬ない？」

「風邪の特効薬は休養です。それに、発熱は免疫活性の徴《しるし》だから、無闇に解熱剤とか飲まないほうが治りがいいよ。検温する？」

「いや、いい。具体的数字を見たくない。帰ってゆっくり寝たい……カプセルで隣のオッサンがすごいイビキで、ろくに眠れなかったし……」

「じゃあ、早く話を進めよう。で、凛子さんはなぜ、先生は自殺してないと言い切ったんだろう？」

「先生が亡くなる直前に会ったそうだ」

ちょっと皺の入った湿布をさすりながら、僕は答えた。スースーして気持ちいい。

「直前？」

「二日前か三日前か、はっきりとは覚えてないらしいけど。先生から呼び出してきて」

——大丈夫よ。ちゃんと終わりにするから。

そう言われたそうだ。

――じきに、私はこの町からいなくなるの。だから安心して。

先生は微笑んでいたという。たぶん作り笑いよね、と凛子は呟いていた。

「春あたり、人事異動の予定があったとか？」

「そう都合よく人事の采配があるとは思えない。たぶん先生は自分から雨森中を辞めて、引っ越すつもりだったんじゃないかな」

「それはあり得る……というか、自然な発想だよね。うーん、そうか……不倫関係を清算して、しかも辞職して町から去るつもりだったなら、自殺する必要なんか……」

「それくらいまで話を聞いたところで、寝てた子が起きてギャン泣き、双子が帰ってきて、その双子が別の双子の友達を連れて……一気に戦場みたいになった……」

「それで矢口が首をグギッとね。小日向は？」

「あいつは……あいつ、なんであんなに子供の扱いがうまいんだ……？」

「たぶん、本人も子供だから」

「なるほど」

深く頷いてしまった。

「ひとつ疑問なんだけど、凛子さんはどうしてお父さんと先生の不倫に気がついたのかな。そういう関係なら、かなり慎重に隠してたはずだと思うけど……」

「ああ、それは僕も聞いた。物証が出てきたって言っていた」

「物証？」

「ラブレターだって」

——和歌を書いた一筆箋がどっさり隠してあったの。

凜子はそう言った。家の納戸の、未使用のタオルやシーツなどをしまってある引き出しに隠されていたそうだ。贈答用のタオルの箱の中、五十枚はあったと思うと、凜子は話していた。

「ほとんど、恋の歌だったって。ええと、たとえば」

——あさましやこは何事のさまぞとよ　恋せよとても生まれざりけり
僕がスマホにメモしておいたその歌を読むと、花川が「知らないなあ」と首を傾げる。

「百人一首とかじゃないよね？」

「調べたら、平安後期の金葉和歌集に入ってる、源俊頼《みなもとのとしより》の和歌らしい」

「どういう意味？」

「ええと、情けない、これはなんていうざまだ、恋をしろと言われて生まれてきたわけじゃないのに……」

「んんん？　恋を否定してる歌？」

「僕も一瞬そうなのかと思ったけど、解説を読んだら逆だった」

恋をしろと言われて生まれてきたわけでもないのに、こうして情けないほどに恋に生きてしまっている、という意味に取るそうだ。

「ははあ。もう恋なんてしないなんて言わないよ絶対、みたいな？」

「そっちの意味もいまいちわからないけどな。とにかく、恋の歌。ぜんぶ手書きで、文字は間違いなく文月先生のだって。板書と同じだからすぐに気がついたらしい」

「それは確かにラブレターだねえ……。和歌ってところが文月先生らしい……。それにしても、お父さん詰めが甘いな。隠すならもっとバレないところあるだろうに」

「同感だ。そもそも、家に置くとかありえない」

父と先生の関係を怪しんだ凛子は、さらに調査をしたという。

自宅に郵送されてきた、父親のクレジットカードの明細を調べたりもしたそうだ。地方に出張しているはずの日に、都内のホテルの請求が計上されていたことが複数回あり、これは間違いないと確信したと話した。

「そこまでしたんだ……女子中学生怖い……」

花川が軽く身を竦める。

「頭の回る子だったら、それくらいはするだろ。……で、問題は、このことを先生のお母さんに報告するかだ。僕としては、いまさら蒸し返す必要はないと思うんだが」

「僕も同感。凛子さんなんか言ってた？」

「こっちに任せるそうだ。自分がしたことを隠す気はないけど、先生のご遺族を苦しめる気もないって。……彼女にしろ真衣さんにしろ、女子は肝の据わったオバ……大人になったよな」

「わかるわかる。女の人は自然に大人になれる感じがするよねえ。僕は自分が親になったら大人になれるかなと思ってたけど、そういうものでもなかったな」

手持ち無沙汰なのだろうか、花川が僕の腕に血圧計を巻きながらそんなことを話す。

「……だな」

「矢口もそう思う？　僕ね、自分が十四歳の時、三十八なんて立派な大人で、オジサンで、世の中のことをなんでも知ってるんだと思ってたんだけど……恐ろしいことに、ぜんぜんそうなってないんだよね、自分は」

血圧計のゴム球をプシュプシュさせながらそう言った。その感覚は僕も理解できる。塾講師をしていた時、論語について調べていて驚いたのだが――、

「花川。孔子によるといわゆる壮年は三十代らしい。で、四十にして惑わず、だ」

「うわ、不惑ってやつ？　あと二年で惑わなくなるなんて、無理に決まってるよ……」

「ちなみに初老というのも、四十歳のことだ」

「マジで……？」

ぷしゅー、と血圧計から空気が抜けた。

「初老……老、なのか、もう……127の85、はい血圧正常です……」

「花川はこうして医者やってるじゃないか。ちゃんと大人だろ」

「実は僕……いまだに『バイオハザード』やってるんだけど……来年新作出るらしくて、楽しみにしてるんだけど……」

「それはしょうがない。ゲーム世代なんだし。アプリゲームで課金地獄になるよりだいぶましだ。……いや、でも、医者が『バイオハザード』好きってどうなんだ？」

「フィクションだからこそ楽しめるんだよ。別居中の奥さん外科医なんだけど、プレイしながら『臓器の位置がおかしい』とかよく言ってた。まあ、ある意味大人な楽しみ方だよね……矢口は自分を大人だと思う？」

「どこでなにをしても、もう子供料金も学割も適用されない」

確かにね、と花川が笑った。

「ああ、ごめんごめん。無駄話しちゃった。早く帰って休んだほうがいいのに。で、文月先生の不倫疑惑なんだけど……」

結局、僕と花川の中では、文月先生の不倫について遺族に告げる必要はない、という意見に落ち着いた。

一部の生徒とトラブルがあったのは事実で、先生はそれを悩んでいた。しかし、ある生徒が先生から転居の話を聞いていたことからも、自殺は考えられない。あれはやはり、残念な交通事故だった——そう報告するのがいいという結論だ。小日向も納得するだろう。不倫のことをいまさら表沙汰にしても、誰も幸せにはならないのだから。

花川は僕に「今度ほんとにおごるから」と約束してくれて、僕はクリニックを辞した。

湿布の部分を押さえつつ、線路沿いを歩く。

三輛列車が僕の横を追い抜いて風を作る。寒くて首を竦めたいのだけれど、そうすると痛い。首のほかに腰もだいぶやばいことに気がついた。長時間の運転、カプセルホテルでは寝不足、翌日はチビッコの攻撃……過酷すぎる二日間だった。

寒の戻りは続いていて、今日もまったく春らしくない陽気だ。だが気温が低いと蚊柱が出現しないので、その点は安心できる。桜の木が見えてきた。もしこのままずっと寒かったら、開きかけた桜はどうなるのだろう。

春など永遠にこなかったら？

僅《わず》かに開いた花はその姿のままで枯れ、蕚《がく》からポロリと落ちるのだろうか。

僕は踏切で止まる。

黒と黄色の遮断桿に行く手を阻まれる。

カンカン鳴る警告音がやけにうるさく響いて、頭全体をギュウと摑まれるような痛みも始まっていて、これは思ったより熱が高いのかもなあ、と思った。

スマホが鳴る。

いつもの着信音は、僕を安堵させた。この電話のあいだだけは、僕はややこしいことを考えずに喋っていられる。素直とか正直とかいう意味ではなく、感情をダダ漏れさせられる気楽さに近い。もちろんそれは格好悪いことなのだろうが、僕がどれほど格好悪いかなんて、彼女はいやになるほど知っているはずだ。そういう姿を僕はずいぶん見せてきたのだし……彼女のほうは、あまり見せてはくれなかったけれど。

「大人になるって、どういうことだろうね」

いきなり、僕は言った。けれど彼女は驚いたりしない。そういえば、僕は彼女が動揺している様をほとんど見た記憶がない。

『子供はいいな、と思うことかしら』

そんな答が返ってくる。

『子供の頃のつらかった記憶が薄れて、美化されて、過去の自分を羨むようになったら、もう大人なんじゃない？』

「きみはそう思うことがあった？　子供に戻りたいって」

『いいえ。一度も。あなたは？』

ないね、と僕も答えた。子供時代に帰りたいと、まったく思わない大人……そういう点で、僕と彼女は似ている。

轟音を立てて電車が通過する。僕らはしばらくなにも話すことができなくなる。

やがて電車の遠ざかる音と重なって『また踏切にいるのね』と彼女が言った。

「僕はさ、姉さんは踏切が好きなんだと思ってた」

『踏切、わりと好きよ、私も』

「きみと姉さんは似てるからね」

『だから私を好きになった？』

「僕がシスコンだと思ってる？」

『少しだけ。だってお姉さんは、あなたの中で永遠になってるんだもの』

「きみだって僕には永遠だ。もはや永遠の謎。……きみはなぜ踏切が好きなわけ？」

『踏切が開くまで待っている時間が好き。空や、周りの風景をぼんやり眺めたりするのにちょうどいい時間なのよね。あと、電車という大きなカタマリが遠くからワーッと近づく感じが、なんだかどきどきして楽しいの。子供の頃の感覚が、自分の中に残ってるのを思い出す感じ』

彼女の言葉を聞きながら、僕は空を見上げてみた。踏切はもう開いているけれど、僕はそのまま同じ場所で電話を続ける。

「わりと最近気がついたんだけど、姉さんはべつに踏切が好きだったわけじゃなくて……ただ下見に来てたのかなって」

『下見』

「そう。電車に飛び込んで死ぬというプランも、あったのかもしれない。ただあれは周りにかなり迷惑かかるし……遺族が鉄道会社から損害賠償を請求されるケースもあるって聞くから、やっぱりやめたのかも」

『…………』

「高いマンションから飛び降りるほうが、確実だしね」

『ねえ。あなたはそういうことを考えるために、雨森町に戻ったの？』

「まさか。ただそんなことが、頭に浮かんだだけなんだ。文月先生のことがあったせいかな。先生は自殺じゃなさそうだけど……でも、本当のことなんて、結局誰にもわからないんだよ。先生に引っ越す予定があったんだとしても……発作的に死んでしまいたくなる瞬間だって、人にはあるわけだろう？　鬱状態だったりすると、よくある話らしい。まあ、小日向や花川には言わないでおくけど」

『どうしたの？』

「なにが？」

『なんだか、先生が自殺であってほしいみたいに聞こえる』

「そう？　自分では気がついてないけど、きみが言うならそうなのかもしれないね」

『自分の考えは自分で決めてよ。私に代弁させるなんてずるい』

「ずいぶん前にも、同じこと言われた気がするな」

『あなたはとても理性的な人なのに……時々自分の考えを、すべてを放り出そうとするところがある』

「否定しないよ。最近、なにかを考えることが、ものすごく面倒くさくなる」

『深く考えすぎるからよ。もう少し気楽にやってみて』

「気楽に？」

『そう、気楽に。やりたいように』

彼女が笑うので、僕もつられてちょっと笑った。今日は結構長く話せてよかった。僕は彼女に「また明日」と告げて、やっと踏切を渡る。

そのまま商店街まで戻った。

自分の部屋でバタンキューと眠りたかったが、一応、小日向に声をかけておこう。コーヒーとトーストを腹に入れておくのもいいだろう。こんがり焼けた食パンの上、アンズジャムがとろりと広がる光景を想像すると、唾液腺《だえきせん》がチリチリしてきた。どうやら食欲はあるらしい。ならば僕はまだ大丈夫だ。

ところがレインフォレストの扉を開けた瞬間、異臭に顔をしかめる羽目となる。

焦げ臭いのだ。小日向の奴、焼き網から目を離したのだろうか。これはこんがりの域を超えている。パンが炭化する臭いの中、僕は常連客のちったんを見つけた。

「ああ、いらっ……」

しゃい、まで言い切れなかった。

　今日も制服姿のちったんは、小日向と向かい合わせで立っていた。お互いを見つめ合うようにしている両者の距離は一メートルほどだろうか。言葉はなく、いつになく張り詰めた雰囲気になっている。僕は一瞬、お邪魔だったかな、などと思った。例のストーカー彼氏に嫌気がさしたちったんが、小日向に心変わりして告白しに来た……みたいな甘酸っぱい展開を考えたわけだ。もしそうだとしたらよく考えるべきだぞ、ちったん。いくら小日向が若く見えようと中身は三十八歳なのだ。尿のキレが云々と言い出すようなオッサンであり、加齢臭を醸《かも》し出す日も遠くはないんだから……などと口を挟もうかと思った時、ちったんが手にしているものが目に入る。細身で先端が尖《とが》った銀色の刃物だ。

「え」

　間の抜けた声が出た。

　あれって包丁？　というかフルーツナイフ？

「うっわー、最悪のタイミングで帰ってくるし」

　小日向はちったんから目を離さないまま、半笑いで言う。その余裕が本物なのか見せかけなのか判断がつかない。ちったんのほうは血の気が引いた顔色で目を剝き、一ミリも笑っていなかった。

「これはどういう展開なんだ?」

「あとで説明すっから、とりま自分の部屋に行っててくんないかな」

「そうですか、って行ける雰囲気じゃないんだけど」

「大丈夫だから行けって」

「女子高生をここまで追い詰めるなんて、おまえいったいなにをした? 警察を呼んだほうがいいのか?」

「だめだめだめ。警察はだめ」

「やめて!」

ヒステリックな叫び声はちったんだった。

「そうやってイチャイチャしないであたしの前で!」

僕は耳を疑った。今の会話のどこにイチャイチャ要素があるのだろうか。

「ちったん、大丈夫。落ち着いて」

ちったんに話し掛ける小日向の声はあくまで優しい。その一方で右手は僕に向かって犬でも追い払うかのようにシッシッとやっている。

「そのナイフを置いてお話ししよ? いつもみたいにちったんの話を聞かせてよ。例の彼はどう? 最近、どんなアプローチがあるの?」

「……笑ってるくせに」

「あたしがいないところで、いつもふたりで笑ってるんでしょ。あたしのことバカにしてるんでしょ。あたしの話なんか全然信じてなくて、あたしがほんとに好きなのはユキちゃんだってこと、とっくに知ってて、でもユキちゃんにはその人がいて！」

「ちょっと待った。その人っていうのが僕のことだとしたら、誤解なんだが」

「矢口、黙ってろって」

「あたしはっ、ちゃんと、知ってるんだから！」

　言葉の途切れるリズムで、包丁を激しく揺らしながらちったんが叫ぶ。これはちょっと……ヤバイ感じだ。女子高生の狂言にしては迫力がありすぎる。

　僕はふたりに近づくことを躊躇っていた。いつもニヤニヤしている小日向の顔にも、じわじわと焦りが浮かんできている。

「彼が、あたしにちゃんと教えてくれるんだからっ。本屋さんに行くとメッセージが並んでる。あたしの前の本の並びが、裏切り、嘘、失恋、そういうのばっかりになってるもん！　こないだは密告もあったんだから。教育委員会の、未成年を守る担当の人から電話があって、教えてくれた。あたしがここで話してることを、その人がよそで言いふらしてみんなで笑ってるって。ユキちゃんはそれを知ってて許してるって！」

「ちったん」

　その人、というところでちったんは僕を睨んだ。

いやいや、それは一体どういう教育委員会なんだ。でまかせに決まっているわけだが、僕が今ここでそう主張したところで、ちったんの耳には届かないだろう。彼女は小刻みに震え、理性的な話ができる状況ではなく……。

この時点で、僕はある可能性に気がついた。

ちったんは、もしかしたら……。

小日向に目配せしたのだが、奴は僕の顔を見ている余裕がないようで、ひたすらちったんを見つめたまま、右手のひらをこちらに向けている。近づくな、の意図だ。

「まさか。矢口がそんなことしてたら俺は絶対許さないよ？」

「そうだよ。ユキちゃんは許しちゃいけない。ユキちゃんはあたしを守ってくれなきゃだめなのに……ユキちゃんだけは、あたしの味方だって信じてたのに！」

「信じていいよ。俺はちったんの味方だよ」

「でももう違うんだもん！　その人が来てユキちゃんは変わっちゃったんだ！」

「俺は変わってない。俺はいつもちったんの味方……」

「ほら！　暗号なんでしょ！」

それはもはや金切り声で、僕はこめかみを押さえる。

ふと後ろに気配を感じ振り向けば、店の扉を半分あけてキミエさんが固まっていた。

黙ったまま僕を見て、さらにちったんのナイフを見て、眉を寄せると静かに扉を閉め、立ち去った。無理もない。この状況を認識したら、誰だって逃げたくなる。

「同じことを二回言うのは暗号なんだよっ。二回言ったら逆の意味になる暗号！　俺はちったんの味方、って二度言った！　ユキちゃんは二度言っちゃった！　だからもうあたしの味方じゃないんだ！　あたしを騙《だま》してるんだ！　取り消しても無駄だよ、バレてる！　壁のシミのメッセージにもちゃんと書いてあった！　このままだと大変なことになる！　大変なことになる！　だから！」

だから、こうするしかないの！

ちったんが動き出すのを見て、僕も動いた。

つられて動いた、というか……なにか不思議な連動システムが元から搭載されているかのように動いた。動いた時、僕はとくになにも考えていなかった。なにも考えずに動くというのは僕にとってはなかなかレアな現象であり、悪くない感覚だった。まるで空中散歩でもするかのように、一歩目がふわりと出るのだ。

そして僕はちったんと小日向の間にいた。

小日向とちったんがどういう動きをしたのかはわからない。観察している余裕がなかった。脇腹あたりに違和感を得て、顎を引いて見るとそこから銀色が生えている。

もとい、刺さっている。

フルーツナイフが刺さっている。

すぐそこにあるちったんの顔はますます真っ白だ。紙のような顔色って、きっとこういうのをいうのだろう。

僕はアドレナリンのせいか、まだ痛みが明確ではなく、奇妙なほど冷静さを保っていた。ナイフのサイズからして死んだりすることはあまりないいんじゃないかなと思い、ちったんに「大丈夫、大丈夫」と繰り返し、そのあとでしまったと思った。

二回言ったら逆の意味になるんだっけ？

それならもう一回言ったほうがいいんだろうか。小日向に聞いてみようかなと思ったんだけれど、なぜか頭が上がらない。

「だ」

そこで限界が来て、僕は昏倒した。


「……葬式？」

目を開け、そう聞いた。

まだ頭はだいぶぼんやりしていて、自分でも、いったいなにを聞いているんだ？　と軽く混乱しつつ、でもそんな質問が頭に浮かんだのは、僕を覗き込んでいるのが黒い着物を纏《まと》った僧侶だったからである。こういうの、なんだっけ。袈裟《けさ》？　法衣《ほうえ》？

「起きたか」

しかも、その僧侶はよく知った顔だった。

「俺の……葬式？」

「おまえの葬式なのに、おまえが生きてるのは都合が悪いな」

「確かに。…………っていうか……なんで邑《むら》が坊さんのコスプレをしてるんだ？」

「コスプレじゃない」

ばさり。黒い着物の袖を軽く広げて、邑は言う。

「ここ、どこ……？」

「病院」

「……なんか、女子高生に刺されるっていう夢を見てたんだけど」

「それは夢じゃない。水飲むか？」

問われて頷く。なるほど、ぼんやり見える周囲の様子で、ここが病院なのはわかった。

僕は個室に寝かされているようで、腕には点滴の管が繋がっている。ベッドサイドワゴンに、眼鏡やスマホが置いてあった。ウイーンと唸《うな》りながら電動ベッドの角度が変わり、邑が吸い飲みを渡してくれる。ただのぬるい水なのに、やけに美味しく感じられた。

「夢じゃないのか……僕は本当に刺されたんだな……え、今って何時？」

「午後二時すぎだな」

「……嘘だろ。ちょ、眼鏡取ってくれ。……うわ、一日経った？」

「ああ」

泰然と邑が肯定する。

墨衣《すみごろも》なぞ着ているせいか、いつもよりさらにどっしりと落ち着いて見える。一方、僕はペラッとした病院着で、髪もぼさぼさだ。

「あとで先生が説明してくれると思うが、脇腹の傷は浅くて、内臓も動脈も無事。とはいえ結構縫ってるし、当面は安静にするように。昏倒したのはむしろ過労と風邪のせいだ。さらに栄養状態がよくないと。矢口、ちゃんと食事してたのか」

「このあいだうなぎ食べたのに……」

「ほかは」

「普通に食べてる。トーストとかコーヒーとか」

「それ、レインフォレストのだろ。あとは」

「コンビニとか、適当に。そんなことより、邑、おまえってもしかして」

うむ、と重々しく邑は頷き、「年中無休のサービス業」と答え、少しにやりとする。

「宗教法人だったか……」

「もと税理士らしい返しだな」

「道理でツルツルなわけだよな……　眉毛も剃らなきゃいけない宗派ってあったっけ？」

僕の問いに、邑は自分の眉あたりをちょっと撫でて「これは寺の庭でたき火をしていた時に、うっかり焦がしただけだ」と答えた。それから姿勢をスッと伸ばし、

「拙僧、邑覚雀《かくじゃく》と申します」

と合掌した。

「かくじゃく……」

「サトルの覚に、スズメで覚雀」

「あー、だからチュン……」

「一丁目に寺があるだろう？　祖父が住職で、俺が副住職だ。中学の頃はマンション住まいだったし、父親は会社員だったからな。おまえが知らないのは当然だ。隠す気はなかったんだが……ユキが『気がつくまで黙っとこうぜ』と楽しそうだったんでな」

「子供かよ……」

「その子供はすごい勢いで怒ってたから、覚悟したほうがいい。少し前までここにいたんだが、今はおまえの着替えを取りに戻ってる」

「小日向が？　あいつ、僕の部屋に勝手に入るつもりか」

「緊急事態だし、大家だからな」

そう言われてしまえば仕方がない。僕はそっと自分の脇腹に触れてみた。なにかで覆われている感覚があり、じっとしていればそれほどの痛みは感じない。それを邑に言うと、点滴を指さして「解熱剤と痛み止めが入ってる」と淡々と返された。そりゃそうか。

小さなナイフでも、刺さったんだから痛いに決まってる。

「ちったん、どうなった？　あの子は……病気なんだよな？」

邑は頷く。

「緊急措置入院。怪我人を出してしまったからな」

「……ああ、それで小日向が怒ってるのか」

僕のせいで、大事になってしまったのだ。

気がつくのが遅すぎた。あの時の彼女の言動は思春期ゆえの癇癪《かんしゃく》などではなく、精神疾患に由来するものだったのだ。妄想、幻聴を生んでしまう類の病だろう。おそらく、薬でコントロールしながら、自宅療養をしていたのだと思う。

彼女の話は、ストーカーの件も含めて最初から現実ではなかったのだ。

だからこそ、小日向はひたすら聞いているに留めた。その妄想はネガティブなものではなかったし、実際、彼女は楽しそうにお喋りをしていたにすぎない。

「ちったんは入退院を繰り返しているんだ。二十五歳で、もちろん女子高生じゃないが、彼女の時間は十七歳で止まっている。商店街の人らはみんな事情を承知しているから、あの一帯は彼女には安全な場所で……中でもレインフォレストはお気に入りだった」

週に二度、店の前まで両親のどちらかがちったんを送ってくるそうだ。なるべく客の少ない、邪魔にならない時間帯に。そしてちったんは一時間弱を、小日向とお喋りしてすごす。たまにはほかの客にコーヒーを運んだりもする。僕にそうしてくれたように。

「この一年くらいは、安定していたんだがな」

「……僕が突然現れたことが、彼女に悪い影響を及ぼしたんだな」

「それは関係ないと思う」

点滴の量を確認しながら、邑は言う。

「謝罪にいらしたご両親の話では、どうやらちったんは投薬を勝手に止めていたらしい。あの病気は薬の管理が難しくて、油断して薬を止めると、急に悪化するケースも多いと聞いてる」

「でも小日向は怒ってるんだろ」

「ユキが怒ってるのはそこじゃない。矢口があまりに無謀だから腹が立ったんだろう」

「無謀？」

ピンとこなかった僕が語尾を上げると、邑がこっちを見て眉を寄せた。眉毛はないのだが、眉骨の動きはわかる。

「刃物を持った相手の前に、どうぞ刺してくださいみたいに出ていったんだぞ？　それを無謀とは言わないか？」

「……ああ」

べつに刺してくださいと思ったわけではないが、言われてみれば危機管理意識に欠けた。坊さん姿の邑に言われると、なんだかすごく叱られている気分だ。

「すまない。いろいろ、迷惑かけた」

「ユキが刺されると思って、庇《かば》ったのか？」

「いやいや、まさか。そういうんじゃないんだよ。今になって考えれば、自分でもなんであんな真似したのかさっぱりで……」

これは正直な気持ちだった。あの時はふわりと勝手に足が動いて、気がついたらもう身体からナイフが生えていた感じである。

「想定外の展開にテンパってたんじゃないかなあ」

「誰か人を呼ぶとか、普通はそういう発想になるはずなんだが。現に、俺はキミエさんに呼ばれたし」

あ、キミエさんは邑を呼びに行ったのか。ひとりで逃げたと思ったりして申しわけないと、僕は内心で謝った。だが僕に言わせれば、あの時、あの場を離れることは難しかったというか、小日向をひとりにするというのも……いや、むしろ小日向だけのほうが、うまく対処できたのかもしれない。僕がいたから余計にややこしくなったのか。まったく、なにをしているんだか。

「駆けつけてみたら、ユキがおまえを抱えて泣きそうな顔してて、面食らった」

「ははは、あいつ泣きそうだったの」

「笑い事じゃないぞ。ユキは矢口が大好きなんだ」

「坊さんって、大真面目な顔で冗談を言うんだな」

「冗談なんか言ってない」

　さらなる大真面目で返され、僕はどういう顔をしたらいいのかわからない。

「ユキは矢口が大好きだ。昔からな」

「もしかして中学の時の話してる？」

「昔も今もだ。おまえのことが好きすぎて、おまえと一緒にいるとやたらハイテンションになるから、よく先生に叱られてた。今だって似たようなもんだ」

「あいつの躁状態を僕のせいにされても」

　僕はベッドのリモコンを探して、傾斜をさらにつけた。そうすると、さすがに脇腹が多少痛むが、このほうが話しやすい。

「矢口の責任とはいわないが、矢口が原因ではある。おまえが急に転校したあと、ユキは大変だったんだ。数か月後には文月先生も亡くなってしまったし……。だいぶ荒れて、高校の頃はさらにひどくなって……それでも、ばあちゃんに優しいのだけは変わらなかったが」

「高校デビューかよ」

「俺とは違う高校だったし、地元の友人はほとんどいない学校だったからな。高校を出た後も、俺は道場に入ったりしてたから、ぜんぜん会えなくて」

「道場？」

「まあ、修行だな」

「滝に打たれたりするやつ？」

「水垢離《みずごり》はするが、滝に打たれてはいない。とにかく小日向は、おまえといるとあんなだが、根っから明るいってわけでもないぞ。母親のこともあるし」

「……母親」

「ユキが七歳の時に亡くなってる」

「病気？」

「自殺」

なんだ、そこもか。

僕がそんなふうに思ったのを邑は察したのだろうか。声のトーンは変えることなく
「おまえのお姉さんも、そうだったな」と言い添える。

実名こそ出なかったが新聞記事にもなったようだし、当時の雨森中にいた生徒ならば知っていて不思議ではない。

「それじゃ、小日向が『先生は自殺するわけない』みたいに言い張るのって、母親のことが関係してるのかな」

「どうだろう。ユキは母親についてほとんど話さないんだ。……まあ、とにかく、ユキにとって文月先生とおまえは特別な存在なんだよ。おまえが雨森に帰ってきてからの、あいつのはしゃぎっぷりときたら……」

邑は苦笑交じりに言う。

「矢口は、中学生の頃からユキの憧れだったんだ。大人びて、頭がよくて、教師たちにも一目置かれて……それでいて絶対に、ユキをバカにしなかった」

「いや、僕、めちゃくちゃバカって罵ってたけど」

「口に出してバカと言うのと、バカにするのは違う。おまえくらい頭のいい奴なら、当時のユキや俺なんか無視しそうなもんだけど、そうしなかっただろ。放課後居残って、勉強まで教えてた。しかも百回わからなかったら、百一回教える根気強さだ。俺はユキとは幼馴染《おさななじ》みだが、それでも勉強を教えることだけはうまくいかなかったからな……。あの学校で、勉強に関してユキを見限らなかったのは、文月先生とおまえだけなんだ。そりゃ、好きにもなる」

「……いや、だからその、好きっていう語彙のチョイスに違和感というか……」

どうも納得がいかない僕が言いかけた時、ノックもなしに病室の扉が開いた。

「あっ、コンのバカ野郎!」

人を指差して罵りながら、小日向がドカドカと病室に入ってくる。

「矢口! なんなのおまえ! ほんとバカなの⁉ そんなにバカだったのおまえ⁉」

「こら、ユキ、静かにしろ。病院だぞ」

「だって、だってチュン!」

「今回のことは矢口も反省してるから。なあ、矢口?」

「……反省はしているが、小日向にバカと言われる覚えはない」

「ぜんっぜん反省してないじゃん! しかも、おまえ、なんなんだよあの部屋! ひどいにもほどがあるっ。てめえ、矢口、やる気あんのか!」

ベッドの横でがなられるやかましさに、僕はつい「うるさい!」と怒鳴り返してしまった。うお……大声出すと傷に響く。

「痛っ……、なんなんだよ、はこっちのセリフだ……。脇腹を刺されて病院で寝てるのに、やる気はあるのかってなんなんだ。なんのやる気だ」

「なんのって、そりゃ……あれだ、つまり……人生だ! 矢口、おまえ真面目に人生やる気があんのかっ」

「ユキ、ちょっとここ座れ。おまえ、なにを言ってる?」

邑は自分が腰掛けていた来客用椅子に、小日向を座らせた。その両肩をポンポンと穏やかに叩いて「落ち着け。矢口はちゃんと生きてる。な?」と子供にするように言い聞かせた。いまさらだが、邑はものすごく坊さんスタイルが似合っている。低いが艶《つや》のある声は、読経にぴったりだろう。

「チュン……だって、ひどかったんだぜ、矢口の部屋……」

「人聞きの悪いこと言うな。おまえの二階より、よっぽどきれいに使ってるぞ」

「そういうイミじゃねえよ。おまえの部屋、なんもないじゃねーか!」

「なにも?」

邑が訝《いぶか》しむ顔をし、僕は「まあ、あんまりないかな」と答えた。もちろん空っぽなわけではないが、生活をする空間としては、極限状態に物が少ないといえるだろう。

「矢口は断捨離《だんしゃり》が趣味なのか?」

「べつにそういうんじゃないけど、引っ越しを機に、いらないものを処分した結果、とてもスッキリしたんだ」

「程度問題って言葉を知らないのかよ。チュン、こいつの部屋、布団すらないんだぜ? 寝袋だぜ? キャンプかよ!」

邑がさすがに呆れ顔で僕を見て「修行僧だって布団で寝るぞ?」と言われてしまう。

なんだかすごいものと比べられてしまった。

「あとはダンボールが二箱と、座布団と筆記用具と歯ブラシと……服はいくらかあったけど……ほらよ、着替えとタオル」

小日向が紙袋を投げるように……というか、本当にベッドに投げる。それから自分までドサリと上半身をベッドに投げ出して「疲れたァ」と、文句を垂れる。僕の膝頭に小日向の後頭部がゴリッと当たった。思わず脚を引こうとすると、またしても腹部が痛んで、刺された実感が湧き起こる。

「なんかさー、なんつーのー？　矢口くんはもう少し、生きることに真剣になるべきだと思うのよ、俺」

病院の天井を見ながら、小日向がほざく。

「僕は僕なりに真剣だ」

「いいや違うね。矢口はなんかもうテキトーに生きてるね。仕事もしないでフラフラと生きて、ろくなメシ食わないし、あげくナイフに向かってつっこんできて、部屋には布団すらない。なにそれ。舐《な》めてんのか人生」

「布団がないだけで人間失格みたいに言うな」

「明日には退院なんだぞ。家に布団なくてどーすんだよっ。この個室、一泊七万！」

「えっ」

思わず邑を見てしまう僕である。なんだそれ。僕はべつに五つ星高級ホテルに泊まってるわけじゃないんだぞ？　だが邑はごく冷静に「ああ。それくらいらしい」と頷き、

「明日退院で、二泊三日、つまり二十一万だな」

と計算までしてくれた。

「ちょ……二泊だから、十四万だろ？」

「ホテルと違って、一泊いくらじゃない。滞在日数で計算するんだ」

「か、帰る」

「まだ検査が残ってるそうだ」

検査なんかもういい。帰らせてくれ。でなきゃ普通の大部屋に入れてくれ。そうだよ、なんだって個室なんかに入れたんだ。あ、事件性のある怪我だからか。たぶん警察関係者が事情を聞きにきたりするから、その都合も……いやそれでも一泊で七万って……。僕の入っている医療保険は、差額ベッド代の補償はどうなっていたっけ？　そもそも誰かに刺されて入院というのは……。

ぐるぐる考えていると、今度はちゃんとノックの音がしてから「あれ、揃ってるね～」と花川が入ってきた。

そして個室をぐるりと見回し、

「さすが一泊七万八千円の部屋だなあ！」

と、さらに値上げされた金額を口にし、僕はもはや絶句するしかなかった。

退院後、数日間は肌寒かった。

関東でも山沿いは雪が降ったという日もあったほどだ。もう三月の終わり、しかも先週は東京でも桜が開花したはずなのに、この寒さ。春の不安定さにはつくづく嫌気がさす。それでも、邑が布団を貸してくれ、小日向がぶつぶつ言いながらも古いファンヒーターを持ってきて、風邪が悪化することはなかった。腹の傷も痛み止めを飲んでいればやりすごせる。栄養状態が悪いと指摘されたことを小日向が言いふらし、キミエさんをはじめレインフォレスト常連のおばあちゃんたちが次々に差し入れを持ってきてくれて、むしろ食べきるのに必死だったほどだ。この数日で、体重が二キロくらい増えたのではないか。

そして三月最終週の今日。

その会合は、レインフォレストで開かれた。

「えー、本日はお忙しい中、集まっていただいてどうもでーす。なんか狭い店ですいませんけど、ここならみんな安心して話せるよなーと思って」

　カウンターの前、軽佻浮薄なマスターが喋っている。

「俺は一応ここの店主で、もと雨森中の小日向ユキ。んで、あっちの、作務衣《さむえ》に手ぬぐいの怖い顔が邑。景気の悪そうな顔をした眼鏡が矢口。……あれ、矢口はホントは矢口じゃないいんだよな。なんだっけ、今の名前」

「もういい。矢口でいい」

　面倒くさくてそう答える。この雨森に戻ってきてから、自分でも今の姓を忘れそうだ。退院手続きの時、「島谷さん」と呼ばれて聞き過ごしそうになったほどである。

「矢口でいいそうです。みんな雨森中出身ね。あと、この街で医者やってる花川っていうのがいて、そもそもは花川に届いた手紙が事の……はっ……はったん……？」

「発端《ほったん》」

　僕の修正に、小日向が「ほったんほったん」とリズミカルに言い直した。

「その発端の手紙っていうのは、俺も大好きだった担任の文月先生のことが関係してて……先生はもう事故で亡くなってるわけだけど、でも実は自殺だったかも？　みたいな話が出てきて、そんなはずないけど一応俺と矢口が調べることになって、いろんなところで話を聞いたら、やっぱり自殺じゃないよっていう感じになって、そのあとさらに、

「ええと………」

小日向は今までの経緯をまとめようとしたらしいが、それなりに複雑なので容量オーバーになってしまったらしい。いきなりぐるりと僕のほうに向き直り、

「じゃあ、こっからは矢口が！」

と放り出してきた。

わかってる。もう驚かない。こいつはそういう奴なのだ。

この会合についてだって、僕はほんの数時間前に突然聞いただけで、なんの相談も受けていない。立ち会う義理はとくにないのだけれど――ここまで関わってしまったら、もう最後まで見届けるしかないだろう。

「矢口です」

退院してまだ数日の僕は、刺された脇腹を軽く庇いつつ、店内の人々に向かって会釈をした。

「現状を簡単にご説明します。まず、本日の集まりは――そちらにいらっしゃる、星宮克也《かつや》さんのご要望によるものと聞いています」

カウンター席の一番奥に座っていた紳士が頭を下げた。星宮克也さんは六十三歳、グレーの三つ揃いをパリッと着こなしていて、大会社の重要職という雰囲気だ。実際、ある企業の役員をしていると聞いている。

「星宮さんは、リンコ・ドス・サントスさん、旧姓星宮凜子さんの実父であり……」

「文月先生と不倫してた、と思ってるかもしんないけど……」

口を挟んできた小日向に、僕は「おまえはしばらく黙ってろ」と命じた。自分で仕切るなら全部やる、僕にやらせるなら一切口を出さない、それがルールだ。ただでさえややこしい集まりなのだから。

「今回、文月先生の日記が出てきたことを契機に、星宮克也さんと先生が当時恋愛関係にあったのでは、という疑念が生じました。それを証言したのが凜子さんです」

凜子は四人掛けのテーブル席にどっしりと腰掛けていた。

今日は髪をまとめていないので、派手なカールのロングヘアだ。子供たちを夫に託し、本人曰く「父親と決着をつけるため」ここにやってきたらしい。赤いグラマラスなワンピースは戦闘服にも見える。

「中学生だった凜子さんは、自分の父親と文月先生の関係に激しい怒りと嫌悪感を抱きました。そして、当時友人だった乾真衣さんの手を借りて、先生に嫌がらせのメモを送り続けた」

乾真衣もテーブル席にいる。凜子の斜め向かいで、レモンイエローのニットスーツを着ていた。その隣にいる老婦人は、母親の乾洋子《ようこ》さんだ。付き添いで来たのだろうか。場の空気に怯《おび》えているかのように、小柄な身体をさらに縮ませている。

凜子と真衣、かつての親友ふたりは二十数年ぶりに会っているわけだが、互いに一言も口を利かないし、目を合わせようともしない。お互いここに到着した時、ほんの一瞬戸惑っていたのは、相手があまりに変わって驚いたのだろう。だが、それでも会釈すら交わさなかった。思春期のしこりは強く残っているようだ。

「この日記を読みますと、先生自身、嫌がらせをされる原因をわかっていたフシがあります。はっきりとは書いていませんが……犯人が生徒であること、そしてこんなことをされても仕方ない、そんなふうに思っている文章が散見されるんです。さらに凜子さんは、先生から呼び出しを受け、『自分はもうすぐ町を出るから』という話を聞いたそうです。わざわざひとりの生徒を呼び出して、それを伝えるというのは……ある意味、先生も星宮克也さんとの不倫を認め、でも身を退く決意を伝えたと考えられる……」

と、僕らも解釈していたわけだが。

「それは違います」

反論したのは、もうひとりの不倫当事者、星宮克也さんだ。

僕が入院しているあいだに、小日向は星宮さんに会いに行っていた。どうやら奴は、先生が生徒の父親と不倫していたことに釈然としていなかったらしい。凜子から住所を聞き出し、本当なのかと詰め寄り、否定されたという経緯だ。

そして星宮さんが、弁明の場を設けてほしいと言いだし、本日に至った。

「誤解です。私と文月先生はそういう関係ではなかった」

「嘘つき」

冷たく返したのは、凜子である。父のいるカウンター席を見ることはなく、かといって真衣たちのほうに視線をやるわけでもなく、テーブルの上の古ぼけた星座占いを凝視するばかりだ。

「嘘ではない。私は……」

「お待ちください、星宮さん。僕から質問させていただきます。星宮さんは、文月先生と特別な関係になかったと主張されるんですね？」

「はい。ありませんでした。娘の担任として、何度か会話したことがある程度です」

「恋の歌を贈られたことは？」

「……はい？　なんですって？」

星宮さんはしきりにネクタイに触れる。嘘をついているようには見えないのだが、どこか不安げというか、落ち着かない風情《ふぜい》だ。

「和歌。短歌です。五七五七七のアレです。凜子さんいわく、文月先生の字の、恋を詠んだ短歌がどっさり隠されていたと。たとえば、えー『あさましやこは何事のさまぞとよ　恋せよとても生むまれざりけり』だとか」

「まったく知りません」

「しらばっくれるのは、昔からうまいわよね」

いらつきを隠さず、凜子が言った。今度は父親を睨むように見る。

「パパは昔からそう。涼しい顔してずっとママを騙してた。あたし、パパのカード明細も調べたんだからね。そこにあったホテルに電話もした。上司の忘れ物を探す秘書のふりでね。本当に泊まったことは確かめてある。仕事で北海道にいるはずなのに、新宿のホテルにいるってどういうこと？　ツメが甘くて笑える。ああ、もしかして、べつにバレてもいいとか思ってたのかしら。あたしに調べられるんだから、ママにだってできるに決まってるし」

「凜子、それは」

「っていうか、ママはとっくに知ってたはず。そしてパパは、ママが知っていることを知ってた。自分の浮気に気づいてようと、子供がいる限り……あたしがいるんだから、離婚なんかできやしないって見くびってた。黙って我慢するしかないだろうって！」

「違う。そんなふうに思ってはいない。……う、浮気を否定する気はないんだ。おまえの言うとおり、私は最低の夫で、父親だった。あの頃、確かにつき合ってる人はいた。仕事のストレスがあまりに……いや、それはどうでもいい。ただの言い訳にしかならない。とにかく私は弱くて、その人に縋《すが》ってた。どうして妻ではなく別の女性だったのかは……私にもわからない。うまく説明できない。本当に申しわけなく思って……」

「ふざけんな！　あたしに謝っても意味ないわよ。ママに謝ってよ！　浮気されたまま、ひとりでぜんぶ我慢して死んじゃったママに……！」

目を真っ赤にして凜子が叫ぶ。

涙が溢れる寸前で俯き、パタタッと古いテーブルに水滴が落ちる。その姿を真衣が戸惑った顔で見ていた。無理もない。いつでもフワフワと微笑み、穏やかだった中学生の頃の凜子からは、今の激しさは想像もつかない。けれどきっと、その憤りは昔から凜子の中にあったのだろう。ただ、その激しい感情とどう向き合い、どう飼い慣らせばいいのか、まだ子供だった彼女にはわからなかったのだ。

「……ええと、星宮さん。つまり星宮さんは当時浮気はしていたが、その相手は文月先生ではなかったと仰るんですね？」

「はい……その通りです」

「しかしそれだと、短歌の説明がつかないんですよね。間違いなく文月先生の筆跡だったそうですし、確かに僕たちは先生の文字をよく知っていたわけで」

「本当に……知りません。私は大学も理系でしたし、文化芸術系はまったく疎く、和歌などもらったとしても理解できない。妻は、古典文学が好きなようでしたが……」

「そうですか。……凜子さん、実はその短歌、お母さんが趣味で書いたってことはないか？　たまたま先生の字と似ていただとか」

僕が聞くと「似てない」とはっきり否定する。

「ママも先生も字は綺麗だったけど違うタイプだった。先生の字はちょっと四角い感じで、読みやすいの。ママは崩す感じ。ぜんぜん似てなかったわ。本当に……見たのよ、あたし……先生の字の……」

凜子の声が尻すぼみになっていったのは、あまりにも遠い記憶に、少し自信がなくなってきたからかもしれない。現代の中学生なら、スマホを使ってすぐに証拠写真を撮っておくのだろう。場合によってはＳＮＳにアップし、大人を追い詰めたかもしれない。

「凜子の言うとおり……妻はぜんぶ知っていました。私の浮気のことも、たぶん、その相手についても。妻が私に言ったのはたったひとつ……どうか凜子を傷つけないでくださいと……」

「なによ、それ……あたしはとっくに……知ってて、傷ついてた」

「すまない、凜子。言い訳がましいが、母さんの病気が見つかった時には、ちゃんと別れたんだ。関係をぜんぶ清算して……」

「そんなの遅すぎるよ！」

凜子が叫ぶ。

「申しわけございません……！」

いきなり椅子から崩れるように降りて、床で土下座をしたのは、

「お母さん⁉　えっ、な、なに……？」

驚き動揺する真衣の母、乾洋子さんだった。

凜子もポカンとしていて、僕もちょっと口が開いていた。なんだ、この展開は。なんで真衣のお母さんが謝る？　いったいどういうことだ？

僕は思わず邑を見る。

邑は顎に手を当ててやや首を傾げていたが、やがて「あぁ」と納得したような声を出した。さらにその隣で、スツールに座って鼻の下を掻いていた小日向が、やはり「あー、そういう」と声を上げる。

そういう、って。

それはやっぱり、そういう……ことなのか？

僕が目を向けた時、星宮さんはもうスツールに座っていなかった。テーブル席に駆け寄り、自分も床に膝をつき、洋子さんを守るように抱えながら、自分も頭を下げる。

「申しわけ、ない……！」

絞り出すような声で、星宮さんは言った。

この人が私の恋人だった。

そして、今も。

「ドス・サントスー！」

「ドス・サントスー！」

ガチーンとジョッキが当たり、そのあとでキャハハハハハと歓声が上がる。……いや、キャハハというよりガハハに近い気もするが……女性も加齢に従って声が低くなる傾向があると聞くものの、もちろんそんなことを口にすればどつかれるに決まっているので、僕は黙ったままひたすらもんじゃ焼きを作り続けていた。

「ほらほら、あんたたちも乾杯しようよ。ドスサントスー！」

「ていうか、野郎どもぜんぜん飲んでないし！　ドスサントスー！」

そんなに何度もぶつけたら、ジョッキは割れてしまうのではないだろうか。

などという僕の余計な心配が酔っぱらい女子二名に通じるはずもない。僕の隣で花川が「ドスサントスに、乾杯っていう意味あったっけ？」と小首を傾げている。もちろんない。ラテン系には珍しくない名前で、聖なる、という意味があったと記憶している。

英語で言うところのセイントだ。

「単に音が面白いから、あんな感じになってるだけだろ……」

「ふたりともすごい飲むんだね」

「ビールは泡立つお茶だと言っていた」

「昔の親友は今でもやっぱり親友なんだなあ。可憐な中学生じゃないにしろ」

「いや、一時間前までは目も合わせてなかったぞ」

僕の説明に、そうなの、と花川が驚く。

花川は診療を終えてから、この鉄板焼き屋で合流したので、さっきまでの凜子と真衣の冷ややかさを知らないのだ。

鉄板を囲むのは六人。

凜子、真衣、小日向に邑、そして花川と僕だ。ちょっとした同窓会のようでもある。

花川は、大月ミートのニックと美容師のセシボンにも連絡したそうだが、仕事で来られなかった。また別の機会を設けようということになったらしい。

「それにしてもリンリン太ったねー、そんなに太って頭グルグルでドスサントスって、なんかもー、ウケるー、最高ー」

「子供五人も産んだら肉もつくってもんよ！　マイマイだって変わったじゃーん。店持ってんでしょー、一国一城の主ってやつー、いやあ、たいしたもんだ！」

「むははははは、店ではあたし、三十一歳なんだよお！」

「うはははは、七つもサバ読んでるし！　なにそれ犯罪！」

「犯罪は小日向だよ！　こいつ美容整形してるんじゃね！」

「よおーし、ちょっと顔を引っ張ってみよう！」

「いたたたたた、やめ、やめてリンリン……ちょ、チュン、助けて」

凜子に頬肉を引っ張られている小日向が邑に救いを求めた。六人いるので鉄板焼きテーブルが二つにわかれており、僕と花川は酔っぱらい女子から離れているため、被害が少ない。

「リンリン、マイマイ。離してやってくれ」

「おっ、変身度ナンバーワンがなんか言ってますぜ、リンリン」

「ポメラニアンからドーベルマンに変身した感じよね、邑くんはさあ！　お坊さんっていうのは、あれなのっ？　儲《もう》かるのっ？」

「うちは儲かってないな。檀家不足だ」

「あっ、そういえばお墓のことで聞きたいことあるんだった！　うち、ダンナがブラジル人で、でもクリスチャンってわけじゃなくて、うちのお墓に入りたいって言ってるんだけど、その場合お寺さんって……」

どうやら墓相談が始まったらしい。

やっと解放された小日向が、引っ張られた頰を摩りながら「もー、ふたりとも飲みすぎだろ」と僕たちのテーブルに退避してきた。

「それで、リンリンのお父さんと、マイマイのお母さんは」

花川に聞かれ、僕は「おふたりはそのまま帰ったよ」と答えた。

星宮克也さんの目的は謝罪だったのだ。

自分の娘と、真衣への謝罪。

「そのふたり……僕たちが中学生の頃から、ずっとつき合い続けてたわけじゃないんだよね？」

声をやや低くした花川に、僕は頷いた。

「凜子さんのお母さんにがんが見つかった時点で、別れたそうだ。再会したのは三年前で、中高年向けのお見合いサークルみたいなので、偶然再会」

「おお。なんか運命めいてるね」

「星宮さんもそんなこと言ってたな。……まあ、娘ふたりは複雑だろうけど」

「なんで複雑？」

鉄板にもんじゃ焼きのチーズを押しつけながら小日向が聞く。チーズせんべいのできる香ばしいにおいが漂っている。

「そりゃ、言ってみれば騙されてたみたいな……」

「まっさかあ。そんなこと、気にしてないよふたりとも。恋愛は自由だし、リンリンのお父さんだってマイマイのお母さんだって、今はもう独身じゃん」

「それでも、子供としては……」

「ふたりとも言ってただろ、勝手にして、って」

言っていた。呆れたような、突き放したような口調で。

もう謝らないで。勝手にして。好きに生きて。

お父さんの、お母さんの、人生なんだからと。

もしかしたら、あれは和解の言葉だったのだろうか。

だから今、凜子と真衣はせいせいした顔でビールを飲みながら、今度は遺産相続について邑に相談しているのだろうか。それは邑の専門ではないから答えられないと思うのだが。

「……いや、相続についてはよく知らない。あっちに元税理士がいるぞ」

あっ、それ言うな！　……だが時すでに遅し。リンリンマイマイの目がキラーンと光って僕をロックオンしている。

そこから一時間ばかり、僕は法定相続人とその権利についての無料講習会をさせられた。まだ相続なんて当面先だろうに、女性ってのは本当にしっかりしている。

午後七時半、女子二人はピタリと飲むのをやめ、すっくと立ち上がった。

「子供たち待ってるから」

「あたしもクローズには店にいないと」

そう言って、シャキシャキと帰り支度を始める。酔っていたのが嘘みたい……というか、もしかしたらたいして酔っていなかったのだろうか。

「あっ、そうだ。矢口くんに渡すモノあったのに、忘れてきちゃったよ～」

派手なワンピースの上にスプリングコートを羽織って、凜子が言う。

「僕に？　なに？」

「それがさー、あたしもなんかよくわかんないのよね……。とにかく、今度送るから。いらなかったら、そっちで処分して」

「いや、だからなに？」

「やっぱいい。四十三分のに乗りたい！」

結局、僕に渡すモノというのは謎のまま、ふたりは仲良く、かつ慌ただしく帰っていった。まあ送ってくれるというのだから、それを待てばいいだろう。

残った野郎どもである僕たちは、ひとつの鉄板前に集合する。

花川がソース焼きそばを作っている。この店は焼きそばも焼きめしも、自分で作るスタイルだ。花川の手つきはなかなか悪くない。

「あ、そうだ。差額ベッド代の件、くれぐれもお礼を……」

僕はササッと正座になって、花川に頭を下げた。

例の一泊七万八千円の病院は、花川の妻の実家であり、個室に入れてくれたのは先方の厚意だったのだ。刺される前からボロボロだった僕を憐《あわ》れんで、花川が頼んでくれたのだろう。会計は通常の大部屋扱いになっていて、僕は心からホッとした。花川は「気にしないで」と笑みを返してくれる。

男四人、ソース焼きそばをズルズルと食べた。

今夜も、誰も酒を飲んでいない。僕は酒に執着がなく、小日向は体質的に受け付けず、花川は酒での手痛い失敗以来断酒中、そして邑は坊さんなので飲まない。

「いや、でもさ、むしろ坊さんって酒飲めないと困らないか？　檀家さんと飲んだりするんじゃないの？」

僕の問いに「確かに、うちの住職はザルだな」と邑が答える。

「おかげで肝臓やられて、入院したこともある。あれを見てたらいっそ不飲酒戒《ふおんじゅかい》を実践したほうがいい。もともとそんなに好きでもないし」

「オジサンが四人集まってソフトドリンクってのも、なかなか珍しい図だなあ」

花川が笑い、「それにしても」と続けた。今日の『じゅうじゅう』は比較的すいていて、小上がり席に流れ込む煙はだいぶましだ。

「結局、振り出しに戻った感じだねえ。先生は、不倫なんかしていなかったわけで……

となると、日記に書いてあったことの解釈が、またわからなくなるなあ」

「リンリンに誤解されて、悩んでたんじゃねえ？」

小日向の意見に、僕はまだ少し痛い首をさすりながら考える。

「たとえば……先生は凜子さんのお父さんと、真衣さんのお母さんの関係を、偶然どこかで知ってしまった。だが、凜子さんが自分に疑いの目を向けていて、ひどいメモを送りつけてくる。それは誤解なわけだが、本当のことを言えばふたりの生徒を傷つけてしまうことになるので言えなかった……とか？」

「あ、それいいじゃん。フーちゃん先生優しかったから、ありえる」

「ありえるけど、ちょっと無理やりだな……邑、どう思う？」

邑は焼きそばが焦げないように火力を弱めつつ「もういいんじゃないか？」と言った。

「わからないことは、わからないままでいいと思うが」

「邑が言うとなんか含蓄《がんちく》あるけど、それって宗教的な意味含んだりしてるか？　禅的な。行雲流水《こううんりゅうすい》的な」

「いや。そこまで考えてない。うち、禅宗じゃないし」

「うんこ流水？」

「うるさいぞ小学生。……先生のお母さんにはどう説明する？　そろそろこの日記を返して、報告をしないと」

花川が「そこだよね」と頷きつつ、やたら青のりをかけている。そんなにかけたら、焼きそばが緑色になってしまいそうだ。

「素直に、わからなかった、でいいんじゃないかな。できれば絶対に自殺じゃないって報告してあげたいけど……」

「自殺じゃないよ。ぜったい」

小日向が言い張り、花川が「僕もそう思うよ」とやっと青のりの容器を置いた。

「文月先生は自殺なんかしてないと思う。ただ、絶対にそうじゃないといえる証拠が出なかっただけで」

「リンリンに引っ越すって話したんだろ。あれは事実じゃん。なら自殺はないだろ」

「それは、先生が不倫をしていた場合の前提だろ」

花川の代わりに、僕が答えた。

「叶わぬ恋をしてたなら、それを諦め、住まいも変えて心機一転するのはわかるんだけどな……不倫してないなら、そもそも引っ越す理由がない。生徒に誤解されただけで、毎度引っ越してたら、きりがない」

では、なぜ文月先生は引っ越すことにしたのか？

まったくわからない。あちこち奔走したというのにむしろ謎が増えてしまって、僕の中にもやもやが広がる。

「……なんにしても、先生はなにかで悩んでて、追い詰められて……この町から逃げたいと思っていたんじゃないかな……それで、発作的に引っ越しを……いや、でもそれを凜子さんに言う必要はないのか……ん、ちょっと待てよ、先生が精神的にかなり参っていたなら、その行動にいちいち論理的な理由を求めるべきじゃないのか……？」

先生は、とにかく楽になりたかった。

そういう心理状態の時、人はその場凌《しの》ぎの行動を取りがちだ。自分を誤解し、恨んでいる生徒がいたら、自分はいなくなるから大丈夫だと嘘をついてしまうとか……。

そこまで考えて、僕はまた新しい可能性に気づく。

「……小日向」

「あん？」

「先生は凜子さんになんて言った？　私はこの町から……」

――じきに、私はこの町からいなくなるの。

それは、引っ越すという意味ではなく。

「……先生、やっぱり自殺したんじゃないのか……？」

ばしッ！

顔面に、おしぼりがぶつかってきた。

「てめえ、矢口。いい加減にしろよ」

真ん前の至近距離から、かなりの勢いで、しかも座卓を拭いたあとのおしぼりである。もちろん投げたのは小日向で、僕は鼻の付け根にめり込んだ眼鏡を直しながら「痛いじゃないか」と文句を言う。

「ほんとはコテ投げて、おまえの顔にサックリ刺したいほどだ。なんでてめーは、そうやって先生を自殺にしようとすんだよ！」

「可能性の話をしてるだけだろうが」

「先生が自殺した可能性はいつでも0《ゼロ》パーなんだよ！」

「おまえが決めることじゃないだろ！」

まあまあまあ、と花川が僕たちに割って入る。

「ふたりとも落ち着いて。中学生じゃないんだから。ね？」

そう宥《なだ》められて、僕は「フン」と小日向からそっぽを向いた。

「矢口に悪気はないんだよ、小日向。ただ論理的に考えるタイプというか、考えすぎてグルグルしちゃうタイプというか……」

「……花川、僕のことそんなふうに思ってたわけ？」

「あ、いや。そういうところが矢口のチャームポイントでもあるというか。あっ、そうだ、アレ持ってきた？」

強引に話を変えてる感は否めなかったが、僕は一応「あれって」と聞き返す。

「手紙。矢口が転校する時に先生からもらったっていうやつ。なにかのヒントになるかもしれないから、持ってきてって頼んだよね、僕」

「……ああ。一応」

「見せて見せて。小日向も見たいだろ？」

小日向は「べっつに」と憎々しげに答える。その代わりのように邑が「俺は見たいぞ」と大きな身体を乗り出してきた。

「持ってはきたけど……あんまり見せたくないんだよな」

ぼそりと僕は言った。

「……個人的なものだし、大事な思い出にしておきたいというか」

「そっか。初恋の先生だもんなあ、矢口にとっては……」

花川が言うと、小日向が「ケッ」と毒づく。

「転校ばかりしてる可哀想な生徒に、優しいフーちゃん先生が励ましの手紙をくれたってだけだろ。もったいぶりやがって」

「いや。これは特別な手紙だ。間違いなく」

「そこまで言うなら見せろよ」

「しょうがない。粗雑に扱うなよ」

僕はクリアファイルに挟んでもってきた、大事な手紙を花川に渡した。

「この手紙をもらって、正直、僕はかなりどきどきした。純真な中学生だったし」

普通の白封筒。中に入っているのは一筆箋で……とても短い手紙だった。

「……ん？」

それを読んで、花川が首を傾げる。向かいから身を乗り出している邑も「む？」と怪訝そうな声を出した。そう。そうだろう。普通の手紙ではないのだから。

「なに。なんだよ。なんなんだよ、見せろよ」

結局我慢できなくて、小日向が花川から手紙をひったくる。

「……なにこれ」

眉をよせて手紙を見たまま、そう言った。

「忘れ……忘れなむ……と……」

「忘れなむと思ふ心のつくからに　ありしよりけにまづぞ恋しき」

とっくに暗記している僕が言う。きれいな文字で、先生はその和歌を書いて、僕に贈ってくれたのだ。

「古今和歌集。詠み人知らず。忘れようと思えばたちまち、前にも増して恋しくなります……という感じの歌だ。もちろん、先生は転校する僕に、さみしくなるけど忘れませんよ、っていう意味でこの歌を贈ってくれたんだと思う。あるいは……僕が姉のことを忘れられないだろうと思って贈ってくれたのか……」

その真意まではわからない。

いずれにしても、深く傷ついていた僕を、この歌がなぐさめてくれたのは本当だ。特別に思える手紙をもらえたことは、あの頃の僕にはある種の救いになった。返事を書こうとかなり悩んだのだが、どう書いたらいいのかわからず、そのままになってしまったことが悔やまれる。

「恋、なんて言葉があると、やっぱりどきどきする。中学生男子だしな」

ごほん、と咳払《せきばら》いをつけ足して僕は言った。多少気恥ずかしい。

「……うん、いい手紙……だね？」

なぜ語尾が上がるのだ。僕はそう聞きたかったが、花川は微妙な表情のまま、小日向から戻ってきた手紙をじっと見続けている。

「ここでも和歌、か。文月先生らしい。けど……なんだろう、なんだか違和感が」

「ヘンだろ、それ」

失礼千万な小日向が、鉄板から最後の焼きそばをかき集めて言った。

「なんで恋の歌なんだよ。先生、よっぽど書くことなかったんじゃねえの？」

「いやいや、そこまでは言わないけど……なんだろうなあ……和歌を贈るにしてもほかにあったような……これじゃまるで先生が矢口に恋してたみたいだ」

「ありえねー。こいつ、ハナヂ眼鏡小僧だったんだぞ？」

けけっ、と小日向が実に憎らしく笑う。僕は腹立たしさをなんとか抑えつつ、小日向ではなく邑を睨みつけた。おまえ、このあいだ小日向が僕を好きだとか言ってたけど、やっぱりそれは絶対にないだろ。邑はさりげなく視線を逸らしやがった。

「おまえら、人がもらった手紙に文句つけるな」

「あ、ごめん。いや、うん、いい手紙だよ。うんうん。こんなのもらったら男子中学生として誉《ほま》れだ。家宝だよね！」

「もういい。返せ」

「ごめんて、矢口」

謝られて、自分が不機嫌をダダ漏れさせていることを自覚する。……まあ、いいか。本来の僕は、他人に心情を悟られたくないタイプなのだが、なんだかこいつらにそういう気の使い方をするのがアホらしくなってきていた。

「そういえば先生の授業でさ、みんなで和歌を作ったよね！」

花川が気まずい空気を変えるべく、明るく言った。

「女子たちは上手だったけど、男子はひどいもんだったなあ。僕、いまだに小日向の覚えてるよ。納豆はいつまで食べていいのやら　もともと腐ってよくわからぬけり……」

プッ、と邑が噴き出した。僕は呆れて、小日向本人は「それ、俺？」と花川に聞く。

「そう。面白すぎて、まだ覚えてる。わからぬけりってなんだよ」

「天才だな俺」

「先生もそう言ってた。ある意味天才って」

「ある意味ってなんだよ」

「細かいことは気にしなくていいと思うよ。あ、次、焼きうどんいっとく？」

「……………あの和歌」

　ぼそ、とごく小さく言った僕の声を、邑は聞き逃さなかった。

「どうした、矢口？」

「いや……凜子さんが見つけた和歌なんだけど」

「あさましや……とか、いっぱいあったやつ？」

「そう。あれ、本当に先生が書いたんだとしたら、なんで星宮家にあったんだ？　お父さんの不倫相手は先生じゃなかったのに」

「ああ、それか。変だよね、説明がつかない。やっぱり、凜子さんなにか勘違いしてるんじゃないかなあ。昔のことだから、記憶がとっ散らかってても不思議じゃないよ」

「確かにそうだけど、彼女の目線で見れば父親と先生の不倫が決定的になった証拠なわけで、そういう大事な記憶までとっ散らかるっていうのは……」

「っとに、矢口はしつッけーな！」

　小日向がほとほと呆れた、という声を出す。

「もういいじゃん。邑も言っただろ、わかんねーことはわかんねーの。それでいいの。それでおしまいなの！　日記、先生のお母さんに返そうぜ？　そんで、先生はなんかちょっと悩みとかあったっぽいけど、でも詳しくはわからなくて、もちろんそれは死ぬほどの問題じゃないので自殺はあり得ないですって、そう言おうぜ？　な？」

「……詳しくわからないのに、死ぬほどの問題じゃないって言い切れな……」

「あー！　わー、ぐあー！」

大袈裟に頭を抱えて小日向が叫んだ。

「メンドクサイ！　チュン、こいつちょおメンドクサイ！　なんとかして！　焼きうどんの具にして食っちまって！　ちったん呼んできてもう一度刺してもらおう！」

不適切きわまりない小日向の発言を、邑が「こら、ユキ」と窘《たしな》める。

ちったんのご両親は入院中の僕を見舞ってくれて、深々と頭を下げていた。僕はちったんを責める気持ちはないことを伝え、治療費だけをもらって、多額すぎる見舞金はお返しした。

「んー、じゃあ、こういうのはどうかな」

花川が眼鏡を外しながら言う。レンズに油が撥ねて、見えにくくなったらしい。眼鏡がなくなると、息子の竜王くんと本当に似ている。

「最後に、事故の目撃者の話を聞いてみる、っていうのは」

「目撃者？」

怪訝な僕に、花川が「そう」と頷いて、専用クロスで眼鏡を丁寧に拭く。

「事故のあった道路って、目の前にカフェがあったんだよね。道に面して大きなガラス窓になってて、眺めがいいんだ。そこの人なら、事故のこと覚えてるかも」

「えー。その店まだあんのかよ」

「あるよ。実は僕、医師会の用事の時なんかに、ちょいちょいその店の前を通るんだよ。白髪の、なんかこうクラシカルなおじいさんが蝶ネクタイでレジやってて、たぶん店長さんだと思うんだよね。当時からいた可能性は高い」

「だからって、事故の瞬間を見ていたとは限らないじゃん」

「それはそうだけどさ」

花川は拭き終わった眼鏡をかけ直す。

「それでも、聞くだけ聞いてみてもいいんじゃない？　ダメモトでさ。最後の取材っていうか。聞いてもなにもわからなかったら……矢口」

花川が僕を見た。

「それで今回の調査はおしまいにして、先生のお母さんに日記を返さないか？」

「……そうだな」

僕は頷き、承諾した。

花川は僕に『区切り』をくれたわけだ。

僕のようなタイプはズルズルなにかを始めることも、ズルズル終わらせることも苦手だと見抜いたのだろう。さすが医師、人をよく観察している。

本当は、心のどこかで思っている。

わからないままでもいいと。すべてに理由や理屈を求めるのは無理があると。きりがないし、たぶん意味もないと。

それでもなんとか着地点らしきものを求めないと落ち着かないのが僕であり、そういうところが面倒くさいと小日向は言っているのだろう。中身は小学生のくせに、言い当てているところが腹が立つ。

ほどなく注文した焼きうどんが届いた。

しょうゆ味にするかソース味にするかでだいぶ揉めたあげく、小日向と花川がじゃんけんをすることになり、しょうゆ派の花川が勝ったのに小日向が途中でソースをぶち込んで——いろいろと大騒ぎになったが、まあ焼きうどんは食える味だった。

五　薔薇と桜と小雪の舞うなかデロリアンに乗り、道の向こうであの人に会ったら

夜の桜は静かだ。だからわりと好きだ。

いつだったか、彼女にそう言ったことがある。すると彼女はしばらく考え、「私は昼間の桜のほうが好き」と、妙な慎重さで答えた。どうでもいいような話に限って、ものすごくきちんと考えて答える……彼女はそんな人だった。

夜桜は黙ったままこっちを見下ろしている感じがする。だからちょっと苦手。昼間の、クスクスと小さく笑っているような桜のほうが安心感がある。そんなふうに話していた。僕には彼女の言うことがよくわかった。わかった上で、やっぱり無口な夜桜が好きだったのだ。深夜、ひとりで桜の下を歩くと、僕のことをなにもかも見透かした夜桜が見下ろしてくる。知っているぞ、わかっているぞと言わんばかりに。その冷ややかさに、僕はむしろ安堵する。僕がどれほど脆弱な人間かはとうにばれていて、必死に隠さなくてもいいように思えるからだった。

まあ、もちろん、ぜんぶ妄想だ。

桜はただの植物なので人間を批判したり断罪したりはしない。己のダメさ加減をああでもないこうでもないと考えているのは、いつも自分自身だ。

「なんでついてくるんだ?」

僕は立ち止まり、肩から上だけ振り返って聞いた。

「ついてってねーよ。ただの散歩だよ。それとも、なにか、ここはおまえの道か? どっかにおまえの名前でも書いてあんのか?」

頭の悪いチンピラみたいに言い返すのは、もちろん小日向だ。鉄板焼き屋での会合が終わり、僕らはそれぞれ帰途についたわけだが、少し歩きたい気分だった僕は川沿いの道に入った。川沿いにはところどころ桜が植えられていて、散歩するには悪くない。

「……夜は、蚊柱ないんだな」

僕が言うと、小日向は「気温が下がるからな」と、いくらか不機嫌な声で、それでも返事をした。鉄板焼き屋のちょっとした諍《いさか》いをまだ引きずっているらしい。まったくもって子供っぽいヤツだ。その点、僕は社会性ある大人なので、譲歩することを厭《いと》わない。

小日向のほうに完全に振り返り、

「まだちょっと腹が痛いから、ゆっくりしか歩けないぞ」

そう言う。

すると、十メートルほど離れていた小日向がタタッと駆け寄ってきて、

「合わせてやるし」

とどこか偉そうに、だが堪えきれずといった笑みを零して言う。もともとは飼われていた野良犬が、久しぶりに人に呼ばれたみたいな動きだった。

僕たちは黙って歩いた。幅の狭い一方通行道なので、車はほとんど通らない。ときどきジョガーが僕たちを追い越していく。僕は運動が苦手なので、走るのが好きな人の気持ちはよくわからない。

このしょぼい川沿いは名所でもなんでもないので、桜はずっと続いているわけではない。途切れ途切れの夜桜で、しかもまだ三分咲き程度だ。開花日からもう一週間以上経つのに、いまだ満開を迎えていない。ずいぶん長い、春の足踏みである。

「矢口、ほら、学校だぜ」

小日向が先を示した。

僕も見る。雨森中学校を。

日本の学校の場合、なぜか桜はつきものなので、大きく枝を広げたソメイヨシノが外灯に浮かび上がっていた。僕と小日向は立ち止まり、しばし校舎と桜を見上げていた。三分咲き程度でも、まあ、きれいだ。むしろ満開より好ましく思える。桜の向こうに、無愛想なコンクリの校舎が建っている。

十三歳。十四歳。十五歳。

少年だった自分を思い出そうとしたのだが、うまくいかなかった。自分で自分の姿は見えないので、当然なのかもしれない。いろいろな学校の記憶が混ざりがちな僕だけれど、この雨森中学だけは、くっきり覚えているシーンがいくつかある。というか、ここに来てから思い出した光景たちだ。小日向に勉強を教えた自習室。邑とよく通った図書室。走っては叱られた渡り廊下。星宮凜子がピアノを弾いていた音楽室。

それから、文月先生。

「先生って、いつも髪をまとめてただろ？」

唐突な僕の言葉に、小日向は「でかいお団子にしてたよな」とすぐに反応した。

「そうそう。上からワシッと摑みたくなるような」

「俺、摑んだことある。先生が座ってる時、後ろから忍び寄って」

「怒られただろ」

「うん。すげえ」

答えながら、小日向は笑う。

「僕が覚えてるのは……定期試験の時、だったかな。先生が監督してて、ちょっとヒマそうに窓近くに立ってて。なんでかわからないけど、急に髪を下ろしたことがあった」

僕はもう、解答用紙を埋め終わっていた。なにしろ賢い中学生だったから。

そして、先生を見ていた。

文月先生は背が高く、そこにお団子がのってるからますます大きく、基本明るいけれど、ふとした瞬間、さみしそうに遠くを見る癖があった。その時の先生も、教室の窓からどこか遠くを見ていた。日射しが眩しいほどで、空もクリアに青かったから、秋か冬だったと思う。

どうして先生が髪を下ろしたのかはわからない。お団子を作っているピンのせいで、どこか攣《つ》れて痛くなったのかもしれない。とにかく、先生の髪が音もなく下りていく様を、僕は不思議な気分で眺めていた。髪を靡《なび》かせる先生はなんだか知らない人みたいで、どきどきした。先生の髪は黒くて艶やかで、冬の日にきらきらと光って……国語の授業の時、先生がしてくれた平安貴族の話を思い出した。女性の美しさは髪で決まる時代だったんだよ、私も当時なら美人って言われたかもね……そんなふうに笑っていた。

今だって、先生はきれいだ。

中学生だった僕はそう思った。まあ、そこは小日向には語らなかったが。

忘れなむと思ふ心のつくからに　ありしよりけにまづぞ恋しき

……先生はなぜ、僕にあの歌を贈ってくれたのだろう。花川たちにあれこれ語りはしたが、本当のところは僕にだってわかっていないのだ。

そして永遠にわからない。もう先生はこの世にいないのだから。

「……やばい。アイス食いたい」

突然小日向が言い出し、僕のノスタルジアを台無しにする。

「はあ？　この寒いのに？　帰れば芋けんぴがあるだろ」

「わかってないな矢口……そりゃ芋けんぴはおいしいぞ。けどアイスとはぜんぜん違う存在じゃないか。冷たくないし、溶けないし。俺は今、どうしてもアイスが食いたいんだ。ほとんどそのために生まれてきたと思えるくらいに！」

「はいはい。コンビニで買えよ」

「シャトレーゼのほうが安い」

その店に行くとずいぶん遠回りをすることになる。小日向だけで勝手に行けばいいと思うのだが、例によって「ほらほら、閉店しちゃうだろ」と僕を急かし出した。どこまでも勝手気ままな奴め、おまえの買ったアイスを盗み食いしてやるからな……と心に誓って、僕も踵《きびす》を返す。傷が痛いからあまり速くは歩けない。それでも閉店までには間に合いそう……と思ったあたりで、踏切にぶつかった。

遮断桿が降りている。たった三輌の電車なのだが、駅の近くは減速するので、通過にそこそこの時間がかかるのだ。小日向は「あ～、もう」と、こらえのきかない子供みたいにその場で足踏みをしていた。

夜の電車が走る時、中にいる人の様子を観察してしまうのは僕だけだろうか。周囲は暗く、けれど車内は明るく、人々の姿がよく見える。表情だってわかる。この時間帯は勤め先から帰宅する人が多い。

みんな、自分の家に帰っていくのだ。

そこには家族がいたり、いなかったり、猫だけが待っていたり、あるいは熱帯魚だとか？　とにかく人それぞれに、家がある。家……。家って、結局なんだろう。辞書的な定義だと、人が居住するところ、という感じだろうか。屋根があり、壁があり、雨風を凌げ、安心して身体を休めることができる場所。ちゃんと布団がある場所。僕の場合、まだ借りた布団ではあるが。

電車は行き過ぎ、遮断桿が上がり始める。

ほぼ同時に、僕のスマホが鳴った。

決まった着信音。彼女からだ。小日向が僕を見る。睨むような、強い目だった。なぜだかこいつと居る時に、彼女から電話がかかってきてしまうことが多い。確かこれで三回目だ。

僕はスマホをポケットから出した。

日に一回だけの電話。

ランダムな時間で鳴る電話。

小日向には悪いが、もちろん僕は電話に出…………。

「あ」

スマホが消えた。僕の手から。

小日向が奪い取ったからだ。電話に出ることを躊躇っていたのはほんの一、二秒だったはずなのに、あっというまにひったくられた。

しかも、投げた。誰が。小日向が。

そして飛んだ。なにが。僕のスマホが。

「アーーーーッ！」

これが叫ばずにいられようか。

線路に向かって、思い切り投げつけられた精巧きわまりない機械が、バリンと無残な破壊音をたてる。僕はすぐに拾いに行こうとしたのだが、その時また甲高《かんだか》い警報音が鳴り出した。また電車が来る。いや、まだ間に合うと走りかけ、つんのめる。小日向に服を摑まれていたのだ。

「なっ、離せ！」

「いやだね！」

それでも進もうとしたのだが、腹部に圧がかかって痛む。銀色の車輛がどんどん近づいてきて、僕は哀れなマイ・スマホを救出することができないまま——、電車が通過していく。

呆然自失というのは、こういう時に使う言葉なのだろう。

なにこれ。なんで？　どうして僕のスマホが、高かったスマホが、最新のアイフォーンが、電車に踏みつぶされなければならないんだ？

「おま……」

人間、本当に怒ると言葉が出にくくなるようだ。

「おまえ……なに考えて……」

「出なくていいだろ」

この言葉に、僕の脳はやっと「怒り」の表現を思い出したようだ。傷の痛みすら忘れて踏みだし、生まれて初めて他人の襟首に摑みかかった勢いで「おまえが決めるなよ！」と怒鳴っていた。

「僕にかかってきた電話だ！　おまえが決めるな！」

「いいんだよっ！　出なくて！」

小日向も負けじと怒鳴り返してくる。襟首を摑まれたまま、額をぶつける勢いでむしろ僕に近づき、

「死んだヤツとなに話すってんだ！　もうそんな電話出なくていい！」

荒々しい語調でそう言った。

小日向の唾《つば》が頬に飛んだのがわかったけれど、僕はそれを拭うこともできない。

なに言ってんだ、こいつ？

そう思ったのは一瞬だった。記憶の混乱と、感情の焦燥。でもそれはすぐに去り、僕の感情は熱を失って、キンと冴える。真っ当に機能し、すべてを理解し、一瞬といえど混乱した自分をむしろ怖く思った。この一年、ほぼ毎日彼女と話していたから……話しているふりを続けていたから、いわば軽い洗脳にかかっていたのかもしれない。洗脳を仕組んだのも、僕自身なわけだが。

「……なんで……？」

けれど、なぜ小日向がそれを知っているのか。

奴から手を離し、一歩後退して僕は聞く。自転車が一台、踏切を渡ってきて、若い男は怪訝な目で僕らをチラリと見た。

「彼女のこと……調べたのか？」

「調べるかよ」

吐き捨てるように小日向が答える。

「フツーに信じてたよ。別れた嫁と毎日電話してるなんて変なヤツだと思ったけど、まあ、そういうこともあるのかなって。けど、おまえがちったんに腹刺されて、熱出して寝込んでた時、鳴ったんだよ、その着信音が」

枕元で鳴っても、僕は起きなかったらしい。

小日向は、いつものだなと思っただけで……だがたまたまその時一緒にいた邑が、チラリとスマホを見て小さく呟いたそうだ。

——リマインダー、か。

「それで、気がついた」

……なるほど。

それは、気がついて当然だ。

そうかそうか。そういうことか。……僕は今、自分がどんな顔をしているのかわからない。たぶん、突然機能停止してしまったペッパーくんみたいな感じではないか。

「おまえは、電話に出ていたわけじゃない。自分でセットしておいたリマインダーが鳴るたびに、別れた嫁から電話がかかってきたことにして、スマホを耳に当ててた。一方的に話してた。なんだよそれ？　なんでそんなことする？　そんなことでもしなきゃいられない理由ってなんだ？　……そう考えたら、答えなんかせいぜいふたつだろ。おまえが頭のおかしいストーカー気質なのか、でなきゃもうその人は、この世にいない」

小日向の声がやや小さくなり、「ストーカーは……違う気がした。確証があったわけじゃねえけど……」とつけ足す。

うん。正しかったぞ。おまえの思ってた通りだよ。

もうその人は、この世にいない。

「二年前に、死んだ」

小日向に言ったというより、自分に向かって言ったような気がする。

「自殺だった。姉ちゃんと同じで、マンションから飛び降りてしまった。はっきりした原因はわからないけど、難治性の病気にかかってたらしい。僕は聞いていなかった」

遺書もなかった。なにもなかった。

手紙も。

日記も。

メモ一枚すら、なかった。

「なにもかも、きれいに整理されてて、完全に死ぬ用意がしてあった」

ものが少なすぎる部屋。

初期化されたパソコン。

解約された携帯電話。

「僕との離婚も、用意のひとつだった。亡くなる三か月前に、突然離婚してくれって言われたんだ。ほかに好きな人ができたって。嘘だったけどな」

あんまりだと思う。ひどい仕打ちじゃないか。

彼女は僕に、喪主すらさせてくれなかったのだ。

僕は知りたかった。彼女の気持ちを、嘆きを、共有させてほしかった。けれどそれは僕の勝手な願いであって、たとえ僕がそれらを共有したところで……彼女の救いにはならなかったのだろう。だから彼女はなにも言わず、ひとりで死を選んだ。治らない病、あと数年の命、それを知らせて僕を悲しませることが、つらかった？　むしろ負担だった？　同情されたくなかった？　わからない。永遠にわからない。でも僕はわかりたい。どうしてもわかりたい。理解したい。せめて納得したい。答がないのなら、答がないという証明が欲しい。

どうしてみんな、僕を放り出す？　闇の中に置き去りにする？

姉にしても、彼女にしても。

「だから僕は……彼女と毎日話していた。僕の記憶の中の、彼女と」

リマインダーをランダムに登録して。

自分でも、いつ通知が入るかわからないようにして。

ひとり二役の芝居のように、彼女と話し続けた。彼女の言葉は僕の中にごく自然に浮かんできたから、なんの苦労もなかった。楽しかった。さみしさが紛れた。電話のあとに湧き起こる虚しさをスルーするスキルも、いつしか僕の身についた。

「むッ、いッ、みーーーー！」

夜空に向かって小日向が叫ぶ。

両腕を広げ、胸を大きくあけて、まるで『ショーシャンクの空に』のポスターみたいな仰々《ぎょうぎょう》しさで。

「うあー、無意味だ。チョー無意味だっ。くっだらねー！」

身も蓋もない台詞だが、正しい。

小日向が正しいことを言うのは珍しいが、今回は正しい。自分のしていることの無意味さに、僕は心のどこかで気がついていたが、どうしてもやめることができなかった。彼女からの電話がない日々を送る勇気がなかった。誰といようと、どこでだろうと、あの着信音だけは聞き逃さなかった。出なければならないと思っていた。それが虚しいひとり芝居だということすら——忘れそうになっていた。

「おまえがおまえの記憶の中の彼女と話したって、彼女のホントの気持ちなんかわかるわけねーじゃんか！　おまえの記憶の中の彼女は、結局おまえが知ってたぶんだけの彼女で、そんなのは、つまるとこ、意味ねーよ！」

「そうだとしても、そうしたかった」

「おまえって、わりと気持ち悪いよな」

はっきり言われ、僕の口が自嘲《じちょう》に歪む。まあ、そうかもな。けど人のスマホを壊しといて、その言いぐさはないだろ。

「矢口はさあ、なんで帰ってきたの？」

「え？」

小日向の質問に、僕は即答できなかった。

「なんで帰ってきたの、雨森に」

「なんでって……」

格安物件が見つかったから。そこそこ土地勘があったから。銭湯が近くてしかも温泉。どれも嘘ではないが、本当でもない。なぜ雨森だったのか答えられない。自分でびっくりするほど、理由が思いつかない。

「おまえの姉ちゃんが死んだ町で、家族がバラバラになるきっかけになった町だろ。俺、しょーじき、おまえはもう一生、雨森には帰ってこないと思ってたよ。でも突然現れたんだよな。それって、なんで？」

「……いつまでも過去を引きずるような歳じゃないだろ」

「答になってねえ」

「いいことだって、あった」

「なにが」

「すぐには思い出せないけど……なんかしらは、あった、はずだ。雨森中は、悪くなかったたし。文月先生もいたし……」

自分で言ってて苦しいなと思う。

だって、小日向の言うとおりなのだ。悪い思い出のほうが多いはずなのだ。なのに、なんで、僕はここに戻ったのか。なにが僕を、この雨森町に引き寄せたのか。

「小日向は……あれか、僕がここに帰ってきたことに、文句でもあるのか？」

「ねえよ」

即答が帰ってくる。

「文句なんかない。嬉しいよ、俺は。おまえが戻ってきて嬉しい。たぶんおまえが想像してるより、ずっと嬉しい。なんなら泣きながら抱きつくか？」

そう聞かれ、僕は「遠慮しとく」とすぐ答える。小日向はちょっと唇を尖らせ「とにかく、おまえは、おまえって奴はさ！」と偉そうにビシリと指さしてくる。けれどそのあとの言葉がなかなか続かず、しばらくウーウーと唸っていたが、結局、

「まずは布団を買え！」

そう叫んだ。

「は？」

「カーテンもだ。あと本棚とかソファとか、鍋とか炊飯ジャーも！」

「なんの話だ」

「あのなあ。おまえの部屋入った時、正直怖かったんだよ、俺。なんもねえ。がらんとしてて、人の住んでる気配もねえ。あれはだめだ。ぜんぜんだめ」

「時代は断捨離なんだよ。ものが少ないほうが、生活がスッキリしてていい」

「スッキリさせんな。人生はもっとゴタッとしてるもんだ」

「人生じゃなくて生活の話だろ」

「生活が続いたもんが人生だろうが」

そんな単純な、と反論しようとしてやめた。生活が続いたら人生——その通りだ。ならば人生はなんぞやと問えば、それすなわち生活なのだろう。単純すぎて、忘れそうになるけれど。

「おまえは仕事も辞めて、モノも捨てまくって、いろいろ断捨離しすぎ」

「本当に必要なものなんて……そう多くない」

「悟ったようなこと言ってんじゃねえ。坊主はチュンだけで充分だっつーの。なァにが本当に必要なもの、だ。百年早えんだよ。そんなこた平然と野グソできて、葉っぱでケツが拭《ふ》けるようになってから言え」

それはもはや、断捨離というよりサバイバルである。まったく小日向のもの言いにはいつも呆れてしまい……でも、ちょっとばかり、笑えもする。

か細い三日月の下、小日向が線路に入った。

僕のスマホを拾い上げ「ホイ」と投げて寄越す。枕木の上に落ちたらしく、列車には踏まれていなかったようだが、液晶は完全に死亡している。

「ああ……これ、何万したと思ってんだ……」

「おまえのことだから、きっちり修理補償かけてんだろ。だいたい、そういう金の話ができるヤツは、もう死人と電話する必要はねーっつーの。……あっ、ちっくしょー、九時回っちゃってるよ！　シャトレーゼ閉まっちゃったじゃん！　どうすんのアイス！　俺のアイス！」

まるで僕の責任であるかのように、小日向が騒ぐ。

「おまえがスマホ投げたからだろ。言っとくが線路にモノを投げ込むのは犯罪だ」

「コンビニでアイスおごれ」

「なんでスマホ壊された上に、たかられなきゃならないんだ？」

「おごれったらおごれ。……アイスに芋けんぴ刺して食べたらうまいかな？」

「知るか」

僕たちは結局踏切を渡ることなく、回れ右してコンビニに向かったのだった。

「和歌はねえ、恋の主題《テーマ》が多いの」

歌うように喋る老婦人だった。

「俳句は、季節の様子を映す場合が多いわ。だから必ず季語が必要。でも短歌に季語はいらないのよ。使える文字も十四文字増えるし、短歌のほうが自由な感じがして、わたしは好きなのね。俳句はね、ちょっと短すぎて難しいの。鑑賞するぶんにはとてもいいのだけれど。子規《しき》とか、やはり素晴らしいわよね。でも作るなら短歌。短歌には、恋の主題が多いの」

話が戻ってしまった。

先ほどからこんな感じで、もう三巡目くらいだろうか。僕の前にあるコーヒーはすっかり冷めてしまっている。

「橋本《はしもと》さんは、どんな短歌を作ってんの？　やっぱ、恋の歌？」

小日向の問いに、橋本さんは「うふふ」と擽《くすぐ》ったそうに笑った。きれいな白髪をふんわりとセットし、襟周りがヒラヒラしたブラウスに、春らしい淡いグリーンのカーディガンを着ている。襟元にはテントウ虫のブローチが飾られていて、身なりは洗練されていた。経済的に余裕のあるお年寄りなんだろうなと思わせる。

「それは、まあ、そうよ。でもわたしはおばあちゃんなので、昔の恋を懐かしむ歌」

「二十三年前は、若かったでしょ」

「そりゃあ、今よりはね。あの頃で五十代半ば……子供がだいぶ大きくなったから、自分の趣味に費やせる時間もだいぶ増えたのよ。だから、昔の恋を思い出して、詠んでみたり。和歌はね、恋の主題が多いから」

また戻る。永遠のループだったらどうしよう。

僕は手持ち無沙汰に、ぼんやりと窓の外を眺めていた。

カフェの前は見事な桜並木になっていた。カレンダーはすでに四月、一昨日、ようやく東京の桜も満開を迎えた。開花から満開まで十二日かかっているというから、ずいぶんもったいつけられたものだ。

ひらひらと花びらが舞っている。

この国の古典で「花」といったら、それは桜のこと。

そう教えてくれたのは文月先生だった。何度も言うが僕は賢い子供だったので、国語もよくできた。古典に関しても、有名な歌人やその時代背景など、知識としては理解できたが……情緒的な解釈はやや苦手だった。文月先生は詩歌が好きだったので、僕たちにも和歌や俳句、あるいは自由詩をよく作らせ、その時は苦労したものだ。

大きな窓から暖かい陽光が降り注ぎ、橋本さんの柔らかな声をＢＧＭにウトウトしてしまいそうな陽気だ。

事故現場前のカフェに、僕と小日向は来ている。

なるほど、花川の言うとおり、ここからならば現場の道路がよく見える。すぐ前の二車線道路は、少し先で幹線道路に接続するため交通量が多い。そのわりに横断歩道が少なくて、歩行者としてはあまり便利とは言えない。トラックなど大型の輸送車も多く、どの車も結構なスピードを出していた。強引に渡るのはどう考えても危険だ。

けれど先生は、この道路に飛び出したのだ。

そしてスピード違反の車に撥ねられ、頭部を打って、搬送先の病院で死亡した。

二十三年前の、十二月に。

「和歌は自分で作るのも楽しいけれど、昔の人の歌から、今の自分の心情に近いものを探すのもいいものよ。そしてそれを、愛する人に贈ったり、ね。うふふ」

橋本さんのロイヤルミルクティーはホカホカと湯気を立てていた。二杯目だからである。小日向の前には、すでにからっぽになったイチゴパフェのガラス容器がある。

「橋本さんはどんな歌が好き？」

「わたし？　そうね、たくさんあるけれど……与謝野晶子はやっぱり好きねえ。薔薇の花今や終の近づきて　限りも知らず甘き香を吐く……こんな薔薇みたいに死ねたらいいのにと、最近はよく思うの」

「薔薇みたいに？」

「ええ、薔薇みたいに」

橋本さんは満足げに頷いた。相変わらず、小日向は女性の話を聞くのがうまい。もし僕が相手をしていたらとっくに「それはさておき、事故の日の話を聞きたいんです」と言い出して、橋本さんの不興を買ったことだろう。

黙っているほうが得策の僕はヒマなので、つい外ばかり眺める。

ガラス窓に、桜の花びらがひたりと触れた。すぐにはらりと落ちていく。平日の日中だというのにカフェは満席だ。なるほど、ここは花見の穴場スポットなのだろう。

僕は右手を軽く上げて、蝶ネクタイの店長さんを呼んだ。

シルバーグレーの髪をオールバックにした、漫画に出てくる執事みたいな老紳士が、姿勢良くテーブルに近づいてくる。僕は新しいコーヒーを頼み、小日向は紅茶を、橋本さんはホットケーキを注文した。さきほどメニューで見たそれは、確かにおいしそうだった。パンケーキではなく、あくまでもホットケーキ。キツネ色のフカフカが二枚重なり、中央にバターが鎮座しているクラシカルなタイプだ。

事故のことを、店長はよく覚えていた。

自分の店の真ん前で人が撥ねられたのだから、当然かもしれない。ただし、その瞬間はちょうど厨房にいたので、現場を見たわけではないそうだ。ほどなく救急車がやってきて、女性を搬送していき、のちに新聞記事で死亡してしまったと知り、とても残念に思った……そんなふうに話してくれた。さらに、

——橋本さんなら、なにかご覧になっていたかもしれません。

店長はそう教えてくれたのだ。

橋本さんはかれこれ四十年もこの店に通っている常連客らしい。付近のカルチャーセンターで、和歌、編み物、パステル画など週三回のお稽古事があり、帰りは必ずここでロイヤルミルクティーを飲むという。

そして、事故現場がよく見えるこの場所が、かつて橋本さんの指定席だったそうだ。今日は僕がその位置に座っている。当然ながら橋本さんにとって、事故の瞬間を見てしまったことはショックであり、以来、窓の見える席には座らなくなった。つまり今も、橋本さんは窓を背にしている。

——ただ、当時のことをどれだけ覚えてらっしゃるかはなんとも……あと、同じ話を繰り返される傾向があるので、そこは辛抱強くお聞きになるしかないかと。

店長はそんなアドバイスとともに、僕たちに橋本さんを紹介してくれたのだ。

「そうだ。こいつね、担任の先生から和歌を贈られたんだよ。中学生の時」

小日向が人をネタにし、橋本さんが「あらまあ」と興味津々な顔で僕を見た。

「どんな歌なのかしら？」

「いえ、それは……」

「ね、教えてちょうだい。知りたいわ」

ご高齢のふわふわしたご婦人にねだられたら、もう回避は不可能である。僕はコホンと小さく咳払いをしてから、

「忘れなむと思ふ心のつくからに　ありしよりけにまづぞ恋しき……」

とやや小声で言った。内心、すてきな歌ねえ……的なコメントを期待していたわけだが、橋本さんは「あら」と、小首を傾げて困ったような顔をする。

「先生が生徒に、その歌を？」

「あ、やっぱヘン？」

小日向が聞くと「うーん、ちょっとねえ」と答える。

「だって、恋の歌だもの」

「ええと……僕が転校することになったので、さみしくないようにと励ましを……」

「だとしても、ほかにチョイスがありそうなものよねえ。短歌なんて山ほどあるし、その方、国語の先生よね？　なら自分でも作れるでしょうし。まさか、教師と生徒の禁断の恋だったのかしら……？」

うははは、ないないない、と小日向が笑う。確かにそんなことはないのだが、笑い飛ばされると軽くムッとしてしまう僕である。

「ダサい眼鏡小僧の中学生だったんだよ、こいつ。それはないよー。あ、その先生っていうのがね、ほら、例の事故の」

「ああ、あの交通事故ね。そうよね、それをお話ししに来たんだったわ、わたし」

橋本さんが頷き、やっと話が繋がった。ここまで辿《たど》り着くのに一時間ほどかかってしまったが、それでも進展はありがたい。僕は一度腰を浮かし、きちんと座り直す。

「日記をね、持ってきたの。わたし、十八の頃から一日も欠かさず日記をつけているのよ……ええと、ここね。この年の十二月」

ここでも日記が登場か。

筆まめだなと感心する。日記をつけているのは圧倒的に女性が多い印象があるのだが、単なる思い込みだろうか。少なくとも僕の友人知人の男で、継続して日記をつけている奴は皆無だ。僕にしても、経理の仕訳帳なら毎日記録できるが、プライベートな日記は無理である。

橋本さんが古い日記帳のページを開く。達筆すぎる崩し字は読むのが難しい。

「ショックだったと書いてあるわ……。だって、目の前で人が轢《ひ》かれてしまったんだもの。思わず叫んでしまって……そのあとで、ちょっと気分が悪くなっちゃったの」

「そうなんだ。大変だったね。モロに見ちゃったの？」

「血が見えたとか、そういうのではないの。確かあの方、外傷はほとんどなくて、頭を打って亡くなったとか」

「うん、そうみたい」

「あの時、彼女が道路に駆けだしてきて、次の瞬間にはトラックが……そして彼女はもう、わたしの視界から消えていて……ああ、ごめんなさい」

軽く額を押さえて、橋本さんが俯く。長い年月が経っていても、その恐ろしい光景は強く心に刻まれているようだ。僕はつい「あの、無理に思い出さなくていいので」と言ってしまった。いろいろ思い出してほしくて、ここに呼んだはずなのに。

「大丈夫よ、ごめんなさいね。あの時も、こんなふうになっちゃって。サークルの若い方に家まで送っていただいたの。和歌サークルの集まりで……もう平気。あなたたちはあの人の生徒さんだったんだものね。事故のこと、知りたいと思うのは当然だわ」

ふう、と橋本さんが息を整える。

「でも、わたしが見たのはそれくらいなのよ。走ってくる彼女の姿だけ」

「それは、突然でしたか？　歩道から、突然道路に？」

「そう見えたわ」

「……自殺のように見えましたか？」

僕の問いに、橋本さんは小さな目を丸くして「ええ？」と驚いた。

「すみません、へんな質問をして。でもここが大切なところで……」

「いいえ、あれは事故ですよ。警察もそう発表したでしょう？」

「自殺だという噂があったらしいんです」

「それは奇妙ねえ」

橋本さんは頰に手を当てて首を傾げた。そしてゆっくりと上半身を捻り、恐らくはずいぶん久しぶりに、ガラス窓ごしの風景を見る。

「わたしがショックだったのはね……亡くなってしまった方の、その寸前の顔が見えていたからなの。表情を知っていたからなの。あんなふうに微笑んで、きれいな髪をなびかせていた人が……次の瞬間には死んでしまうなんて」

微笑んで？

まったく予想外の言葉に僕は戸惑った。

僕が無意識のうちに想像していた事故直前の先生は……生きることにひどく疲れ、能面のように無表情で、なにかに引き寄せられるようにふらふらと道路に彷徨《さまよ》い出て……。

「笑ってたと思うの」

橋本さんが言葉を重ねる。

「わたしの記憶ではそうなの。ああ……そう、思い出した。あの日はね、小雪がちらついていたわ。ほら、今日の桜みたいに、ちらほらとね。そんな中に、あの人はいたわ。道路の向こう。そしてフッとこっちを見て、微笑んで……」

「こっちって……つまり、橋本さんを見て？」

僕が聞くと「いえいえ、そうではなく」と橋本さんは、顔を窓から僕たちに戻した。

「わたしを見ていたわけじゃないわ。目が合ったりもしていないし。ただ、道路を挟んだこちら側の、なにかを見ていたんだとは思うけれど。見ていたというか……見つけたみたいな」

「なにをです？」

「それはわたしに聞かれてもねえ」

見ていた。

見つけた……？　道路を挟んで。

僕は立ち上がった。

橋本さんに「すみません。ちょっと」とだけ残して、早足に店を出る。

小日向に矢口、と呼ばれたが、振り返らなかった。奇妙に気が急いていて、上着も置いたまま外に出たが、寒くはない。春のぬるい風が吹いて、桜を散らしている。

確認したかった。

先生と同じ場所に立ち、見える光景を確かめたかった。

車が途切れるのを待ち、道路を渡った。小走りに。

渡り終えた歩道で、振り返る。

アンティークな外観のカフェを見た。ガラス越しに小日向の姿がある。橋本さんも僕を見ている。

カフェの前の道路には、電柱と、ポストと、桜の並木。当時は冬で裸木のはずだから、もっと視界はよかっただろう。雪だったとしても、十二月ならたいした降り方じゃない。

橋本さんも、小雪と言っていた。

あの日、先生はなにを見たのか。

なにを、見つけたのか。

……タイムマシンがあればいいのに。

子供っぽい考えが頭に浮かんで、自分でも驚いた。小日向の小学生思考が乗り移ったのだろうか。そういえば、デロリアンが云々言っていたのもあいつだ。アメ車であれ、机の引き出しであれ、時空を超えられる乗り物が実在しているならば、僕は二十三年前のこの場に行ける。

そうしたら、花びらではなく小雪が舞っている。

あの日の、あの時の、十二月の。

ひやり。

ふいに冬の冷たい空気に包まれる。

景色が変わっている。音が消え失せている。

ゆっくりと横を見た。

僕の隣には先生が立っていて、カフェのほうを見ている。

僕は先生を見つめるけれど、先生は僕を見ていない。過去を変えてはいけないというSFのルールにのっとり、僕は先生を止めることはできない。そのルールは絶対なので、どの時間に飛ぼうと、僕はなにも変えられはしない。姉さんを止めることもできないし、彼女を止めることもできない。彼女たちをどんなに止めたくても、死なせたくなくても、伸ばした僕の手は彼女たちをすり抜けて、ただ虚空を摑むのだ。

僕はなにもできない。役に立たない。

僕だけが残されて、納得のいく答はもらえない。自分で考えろとばかりに、彼女たちはどこまでも残酷だ。

おまえが生きる理由を私たちに求めるな。

おまえが死にたい理由を私たちに求めるな。

どこまでいこうと、人はひとりなのだから、自分で考えろ。簡単だと思うな。身悶《みもだ》えるように考えろ。上《うわ》っ面《つら》だけ整えて、スッキリしようとしても無駄だ。人生はもっとゴタッとしてるもんだ。

……それ、誰が言ってたんだっけ？

小雪が舞っている。

先生は道の向こうを見つめて動かない。どうしたことか、道路の車も止まっている。

僕は時の狭間に落ちてしまったらしい。

すべてが止まっているのに、僕の吐く息だけが白く生まれては消えていく。

シャツの胸ポケットに入れていた新しいスマホが振動し、鳴った。

静寂を破ったその音に僕はちょっと驚いて、瞬きをした。同時にパアンッとクラクションの喧《やかま》しさが聞こえた。バスが目の前を通り過ぎて、埃《ほこり》っぽく温い空気をかき混ぜる。

鳴り続けるスマホを慌ててポケットから出すと、画面の上に花びらが降りる。

「もしもし」

『なにボーッとしてんだよ。立ったまま死んだかと思うだろーが』

小日向からだった。道路越しのカフェで、スマホを耳に当てている姿がここからも見える。ちなみに僕の壊されたスマホは修理不可能で、結局新品を買うしかなかった。リマインダーはもう使っていない。

『あのさ。今、橋本さんの日記見せてもらってんだけど』

小日向が言い、ガラスの向こうで軽く日記帳を上げた。僕は「ああ」と頷く。

『先生の日記と違って、すげえ詳しく書いてあるんだ。和歌サークルの出席者、講師の名前、自分の歌とその評だとか。日記っていうか、なんか会議とかの記録みたい。で、事故のことはさっき聞いたとおりなんだけど……気分の悪くなっちゃった橋本さんを送ってくれたのって、誰だったと思う？』

まったく予想外の質問に、僕が答えられるはずがなく「さあ」と答えた。

『その人、橋本さんの近くに座ってたんだって』

「なら、その人も事故の瞬間を見てたわけか」

『いや。その時は五人グループで、店は混んでた。だから、四人掛けのテーブルに椅子を追加したんだってさ。その人は橋本さんの左斜め……つまり、ここにいた』

小日向が、椅子ごと移動する。長方形のテーブルの、辺の短い位置。いわゆるお誕生席というやつだった。なるほど、そこで普通に正面を向いていると、僕のいる方向は見えにくい。

『事故の瞬間をモロに見ちゃったのは橋本さんだけ。ショックで気分が悪くなっちゃって……親切な人が家まで送ってくれたんだよ。当時の和歌サークルで、一番若い仲間だった、星宮さんが』

「……え？」

凛子の父親の？　これまた意外な名前の登場だ。僕は頭の中を整理しつつ、

「待てよ、でも星宮さんはこのあいだ、短歌なんかまったく興味がないって言ってたし、彼が嘘をつく必要は……」

そこまで言って、気がついた。

違う。

彼ではない。星宮克也さんではない。

つまり、凜子の父親ではなく――。

二の句が継げないまま、小日向を見た。道路越しでも、顔ははっきり認識できる。

小日向も僕のほうを見ていたが、ふいに顔を正面に戻し、スマホもテーブルに戻し、姿勢良く座り直した。僕から見えるのは小日向の横顔になる。

道路の向こう、ガラス窓の向こう。

桜が舞い散る向こうの、きれいな横顔。

――和歌を書いた一筆箋がどっさり隠してあったの。

――妻は、古典文学が好きなようでしたが……。


――道を云はず後を思はず名を問はず　ここに恋ひ恋ふ君と我と見る

あの日……先生は、なんの用事でここに来ていたのだろう。

そこまではわからない。ここは雨森から近く、大きな書店や銀行がある街なのでなにかしらの用事があっても不自然ではない。

そして駅前の、この通りを歩いていて、見つけたのだ。

道路を挟んだ喫茶店に、もうじき会えなくなるその人を。

だから弾かれるように駆け出した。

車道をろくに確認もせず、心の欲するまま——髪をなびかせて、走った。

別れを告げる前だったのか、後だったのか、それはわからない。あるいは、彼女にはなにも言わないまま、先生は雨森を去ろうとしていたのかもしれない。それらの事情を僕らが把握することは、もう永遠にない。

わかるのはひとつだけ。

先生は見つけたのだ。

舞い散る小雪の向こうに、愛する人を見つけた。そして微笑んだ。

先生は、走らずにはいられなかったのだ。

髪ながき少女とうまれしろ百合に　額は伏せつつ君をこそ思へ

「自殺では、なかったんですね？」

もう一度、確かに、確実に、確認したい。そんな気持ちが溢れる目つきで僕を見て、文月多美夫さんは聞いた。だから僕も、きちんと答えたいと思った。

「はい。あれは交通事故です。先生は自分で命を絶ったりしていません」

よかった、と多美夫さんは脱力し、もともとなだらかな肩がさらに下がる。それから改めて、僕と、隣に座している邑とに頭を下げて「本当に、ありがとうございました」と丁寧すぎる礼を言ってくれた。

ソメイヨシノがほぼ散った四月半ば、僕は再び川越に来ていた。

今日は邑が一緒である。体調を崩していた住職が元気になり、いくらか時間の都合がつくようになってきたそうだ。邑の車で、もちろん運転も邑がしてくれて、小日向と違い、延々とくだらない話をしたりしない邑なので、非常に快適なドライブとなった。

僕は先生のお兄さんに日記を返し、報告した。

確かに先生は、仕事関連でトラブルを抱えてはいたらしい。けれどそれは、先生の死とは関係がない。事故現場を目撃した人の話も聞き、自殺には見えなかったという証言も得たし……なにより先生は恋をしていた。愛する人がいた。だから、自殺などするはずがない。

そんなふうに、説明した。

　邑は黙って、時々僕の言葉に頷くだけだったが、なにしろばっちり僧侶姿なのでものすごい説得力があり、多美夫さんは自然と邑に向かって合掌していたほどだ。僕までつられて拝んでしまい、邑はちょっと微妙な顔つきで合掌を返していた。

「母にも伝えます。これで安心してくれると思います」

「そうだといいですね。……あ、これをお母様に渡してください。先生が恋人に贈った和歌なのですが、えー、紆余曲折あって、僕の手元にきてまして……」

「忘れなむと思ふ心のつくからに　ありしよりけにまづぞ恋しき……。恋の歌ですね」

　ええ、と僕は笑い「恋の歌です」と答える。ちょっと苦笑みたいになってしまったが、多美夫さんは気づかなかっただろう。

　文月家を辞する時、「お土産に」と芋けんぴの袋をいくつも渡され、ありがたくちょうだいした。小日向が独り占めしないように気をつけなければ。

「邑さ、先生んちの仏壇にお参りしてただろ？　あれっていいの？」

　帰りの車の中で僕は聞いた。

「いいって、なにがだ？」

「ほら、宗派的な」

「ああ。お位牌がなかったから、文月家は浄土真宗だろうな。蠟燭立てが鶴亀だったから、たぶん大谷派だ」

「さすがだな……。で、坊さんが違う宗派の仏壇を拝むってあり？　こう、バルサのサポーターなのに、ロナウドのポスターを拝んじゃうみたいなことにならないのか？」

「その喩《たと》えはよくわからないが、仏はすべて繋がっているので問題ない」

「ふうん。……あと、なんで今日はそのスタイル？　なんとなくありがたみがあっていいけど、動きにくくないか？」

いや、と邑は大きな手でステアリングを操りながら答える。

「慣れてるから、動きにくくはない。あとはまあ……俺の場合、きちんとした格好ならこっちのほうが無難なんだよ。ダークスーツなんかを着ると……どうもこう……」

「アウトレイジ的な」

「残念ながらそうなる。だから法衣にした。スーツを着るのは、同業者以外の結婚式に呼ばれた時くらいだな。法衣はどうしても葬式の印象になるから」

「え、待って。つまり、同業者の結婚式だとその格好なのか？」

「そうだが、もう少し派手バージョンだ。仏前結婚だから、式は問題ないんだよ。ただ、ホテルとかの披露宴がな……なかなか眩しい光景になるぞ」

披露宴会場に坊主頭が居並ぶ光景を想像し、僕は笑った。邑もつられて少し笑っている。眉毛はだいぶ生えてきて、強面《こわもて》度は多少低くなった。あるいは、単に僕が邑を見慣れたというだけかもしれない。

「あの歌、渡してしまってよかったのか?」

「え?」

「忘れなむ」

「ああ。いいんだよ。もともと僕あてじゃなかったわけだし……」

まったく、文月先生のおっちょこちょいにも困ったものだ。

僕が転校する時にもらった手紙……あの歌は、本来べつの人物に渡されるものだった。そして、僕がもらうべきだった手紙は、その人物のもとに行ってしまっていた。なんでそんなことになったのかよくわからないが、僕の予想では、同じ封筒に入れてしまったためにおきた単純な間違いではないだろうか。

「夕方には雨森に帰れる」

運転を続けながら邑が言う。僕は答える。そうだな、帰れるな、と。

「今日は『てらこや』の日なんだが、手伝ってもらえるか? 竜王が矢口に算数を教わりたがってるんだ」

「いいよ。僕は竜王に将棋を教わろうかな。やったことないけど」

「矢口ならすぐ覚えられる」

「邑はやるの?」

「ヘボ将棋だけどな。ユキがなかなか強いぞ」

「それは意外」

「理屈じゃなく、感覚で指してるんだろう。いい時と悪い時の差が大きくて、いいほうに転がると竜王も負かされるほどだ。ユキは手加減ってものをしないし」

「大人げないな……」

「まあ、ユキだからな」

「そうだな」

ここで「そうだな」と納得してしまえるようになった自分がちょっと怖い。

五時ちょっと前、僕たちは雨森町に戻った。邑の寺の前で降ろしてもらい、そこから花川内科クリニックへと向かう。簡単に、今日の報告をしておこうと思ったのだ。

途中、短い橋が見えてくる。

手すりに寄りかかるようにして、身体を折り曲げている姿があった。見覚えのある抹茶色のカーディガンに、僕は慌てて駆け出す。抱えた芋けんぴの大袋がガッサガッサと音を立てた。

「キミエさん！」

橋の中央で、蹲《うずくま》るようにしている背中に声を掛けた。

「あらあ、三階さん……」

「どうしました。どこか痛いんですか」

「いえいえ、違うのよ。靴の中に、なにか入ってしまったみたいでね」

「ちょっと見せてください。ええと、僕に寄りかかって……そう、靴脱いで」

僕はその場に膝をつき、キミエさんは僕に身体を預けて片方の靴を脱いだ。僕はそれを預かり、逆さまにして軽く振ってみると、尖った小石が転がり出てくる。

「あー、これが入ってたら痛いな」

「まあまあ、ありがとうねえ、助かったわあ。あなた、どこか行ってたの？」

いつもよりは畏《かしこ》まり、ジャケットなど着ている僕にキミエさんが聞く。

「川越の、知人のところに」

「そうなのね。おかえりなさい」

「はい。あ、これよかったら」

芋けんぴを一袋渡す。キミエさんが「あら、嬉しい。大好きよ」と笑って受け取った。

それからちょっと首を傾げて、

「だいぶ慣れたわねえ」

と続ける。なんの話かわからず、立ち上がった僕は膝を払いながらキミエさんを見た。

「蚊柱」

「あ。…………っ、うわっ、いえ、慣れてませんっ」

ブンブンと顔の周りで手を振って、僕は慌てて橋の上から逃げ出す。

なんということだ。蚊柱の真っ直中にいたのに、言われるまで気がつかなかった。桜が終わり、もう極端に気温が下がることもなくなって、今日はことさらに暖かい。そりゃお見合い会場も賑わうというものである。

僕の慌てっぷりを笑いながら、キミエさんは悠々と橋を渡り、

「また明日、レインフォレストでねえ」

そう言って手を振った。手というか、芋けんぴの袋を振っていた。会釈を返し、僕も歩き出す。髪の毛をブンブン振った。ユスリカが入ったような気がして不快だ。相変わらず小さな虫に心を乱される僕は、しょせん小さな人間なのである。

「あ、戻ったんだね。おかえり」

診察の合間に会ってくれた花川に言われ、僕は頷き、「お土産」と芋けんぴを差しだした。花川はその袋の大きさに驚きながら「これ、止まらなくなるんだよなあ」と嬉しそうだ。芋けんぴ、大人気である。

「先生のお兄さん、どうだった?」

「自殺じゃないって説明したら、安心してた。ちょっと涙ぐんでたよ」

「それはよかった。あ、ねえ、凜子さんから面白いものが届いたって聞いたんだけど?」

「もう知ってるのか。小日向め……。見たい?」

「いいの?」

べつに構わないよと、僕は手紙を花川に渡す。

恋の和歌と入れ替わってしまった僕あての手紙は、二十三年の歳月を経てやっと届いた。送ってくれたのは星宮凜子だ。あらためてお母さんの遺品を整理していた時に、出てきたそうである。このあいだ雨森に来た折り、持ってくるのを忘れたといっていたのが、これである。

――なんだって矢口くんあての手紙が、うちの母の遺品から出てくるんだか……。さっぱりわかんないのよね。

そう言ってしきりに不思議がっていたけれど、種明かしはしないでおいた。

凜子の思い込みとは違っていたが、それでもやはり不倫関係であり――だが、当事者たちはもうこの世にいない。先生が亡くなったあとの、凜子のお母さんの胸中も僕らにはわからない。誰にも語ることのできない悲しみを秘めた日々は、さぞつらかっただろうと思うのだが……その悲しみですら彼女だけのものであり、僕らがどうこう言うのもおかしな話だ。

小日向はいくらか複雑な胸中のようだが、今でもフーちゃん先生が大好きなことは変わらないようだ。それは僕と邑と花川も同じで、全員が墓場までこの秘密を持っていくと誓っている。

どれどれ、と花川が便箋を広げた。

矢口弼様

教師としてこんなことを書くのもどうかと思いますが、あなたが雨森中に転校してきてくれて、私は本当に助けられました。

弼、という字には「助ける、支える」という意味があることを知っていますか？　名前のとおり、矢口くんは私やほかのクラスメイトたちを支えてくれていたのです。

あなたのすてきなところは、それをまったく無意識にやっているところで、たぶん私がこんなふうに感謝の手紙を送っても、ぴんとこないのでしょうね。あなたとしては、なるべく目立たないように静かに学校生活を送りたかったはず。なのにいつのまにか、小日向くんをはじめ、友達の勉強を手伝うことになり、みんなのために試験のヤマをはるようになり、結果としてクラス全体の成績を底上げしてしまった。これは本当にすごいこと。

きっとこのあと、どこに行ったとしても、あなたはその力を発揮できるでしょう。


「……ああ、うんうん。そうだよね。先生が生徒に書くんだから、こういう手紙になるはずなんだよ～。恋の歌ってことはないよなあ」

「……僕のときめきを返してほしい……」

「あははは。けど、この手紙も相当嬉しいじゃない。なんだか……大人になった今のほうが、染みる感じがある。ほんとに先生は、矢口に感謝してたんだと思うな」

「そうだったなら、すごく嬉しいよ」

僕は素直に頷いた。

先生はこの手紙で、姉の自殺については一切触れていなかった。僕たち一家が、そのために転居することはよく承知で、それでもあえて触れなかったのだろう。

励ましの言葉もない。頑張れ、みたいなありきたりの単語もない。

ただ、僕のことを褒めてくれていた。当時、混乱し、意気消沈していた僕を、ひたすらに褒めてくれていた。あの頃の僕に読ませてやりたかったと、それだけが残念だ。

診察の邪魔になってはいけないので、十分ほどでクリニックを出た。

商店街に入り、店に着くまでふたりのご老人に声を掛けられる。

「おう、三階の、どこ行ってたんだい？」

「おかえりなさい、三階さん。あらァ、おめかしして」

それぞれにそう言われて、僕は不器用な笑みを作り「ええ、まあちょっと」とだけ返した。ちなみに僕は紺のジャケットを着てはいるが、ネクタイを締めているわけでもないし、それほどおめかしをしているつもりはない。

……ということは、普段、いかにだらしないスタイルなのか、という話だ。そういえば腹に怪我して以来、ベルトが必要なパンツは穿けなくて、スウェットかルーズパンツが多かった。いささか反省である。

「おーう。おけーり」

店のドアを開けると、小日向がカウンターで新聞を読んでいた。ここは新聞を取っていないので、たぶん客が置いていったものだろう。

「……ただいま」

「はうあっ、芋けんぴ！」

小日向がおかしな声を上げて、僕の抱えていた袋をガサッと奪う。

「なあなあ、麩菓子は？　でかいやつは？」

「寄り道する時間はなかった。今日『てらこや』だろ？　邑に行くって約束したんだ。何時からなんだ？」

「六時」

「あと小一時間か。……なんだこりゃ」

店の隅にやたら大きな荷物が届いている。宛名を見ると、僕の名前だった。

「あ、布団、届いてたぞ」

「注文してない」

「注文してないのに、届くわけないじゃん」

「……おまえがしたな」

「♪お値段以上、ニトリ」

「………」

歌って誤魔化すな。なんで勝手にそういうことをするのだ。まだ邑のところから借りてる布団があるじゃないか。買うにしたって自分で選ばせろ。

……などの台詞が一瞬にして頭に浮かんだが、なんだかもう面倒くさくなってきた。小日向としては気を利かせたつもりなのかもしれないし、文句をつければ逆ギレしかねない。

「上に運ぶから、手伝ってくれ」

「あいよー」

ふたりで布団セットを抱え、えっちらおっちらと内階段を上る。この建物には、外から直接僕の部屋まで上がれる外階段もあるのだが、結局ほとんど使っていない。

六畳間にドサリと布団を置いて、今度は借りている布団からシーツを剥いだ。『てらこや』に行くついでに、邑に布団を返してしまおうと思ったのだ。もちろん、小日向にも布団を持たせる。重いほうの敷き布団にしてやる。

六畳間の窓から夕日が射していた。

この三階からは、盛土の線路を走る電車が見える。窓が開いていれば、カンカンカンと踏切の音も届く。今日、ずいぶん柔らかい音に感じられるのは、春の空気のせいだろうか。いつのまにか、春は不安定さと決別し、「もう寒の戻りとか、ないから！　むしろこれから、初夏に向かってゴーだから！」というキッパリとした態度になっている。春はゆらゆら……が終わったのだ。おかげで蚊柱は日々賑わっていて、僕はうっかり川沿いを歩けない。

「コーヒー飲むか？」

「ああ」

「パンも焼く？」

「うん」

「俺も今日は早めにクローズして、『てらこや』行こうっと」

「おまえはちゃんと役に立ってるのか？　連立方程式くらいは解けるのか？」

「あのなあ矢口。xやyを求めるより、もっと大切なことが人生にはあるんだぞ？」

「解けないんだな」

小日向の淹れたコーヒーを飲み、網で焼いたトーストを食べてから、『てらこや』に向かった。布団を返す時に、住職……つまり邑の祖父に久しぶりに挨拶をする。

「おお、転校するなり鼻血を出したあの子か！　大きくなったのう！」

と言われ、件の鼻血事件がレジェンド化しているのを知る。大きくなった、についてはあなたの孫には負けると思うのだが。

子供たちは十二畳の和室に集まっていた。

寺の客間……おそらくは檀家が集まったりする場所なのだろう。長机が並べられ、おのおの宿題やドリルを解いていた。まじめに取り組んでいる子もいれば、お喋りしつつの子もいる。自由な雰囲気で、僕の勤めていた学習塾とはまったく違って興味深い。

そんな中、携帯ゲーム機を手にしている子がいた。五年生くらいの男子で、ずっとゲームばかりしていて、教科書やノートを広げる気配はない。

すると邑が静かに歩み寄ってきて、その子の横に座る。

やめろ、とは言わないようだ。ただじっと、その子と一緒にゲーム機の画面を見ていた。その子はしばらくゲームを続けていたが、やがて根負けしたようにゲームをやめて、ちょっと怒ったような声で「宿題とか、持ってきてない」と言った。

「そうか。じゃあ、なにをする?」

やっと口を利いた邑に、男の子は「プリント」と答えた。ここには子供が自由に使えるプリント問題が用意されていて、基礎力の確認ができるようになっているそうだ。

「矢口先生。まだ、あれを教えてもらってません」

長机を挟んで座っている竜王が、細い目で僕を見て言った。

「あれって?」

「分数の割り算は、なぜ逆数をかけるのか、です」

「ああ。あれか。そっか、まだだったよな」

僕はノートサイズのホワイトボードで、その仕組みを説明する。竜王は熱心に聞き、「なるほど」と納得し、さらに「矢口先生って説明がうまいですね」と褒めてくれた。こんな子供にすら、褒められると嬉しい。いや、子供にだから嬉しいのだろうか。よくわからないが、とにかく僕は「ありがとう」と答えた。

「竜王も誰かに教えてあげるといい。人に教えると、自分の理解度が深まるよ」

「ちょっとわかる気がします」

「僕なんか、中学生の時どれだけあいつに教えたか」

小日向を見ながら言うと、竜王がニッと笑って「それって大変そう」と言った。そのとおりである。

小日向はといえば、今日もズルッとしたズボンに、やたら派手に星が散らばったパーカーを羽織った残念なイケメンで、中学生の女の子の隣にいた。勉強を教えているわけではなく、ただ話を聞いている。

クラス担任がひいきばかりするのだと、女の子は怒りながら愚痴り、小日向はひたすら「うんうん」と頷いている。おはなしきます、である。聞いているだけなのだが、あれはあれで能力だ。僕はあの手の愚痴を聞いていると、どうしても「では、こうしたらどうか」と問題解決案を出したくなるタイプで、そんな提案を必要としていない人からしばしば疎まれる。

『てらこや』は八時半に終わった。

子供たちを見送ったあと長机を片づけて、僕と小日向も寺を出た。

「布団、買ったんだな」

門まで見送ってくれた邑に言われて、僕は「小日向が勝手にな」と答えた。

「鍋釜も揃えないと、ユキが十万くらいのを注文するぞ」

「自分で買う。すぐ買う」

早口に答えると、邑が少し笑って「時間があったら、また頼む」と言った。

「うん。竜王に教え方を褒められたしな」

「仕事のほうは？」

「そろそろ真剣に考えてる。……おまえとか花川、顔が広そうだよな。個人講師探してる家があったら教えてくれ。名門私立校狙いとかの」

「心がけておく」

すでに歩き始めていた小日向が「矢口、早くぅー」と呼んだ。先に帰ればいいのに、なにしてんだあいつは。じゃあまたなと邑に言って、僕も歩き出した。

「いったん戻ったらさー、風呂行こうぜ」

緩やかな坂道を並んで下りながら小日向が言う。銭湯はレインフォレストから徒歩二分程度なので、風呂なし生活に不便を感じることはほとんどない。もっとも、腹を刺されてからしばらくは、湯船に浸かることはできなかったが。

ちったんは、まだ入院中と聞いている。早く出てこられるといい。

「二階は風呂あるんだろ」

「銭湯すぐそこだもん。ずっと使ってねーから、カビだらけ」

「おまえと風呂行きたくないいんだよな……」

「なんでっ」

「いつも僕のシャンプーを使うじゃないか」

「はあ？　ちゃんとトリートメントも使ってます！」

「なんで威張れるのだかわからん」

「つまりだな、シャンプーだけ使ったら、シャンプーとトリートメントの減り方が同じじゃなくなるだろ。たとえばシャンプーだけ早くなくなったら、ヤじゃない？　次は別のメーカーの試してみようとしても、トリートメントだけ違う銘柄になっちゃうから、ニオイが揃わないしさあ。神経質な矢口クンはそういうの気にするタイプだと思うから、だからちゃんとトリートメントも同じ分量だけ使っていくという俺の気遣い……おい、聞いてんのかっ」

わけのわからない主張をする小日向を置いて、僕は無言でさっさと進んだ。どうせなにを言っても、あるいは言わなくても、こいつは銭湯についてきて、僕のちょっといいシャンプーとコンディショナーを使うに決まっているのだ。しかも、こっちがシャンプー中で目を閉じている時を狙うという、卑怯な手段で。

「そうやって無視してるとな、おまえの固形セッケンも使うぞ！ 直接コカンを洗って、セッケンに縮れ毛をめり込ませてやる！」

あまりに下品、かつ、こいつならやりかねない最悪行為を想像し、ゾッとする。

さすがに僕は立ち止まって振り返り、「そんな真似したら、風呂に沈めるからな」と宣言した。小日向は坂の少し上から、パーカーのポケットに手を突っ込んだままケラケラ笑っていた。そしてタタンッ、とへんてこな踊りみたいなステップで坂を少し下りると、僕の位置まであっというまに追いつき、長身をひょいっと屈め、

「家《ウチ》、帰ろ？」

こっちを覗き込んで、そう言った。

きっとこのあと、どこに行ったとしても、あなたはその力を発揮できるでしょう。

だから私は心配していません。

でも、もしもなにか相談したいことや、話したいことができたら、いつでもここへ帰ってきてください。この学校を、雨森町を思い出してくださいね。

三輛しかない電車、細く続く川沿いの中学校、そしてあなたの友達のことを。


それでは、またお会いできる日まで。

文月葵　拝

この春、思いもよらぬ事態のなかで僕らは

やってしまった。

新型ウイルスのアウトブレイクによって世界規模で流通が滞り、誰かが輸入頼みのトイレットペーパーがなくなると言いだし、そりゃあ大変だとみんなが買い始め、どこかの店のトイペ売り場がガラガラになり、それを誰かがＳＮＳに投稿し拡散されて、でもその直後に今度は、トイペは国産がほとんどだから大丈夫、必要以上に買うのはやめよう！　という発言が拡散し、なぜか人は「買うな」と言われると「買いたい」という気持ちになり、「私が買いたいなら、きっとみんなも買いたいはず」と予測し、「みんな買うから、品切れるかも」と不安になって、誰しもがトイペを買いに走る――というような現象を、僕は冷めた目で見ていた。

まったく、みんなどうかしてる。

トイペの多くが国産だというのは事実なのだから、すぐ在庫は回復し、店頭に山積みになるに決まってるじゃないか。まさか今あるのがラストのひと巻きというわけじゃないだろうに、落ち着いて待っていればいいのだ。

などと、余裕ぶって構えていたわけだが。

「………小日向」

二階に下りた僕が声を掛けると、タブレットにかぶりつきで動画を観ていた小日向が「んあ？」と気の抜けた返答をする。こっちを振り返りもしない。

「話がある」

「今忙しいのよ。ユン・セリが帰れるかどうかの瀬戸際で……」

「トイレットペーパーが尽きた」

僕の言葉に、小日向がこっちを見た。軽く目を見開き、少し驚いたような顔で、けれどすぐにニヤリと嫌な笑みを浮かべ「へーえ」と動画を一度停止した。

「なくなったんだ？　ほーう。へーえ。ちょっと前、俺がやっと一パック買えて喜んでたら、おまえ鼻で笑ったよなあ？　どうせすぐ手に入るのにって」

「……あの時は……こんなに品薄が長引くとは……」

「おひとり様一パックだったから、おまえも買ってきてくれって頼んだら、そんなに必要ないって言ってたよなあ？　あらあらどうすんの？　今日からもうお尻拭けないよ？

新聞紙とか使う？　わー、それ痛そう。あと、インクでお尻汚れそう。せめてシャワートイレだったらよかったかもしんないけど、すみませんねー、ウチ、そんな最先端の設備はなくってぇー」

シャワートイレなんかもう最先端じゃねーだろ、と言ってやりたかったが、今はこいつの機嫌を損ねるわけにはいかない。僕は素直に頭を下げ「その節は失礼しました」と淡々と口にした。

「反省しているので、トイペを一ロールわけてください」

「棒読み腹立つわー。もっと可愛く頼めよ」

「……可愛く……？」

「わけてくだちゃ〜い、って」

「……もういい。俺はトイペの芯で尻を拭く」

下げていた頭をブンと戻し、三階に戻ろうとした俺を「待てって、わかったよ、わけてやっから！」と小日向は止める。最初からそう言えばいいんだ。いちいち小学生みたいな反応しやがって。

小日向は「まったく、世話の焼ける店子《たなこ》だな〜」などと言いながらトイレに向かった。断言するが、世話が焼けるのはこの大家のほうだ。僕がこの雨森町にきて……戻って……いや、帰って……？

とにかくあれよという間に三年が過ぎたわけだが、喫茶レインフォレストをなんとかまともな黒字にしたのも、領収書整理も確定申告の計算も、僕が無償でやってるんじゃないか。トイペのひと巻きくらい、気持ちよくよこせ。

「俺だって使うから、全部はやれねーぜ。ちょっと待てよ、いま巻き取るから」

トイレのドアを開けてしゃがみこみ、トイペホルダーをカラカラいわせ始めた小日向を見て、僕は「え、なにしてんの？」とやや戸惑った。

「新しいのひと巻き欲しいんだけど……」

「ないよ。これ最後のだもん」

「……いやいや、おまえが一ダースのパック買ってから一週間経ってないよな？　おかしいだろ。なんでそんな消費するんだ？　一度に何メートル使ってんだ？」

僕の問いに小日向は「そんな使うかよ。あげたんだよ」と答える。

「ほら、今店閉めてんだろ。うちの常連さんは後期高齢者ばっかりだからさあ、あんまり顔見てないと心配になってきて、電話してみたわけ。その時、何人かのおばあちゃんから、トイレットペーパーがなくなりそうで困ってるって聞いて……届けたんだよ。女の人は俺らよりいっぱい必要だもんな」

「……何人にあげたんだ？」

「えーと、五人にふた巻きずつあげて」

それですでに十ロールなくなっている。

「で、配り終わった帰り道、キミエさんに会ってさ。キミエさんもぜんぜん買えないって嘆《なげ》いてたから、ひと巻き渡した」

ということは、この時点で既に残数が1である。その残数1が、今そこでホルダーにはまっているものなのだろう。

「……少しでいい」

僕は言った。時々、小日向のこういうところに驚かされるし、敵《かな》わない、とも思う。

「少しってどれぐらいだよ？　矢口、一日に何回ウンコすんの？」

でもこういうことも言うので、色々台無しなのだ。

「それぐらいでいいって。……ちょっと今から、近所のコンビニとドラッグストア回ってくる。運がよければどこかに……」

僕の言葉の途中で、小日向のスマホが鳴った。トイレから一度出て、座卓の上にあったスマホを「ハイハイ」と取る小日向の顔が、優しく綻《ほころ》ぶ。どうやら常連さんの誰からしい。小日向は基本女性に親切で、とくに高齢者にはとても感じがいいのだ。たぶん本人がおばあちゃんに愛されて育ったせいだろう。

「あっ、ほんと？　そーなんだー。よかったねー。うん……うん、えー、助かるなあ。ありがとぉー。うん、すぐ取りに行く」

ほどなく電話が終わり、小日向は俺を見てニッと歯を見せた。

そしてなにも言わないまま俺の袖を引っ張り、一階へと下りていく。緊急事態宣言が出る少し前からクローズしている喫茶店は、電気をつけていないので薄暗い。

小日向が古びたドアを開ける。通りに面した側の取っ手に、大きなエコバッグがかかっていた。そしてその中に、トイレットペーパーが何巻きか入っている。たぶん、五つくらいだ。

「開店前のドラッグストアに並んで、ゲットできた人が何人かいたんだって。おー、五ロール入ってる。これで当分大丈夫だな！」

僕も袋を覗き込んだ。中のトイペは微妙に紙の色や質が違い、花柄のがひとつあったりして、みんなが持ちよってくれたものだとわかる。小日向にとって、常連さんは自分のじいちゃんばあちゃんであり、常連さんにとって小日向は、孫みたいなものなのかもしれない。お互いが心配しあい、世話を焼きあっているのだ。

「矢口、イッコ取っていいぞ」

小日向がだいぶ偉そうに言い、僕は深々とお辞儀をするしかなかった。

＊＊＊

「僕はボタンしかつけられない」

「俺はボタンも無理！」

僕と小日向が同時に言い放つと、邑はやや厳しい面持ちになり「威張れることではないぞ」と静かに諭《さと》した。

邑の家である。

母屋ではなく、寺の客間だ。『てらこや』に使っている広間で、ソーシャルディスタンスが保てるここに集まった理由は、マスクのためである。

マスクを作るのだ。なぜならばマスクが手に入らないから。

トイレットペーパーは店頭で見かけるようになってきた。しかしマスクはまだほとんど買えない。僕も手持ちのマスクを洗ったりして凌いできたが、さすがに本来使い捨てのものは、そう何回も洗えない。そこへ小日向情報が入ったのだ。チュンは手ぬぐいでマスク作ってるぜ、と。まっさらな手ぬぐいもまだ何本かあるという。そういえば、邑は以前から手ぬぐい愛用者だった。

かくして、教えを請うためにやってきた僕と小日向だが……。

「ユキはともかく、矢口は多少できると思っていたんだが」

「家庭科の提出物は、全部人にやってもらってた。ほかの教科の宿題とトレードで」

「うっわ、ずりー奴」

「自分の宿題を僕にやらせてたおまえが言うな」

「じゃ、本当にボタンしかつけられないのか」

「残念ながら」

　邑はハァと溜息をつき、今は生え揃っている立派な眉毛を寄せて「……ちなみに、返し縫いってわかるか？」と聞いた。僕と小日向は顔を見合わせ、同時にプルプルと首を横に振る。

「……わかった。おまえらがわかっていないということが、わかった。とにかく縫うところだけやれ。なみ縫いするだけだ、なみ縫いというのは、フツーにチクチクやっていくだけのやつだ」

「おう、フツーにチクチクな！」

　返事だけはいい小日向だが、こういった細かな作業は苦手である。一方、僕は裁縫の知識はないものの、マスクの構造が頭に入れば、そこをどう縫うべきなのかは理解できる。細かな作業も苦ではないので、すぐに邑が「矢口は大丈夫だな」と太鼓判を押してくれた。そのあとは、小日向にかかりきりだ。

「ユキ、もう少し細かく縫えないか」

　隣にどっかりと座り込み、もはやソーシャルディスタンスはゼロに近い。とはいえ、裁縫を離れた位置から教えるのは無理がある。

「細かくってどんくら……痛《つ》ッ」

「気をつけろ、ゆっくりでいい。米粒ひとつぶんくらいの幅で縫えるといい」

「げっ、そんな細かくできねーよ」

「できる」

「無理だって。俺が不器用なの知ってんだろ」

「できる」

堪《こら》え性のない小日向は、早くもイライラし始めていた。眉をギュウと寄せて、不器用に手を動かしている。「無理」「できる」「むずい」「やれる」というやり取りが続くのを聞きながら、僕は少し前の出来事を思い出していた。

小日向は、全ての細かい作業が苦手なわけではない。

先週、レインフォレストの壁の一部を飾りタイルで修復した。小日向がホームセンターで選んだのは、何色かのかなり小さなタイルだ。どう考えても素人には難易度が高い。けれど小日向はその小さなタイルを、熟考して配置し、忍耐強く貼りつけ、見事に美しく完成させた。その創造力と集中力に、正直驚かされた。

とはいえ、この裁縫は小日向の創造力を刺激するものではなかったらしい。とうとうその手が止まってしまう。

「チュン。やっぱ無理。できない。おまえはできるって言うけど俺にはできない」

大声で喚《わめ》かないあたりに、小日向の成長を感じる僕である。邑は「そうか」と一度その言葉を受け止め、次にこう言った。

「なら、できなくていい」

いつもと同じ、落ち着いた口調でそう言ったのだ。「なら、やめていい」というセリフを予想していた僕は意外に思い、ふたりを見る。

「ちゃんとできなくても大丈夫だ。後で俺が直す」

「……そんなん、二度手間じゃん」

「直さなくて大丈夫なところもある。このへんは綺麗に縫えてる。ちょっとまずいところだけ直す。……どうせ、矢口のも最後は俺が手を入れるんだし」

小日向がチラリと俺を見て「そっか。矢口のもか！」と納得顔を見せた。

そして盛大なため息をついたあと「うあー！　裁縫ってめんどーい！」と、自分で教えろと言い出したくせに、失礼千万なセリフを吐きながら、それでも運針を再開する。

その態度に僕は呆れていたわけだが、邑は笑っていた。

小日向のつむじを見つめながらの……とてつもなく優しい笑み。

うわ、邑ってこんな顔もできるのか――。と、思わずガン見してしまい、次の瞬間、当人と目がばっちり合う。しまった、と僕は速攻で視線を外す。

「あー、寺ってやっぱ冷えるよなー。俺ちょっとご不浄～」

小日向が立ち上がり、部屋を出て行く。

邑とふたりきりになり、僕は決断を迫られていた。すなわち、今のを見なかったことにするかどうか、の決断だ。基本、面倒事は避けて通りたい僕である。これがただの知人程度なら当然見なかったフリだ。しかし、相手は邑である。しかも邑が笑みを向けていたのは小日向である。今の僕にとって、一番身近なふたりだ。どうする。どうしたらいい。友達だからこそ知らぬ振りをすべきなのか、あるいはちゃんと聞くべきなのか、聞くならどう聞くのか。邑、もしかしておまえ、小日向を…………。

「そうだ」

邑が言った。まるで僕の狼狽《うろた》える心を察したかのように。

「矢口が思っているとおりだ」

……思ってるとおり……ですか。

いや、そりゃべつに珍しいことじゃないだろうし、驚くのもどうよと心中で自分にツッコミを入れる僕なのだが、でもやっぱりびっくりしていて、けれどびっくりすると同時に、なるほどな、と頷いてる自分の存在も感じたりして、結果として、

「あ、へえ…………そうだったんだ……」

などと、いまいち間の抜けた言葉しか出てこなかった。

「そうだったんだ」

邑は頷き、落ち着き払って鸚鵡《おうむ》返しする。気負いもなく、とても自然な様子で、あまりにも自然なものだから、実は自然体でいることがこいつの照れ隠しなんじゃないの、などと思ってしまう。

いつからなのか、小日向は知っているのかとか、いくつかの疑問がポムポムと頭に浮かんだのだが、それを口にするより早く、廊下から足音が聞こえてくる。

「な〜、そろそろおやつなんじゃないの〜?」

トイレから戻ったお気楽男は座布団に座るかと思いきや、ゴロンと寝転がってしまった。こいつ、ちゃんと手は洗っただろうか。

「チュン。おやつはしるこサンドと、カフェラテがいい」

「しるこサンドとほうじ茶だ。カフェラテはない」

なんでカフェラテがないんだと文句を垂れる小日向に、邑が少欲知足《しょうよくちそく》を唱えだし、だが小日向は聞いちゃおらず、勝手にしるこサンドの袋を開ける。いまだびっくりの余韻を引《ひ》き摺《ず》っている僕も、思わず袋に手を突っ込む。甘い物を食べて落ち着こう……。

手ぬぐいマスクは、いったいいつ出来上がるやら。

＊＊＊

緊急事態宣言が解除されたのは、五月二十五日だった。

とはいえ、世界からSARS-CoV-2が消えたわけではない。ワクチンが開発され、安定供給されるまでは、ソーシャルディスタンスを保ち続けるしかないわけだ。僕は家庭教師として何人かの生徒を持っているが、三月からすでにオンラインでの指導を始めていた。顧客は私立の名門校を狙う家庭が多く、つまりある程度裕福なのでタブレットや通信環境に問題はなく、スムーズに移行できた。学校の授業がなかなか再開されないため、クチコミで新しい生徒が増え、むしろ忙しくなったほどである。

困ったのは小日向だ。

小さな喫茶店レインフォレストはどうやっても密は避けられない。

「うん……そうなんだよ、俺は店開けたいんだけどさ……矢口がまだだめだって……そう、三階の……うん、神経質なんだよあいつ……」

小日向がスマホを手にぼやいている。また常連さんから再開の問い合わせがあったのだろう。俺を悪者にしているが、なにしろ常連客は糖尿病だの高血圧だの、持病がある人がほとんどなのだ。絶対に感染させるわけにはいかない。

「……いつんなったら、営業できんだよぉ」

電話を終え、むくれ顔で僕に聞く。

「それは新型コロナウイルスに聞いてくれ。そのへんに二、三匹漂ってんじゃないか」

「あいつら口あんのかよ……。矢口はいいよな、ホームにステイしながら仕事できっから。俺なんかずっと収入ゼロよ？　ジゾクカナントカもらったところで、このままだったら店が潰れちまうよ」

「持続化給付金な。僕がぜんぶ手続きしたやつな。……まあ、確かにおまえの場合、打開策を考えないとまずいな。ということで、これだ」

僕は数日前から考えていたアイデアを、簡単な企画書にまとめてあった。企画書と言ってもお堅いものではない。文字だけだと小日向が読まないので、イラストも入れてわかりやすくした、新しい事業スタイルの提案だ。

「なにこれ。……サンドイッチとコーヒーの持ち帰り《テイクアウト》と配達《デリバリー》……？」

「商店街でも始めてる店多いだろ」

中学生でも理解できることを意識して書いた企画書を、小日向は熱心に読んでいる。読みながら「おぉ」とか「いい」とか「なるほどぉ」などと感心したりニヤニヤしたり、表情が忙しい。そしてひと通り読み終えると、

「矢口はやっぱ天才だな！」

屈託のない笑みで、朗々と褒めた。僕は大きく頷き「天才なんだ」と答える。小日向の褒め方はシンプル&ストレートなので、最初のうちは嫌味なのかと疑ったほどだが、こういう奴なのである。そのかわり、悪口もシンプル&ストレートで遠慮がない。

「けど、俺、トーストしか作ってなかったし、サンドイッチとかよくわかんないぞ」

「そこはおまえ、頑張れよ……。まあ、メニューを絞ればなんとかなるだろ。ミックスサンドとタマゴサンドだけ、とか」

「えー、フルーツサンドは絶対だろ！」

「コストがかかるからダメ。イチゴとか、高い上に日保《ひも》ちしない」

「イチゴなんかいらないよ」

「……いるだろ。フルーツサンドといえばイチゴだろ」

「いらん。パイナップルは絶対入っててほしい。缶詰のやつな」

「パイナップル……？　いるか、それ？　イチゴが入ってないフルーツサンドに、存在意義はあるのか？」

「そういうイチゴ至上主義、どうかと思う」

その後しばらくフルーツサンドにイチゴが必要か否かを言い争った僕たちなわけだが、最終的な結論は「人それぞれ」という所に落ち着いた。まあ、そりゃそうだ。

翌日から、計画始動である。

『ＳＮＳ映えは意識したいけど、価格は上げたくない……なら、レトロ感で勝負だね。昔懐かしい感じのサンドイッチ。ただし、切り口をきれいに見せるのは意識して』

と、商店街のマーケ達人、セシボンこと山本美音が言う。

『サンドイッチでモノを言うのはやっぱハムだぜ。ハムがうまいかどうかで味が決まる。うちで扱ってる高級ハムは値が張るから、その切り落としでどうだ？　パンに挟まるなら形はあんまり関係ないだろ。同級生価格にしてやっから』

ありがたい提案は、大月ミートからだ。

『デリバリーに関しては、ウーバーイーツへの登録もいいと思います。新型コロナウイルス以降、利用者が急増中です。ご近所へは直接配達もできるようにして、高齢者の安否確認も兼ねるというのはどうでしょうか』

ヘッドセットをつけ、落ち着いた声で語るのは竜王……つまり花川の息子である。最初は父親が参加していたのだが、息子のほうが頼りになるので交代してもらった。

みな、この場に集合しているわけではない。

オンラインでの打ち合わせだ。パソコンの前に座っているのは僕で、その後ろを小日向が「わー、テレビ電話だ、テレビ会議だあー」とうろちょろしている。

心強い元同級生や、その息子によって新規事業の大枠は決まった。

僕は材料費や光熱費から価格を設定し、パッケージデザインを知人に格安で頼み、当面の費用の捻出に苦悶し、小日向は後ろで「矢口、がんばれぇー」と茶々を入れてるだけだった。まあ……わかってたけどね……。

諸々の準備が整う中、小日向が唯一譲らなかったのがフルーツサンドである。

確かに昨今流行ってはいるが、原価が高い上、クリームが溶けやすいので扱いにくい。僕としては却下したかったが、なにしろ小日向は言い出したら聞かない。とりあえず最初はメニューに入れ、思わしくなかったら外すことを約束させる。缶詰のパイナップルと黄桃、映えを考えるともう一色ほしいということで、キウイを入れることにした。キウイならば、生でも比較的安定流通している。

フルーツサンドで大事なのは、生クリームの味だ。

これまた門外漢なので、商店街の古いケーキショップで教えを請うた。密を防ぐため僕だけで赴き、改めて協力に礼を述べる。すると、六十代の店主は「なあに、徳子さんには散々世話になったから」と笑う。徳子さんというのは、小日向の祖母だ。

見えない絆がこの商店街で連綿と続いていることを、僕は感じていた。

正直にいえば、僕はこの絆という言葉がちょっと苦手だ。『絶つことのできない繋がり』なんて、重すぎて怖いじゃないか。それでも、現に今、その絆に助けられていることはわかっている。人が生きて行く上で、絶対に必要だというのも理解できる。

考えすぎることなく、どっしりと構え、軽やかに笑って絆を自らに括《くく》りつけることができたら……その時、僕は本当の意味で大人になれるのかもしれない。

そんなことを、思ったりした。

教わった生クリームのレシピで、フルーツサンドの試作にかかる。

小日向は、自分でやると決めたことは熱心に取り組む奴だ。さほどの時間をかけず、なかなか綺麗なフルーツサンドを作れるようになった。

「食ってみ」

レインフォレストの厨房で、小日向が僕に一切れ差し出す。

受け取って、パクリと噛みつく。途端にたっぷりの生クリームがパンから溢れ出しそうになり、慌てて口の中にお迎えした。なめらかなクリームが舌に広がり、キュッと噛んだパインの果汁と混ざる。

「……んむ」

僕は小日向を見てコクコクと頷く。これは予想以上の美味しさだ。パインと黄桃、ふたつの缶詰フルーツの甘さと、生キウイの酸っぱさ、それらを一体化させるクリーム……絶妙なバランスである。参った。イチゴが入ってなくても、フルーツサンドは十分にうまい……僕の常識が覆《くつがえ》る。小日向が横で、それみたことかという顔をしているのが悔しい。悔しいがうまいので、一気に食べてしまった。

「これな。ばあちゃんのフルーツサンドなんだ。誕生日とか、クリスマスとか……そういう時に作ってくれた。俺、ケーキよりこれが好きでさ」

小日向が懐かしそうに言い、自分もパクリと頬張った。

やっぱうめー、とモグモグしていたが、突然くるりと背中を向けてしまう。

薄い肩に力が入り、少し震えていた。どうしたんだ、などと聞くまでもない。味覚は時に、あまりに鮮やかな思い出を運んで来るのだ。

「そろそろ、さ」

小日向がこっちを向かないまま言った。

「ばあちゃんを……迎えに行こうと思う」

「そうか。じゃ、僕もつきあう」

「………施設じゃないんだ」

「ウン。寺だろ。邑の」

小日向が勢いよく振り返った。あーあ、目が真っ赤だよこいつ。

「え、なんで。……チュンが、言ったのか？」

「あいつが言うわけないだろうが」

僕は二切れ目のフルーツサンドを手にして言った。

「ここに来て丸三年だろ？　去年は賃貸契約更新もしてる。三年前はまだ徳子さんの名前だったけど、もうおまえの名前に変わってた」

「そ、そっか。なら、一年前から気付いてたのか……」

いいや。本当は、もっととっくにわかっていた。

大好きな祖母なのに、施設に面会に行く様子もないし、写真の一枚も飾っていない。

常連さんたちがたまに徳子さんの話題になると、必ず誰かが『シッ！』っと人差し指を立ててみなで押し黙る。わからないはずがない。

それを口にしてはならないのが、レインフォレストのルールだった。

小日向がまだ受け入れていないからだ。唯一の肉親を失い、たったひとりになってしまった現実に耐えられなかったからだ。その現実を無視して、まるでその人が生きているかのように振舞わないと……日々を生きるのが難しかったからだ。

やれやれ。どこかで聞いたような話だよな。

「ばあちゃんが死んだのは、おまえがここに来る半月くらい前かな……位牌も遺影も、チュンが預かってくれてる。なんだよ……わかってたなら言えばいいじゃん……」

「そのうちおまえが言うと思ってたから」

大丈夫になったら、言うだろうと。今日のように。

……もっとも僕の場合、自分で大丈夫になるより早く、無理やりこいつに現実を突きつけられたわけだが。あの踏切で、しかも新しいスマホを犠牲にして。まったく腹立たしい。今考えても、呆れるほどの強引さだ。むちゃくちゃだ。

あんな真似、小日向にしかできなかった。

「仏壇どうすっかなあ。ばあちゃんが生前、邪魔くさいって処分しちゃったんだよ」

「位牌と写真と線香立てがあればカッコつくだろ。僕は徳子さんの写真に言うんだ。あなたのお孫さんのおかげで、そりゃもう大変ですって」

「クレーマーかよ」

むくれる小日向の口の周りには、盛大に生クリームがついていた。指摘しようかと思ったのだが、僕の口の周りも結構怪しい。なんかベタベタするし。

「矢口は飾んないの？　その……写真、とか」

小日向にしては遠慮がちな問いに、僕は少し考え「そのうちな」と返した。

彼女の写真、姉の写真……ちょっとまだ、無理そうだ。いつか飾れる日がくるだろうか。過去の痛みを日常の中に置ける日が、僕にも来るのだろうか。

しばらくして、徳子さんの遺影が帰ってきた。

隣には文月先生の写真も飾った。小日向が持っていた古い写真には、先生を真ん中にして、小日向が笑顔で、むっちりした邑は真面目顔で写っている。僕もいるのだが、見事な半目だ。ひどい。もうちょっといいの、なかったのか。

写真の前には、できたてのフルーツサンド。

今日からデリバリーが始まる。

参考文献

小島寛之『数学でつまずくのはなぜか』講談社現代新書、二〇〇八年
大島弓子『大島弓子選集第12巻　夏の夜の獏』朝日ソノラマ、一九九五年

文春文庫

この春《はる》、とうに死《し》んでるあなたを探《さが》して

定価はカバーに表示してあります

2021年3月10日　第1刷

著　者　榎《え》田《だ》ユウリ
発行者　花田朋子
発行所　株式会社 文藝春秋

東京都千代田区紀尾井町 3-23　〒102-8008
TEL　03・3265・1211(代)
文藝春秋ホームページ　http://www.bunshun.co.jp

落丁、乱丁本は、お手数ですが小社製作部宛お送り下さい。送料小社負担でお取替致します。

印刷製本・大日本印刷

Printed in Japan
ISBN978-4-16-791657-2